이상한 나라의 가정부

하정우 장편소설

이상한 나라의

Housekeeper in wonderland

가정부

가하

이상한 나라의 가정부

지은이 | 하정우
펴낸이 | 이형기
펴낸곳 | 도서출판 가하

초판인쇄 | 2013년 4월 26일
초판발행 | 2013년 5월 2일
출판등록 | 2008년 10월 15일 제 318-2008-00100호

주 소 | 서울 영등포구 양평로 67, 1209 (당산동5가, 한강포스빌)
전 화 | 02-2631-2846
팩 스 | 02-2631-1846
www.ixbook.co.kr

ISBN 978-89-6647-606-0 03810

값 9,000원

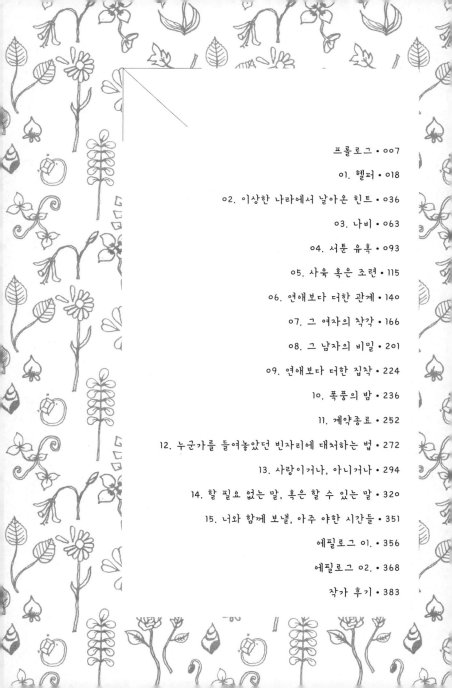

오후의 햇살이 길게 늘어지는 시간이었다. 어슴푸레해진 방 안은 심플했다. 컴퓨터 책상과 책장, 책장, 그리고 또 책장. 그런데도 자리를 못 잡은 책들은 바닥에 일렬로 쌓여 있었다.

불을 켜지 않아 환하게 빛나는 것은 컴퓨터 화면뿐인 그런 방이었다.

자판에 손을 얹고 사생결단의 표정으로 모니터를 노려보던 지수가 다다다다 타이핑을 하기 시작했다.

은채에게 사랑은 언제나 빛나는 것이었다. 한여름의 강렬한 태양이 내리쬐는 남국의 바다처럼 에메랄드 빛으로 찬란하게 빛나는 것이었다. 그랬기 때문에 그녀는 사랑이 이렇게 지독한 아픔일 거라고는 생각해보지 못했다. 생각하는 것만으로도 가슴이 저미는,

존재하는 모든 규칙과 상식이 통용되지 않는 이 폭력적인 감정이
실제로 존재한다는 것이 놀라울 정도였다.

지수는 인상을 찡그렸다. 절반 넘게 쓴 글이지만 고전 중
이었다. 원래 이쯤 쓰면 주인공들이 알아서 숨을 쉬고 알아서
이야기를 끌어나가야 하는데 이 글은 그렇지 않았다. 지수가
멱살을 잡고 질질 끌고 와야 조금 자기 이야기를 풀어낼까 말
까……. 정말 죽을 맛이다.

"아우!"

지수는 자꾸 주인공인 은채가 멍청하다는 기분이 들었다.
스물여섯 살이면 적은 나이가 아닌데 사랑을 만화나 드라마
속에 나오는 이야기 정도로 이해하고 있다는 것이 가능한가?
아무리 순진하게 꿈꾸는 것처럼 살았어도 누군가 나와는 다
른 타인을 내 안에 받아들인다는 것이 얼마나 귀찮고 피곤한
일인지를 모른다는 것이 가능한가?

그러나 잠깐 동안 모니터를 노려보고 있던 지수는 백스페
이스를 눌러 글을 지우는 대신 다시 자판 위에 손을 올려놓았
다.

대중소설가로서 그녀는 대중들이 원하는 것이 무언지 알
고 있었다. 그들은 존재하지 않는 환상, 그러나 환상 같지 않
은 환상을 보고 싶어 했다. 소설 속에서의 사랑은 어디까지나
사랑이어야 했다. 너무나 당연해서, 혹은 너무나 재미없어서
눈을 감고 싶어지는 현실이 아닌, 절대로 없지만 꼭 실재할

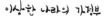
이상한 나라의 가정부

것만 같은 사랑 말이다.

> 만물이 소생하는 봄날, 두 사람의 사랑은 그렇게 태어났다. 은채는
> 그들의 사랑이 아스팔트가 끓어오르는 뜨거운 여름을 지나 붉은색
> 으로 옷을 갈아입는 나무들의 가을처럼 격동적일 것이며 마침내
> 모든 것을 하얗게 덮는 겨울처럼 고요해질 것이라고 그렇게 믿었
> 다. 그 계절의 흐름이 이렇게 @#$)@DALFKJ@#($)

"우아아아아아!"

결국 견디지 못하고 지수는 자판을 마구 두들기기 시작했
다. 자신이 뭐라고 쓰고 있는 건지 모르겠다. 본디 사랑에 시
니컬한 지수로서는 순수한 은채라는 캐릭터는 무리였다. 하
던 대로 시크하고 무심한 캐릭터나 쓸걸, 진실한 사랑을 믿는
캐릭터라니……. 공감하기 정말 어렵다.

지수는 진실한 사랑은커녕 그 비슷한 것도 경험한 적이
없었다. 첫사랑은 호기심이었고, 두 번째 사랑은 익숙함이었
다. 세 번째 사랑은 짜릿함이었고, 네 번째 사랑은 필요…….
확실한 건 지나고 나면 다 똑같다는 거다. 함께할 때는 즐겁
지만, 끝나고 나면 똑같다. 라면을 끓여먹든 짜파게티를 끓여
먹든 생생우동을 끓여먹든 비닐 쓰레기가 남는 건 똑같은 것
처럼.

사람들이 사랑 타령을 하는 건 다 소설 때문이다. 감정으
로 질척이고 눈물로 젖어 있는 신파소설을 읽고 사람들은 세

상에 없는 사랑이라는 것이 존재한다고 생각하는 거란 말이다. 그러니까 지금 권지수가 쓰고 있는 것 같은 소설들 말이다.

"으형형형! 어떻게 해!"

손바닥으로 자판을 두드리다 급기야는 머리로 마구 자판을 문대고 있는데 부엌에서 수현의 목소리가 들렸다.

"식사하세요."

지수는 인상을 찡그리며 모니터 오른쪽 아래에 떠 있는 시계를 보았다. 오후 7시 10분, 페이지는 몇 장 넘어가지도 않았는데 어느새 저녁을 먹어야 할 시간이다. 미치겠다. 마감은 다가오고 있는데 여주인공은 천하의 바보 멍텅구리다.

"지수 씨, 식사 시간이에요."

그리고 문 앞에 다가온 수현이 똑똑 문을 두드리며 성마르게 보채고 있었다.

"잠깐만!"

지수는 모니터 위에 떠 있는 외계어를 일단 지웠다. 하지만 망설이긴 했으되 적은 글을 지우지는 못했다. 아직 그녀는 그 감수성을 이해하지 못했지만, 다른 사람은 이해할 수 있을지 모른다. 그녀조차도 쓰다 보면 이해할 수 있을지도 모른다. 글이 생명력을 갖기 위해서는 공감하고 이해하는 사람이 딱 한 명만 있으면 되는 거다. 자기든, 남이든. 그놈의 이해를 할 수 있다면 말이다. 제발, 좀!

"지수 씨!"

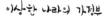

이상한 나라의 가정부

"기다리라니까!"

보채는 수현에게 성질대로 버럭 소리를 질렀던 지수는 소리 없이 문이 열리는 순간 움찔했다. 문기둥에 기대 팔짱을 낀 수현의 시선이 조용히 지수의 얼굴에 와 닿았다.

이수현. 권지수에게 있어서 사랑은 아니지만 일상도 아닌 남자.

"밥 먹어요. 아니면 내가 먹을 거예요."

목소리에는 높낮이가 없었다. 하지만 지수는 수현이 식사 시간을 지키지 않는 걸 얼마나 싫어하는지 알고 있다. 그는 이미 화가 많이 난 상태였다. 한때는 배가 고파도 그녀가 배가 고픈데 왜 그가 난리인지 이해가 가지 않았지만, 이미 따져봤자 좋을 것이 없다는 것으로 결론 난 상태였다. 이쯤해서 항복 선언을 하고 가서 밥을 먹는 게 상책이다. 솔직히 이대로 앉아 있어봤자 괜찮은 문장이 나오지 않는다는 것은 그녀도 알았다.

하지만 사람이 언제나 합리적으로 행동한다면 얼마나 좋겠는가?

"나 지금 일하잖아."

지수는 풀리지 않는 작업으로 인한 스트레스를 수현에 대한 반항으로 표현했다. 너 따위가 뭘 알아. 아무것도 없는 A4지에 세계를 창조하고 생명을 불어넣어야 하는 내 마음을 네가 어떻게 알아.

부러 팽하니 몸을 돌려 그를 등지면서, 지수는 고집스럽게 모니터를 노려보았다. 노려보고 있으면 깜빡이는 저 커서가 절로 움직여 명문(名文)을 적어내기라도 할 것처럼 말이다. 그래, 저 커서가 절로 움직여 사랑에 관한, 가슴을 절절 울리는 명문을 적어주었으면 좋겠다.

더운 입김이 귓가에 훅 끼쳐 온 것은 그때였다.

"찌개가 식으면 맛없다니까요."

지수가 시선을 아래로 내렸다. 그리고 등 뒤에서 팔을 둘러 지수의 가슴을 쥐고 주무르는 수현의 손을 내려다보면서 물었다.

"……찌개가 식는 거랑 내 가슴을 만지는 거랑 무슨 상관이야?"

"밥 안 먹으면 내가 먹는다고 경고했지 않나?"

수현의 입술이 지수의 귓불을 물고는 뜨거운 혀가 귓바퀴를 간질였다. 커다란 손이 셔츠 안으로 들어와 노브라인 지수의 가슴을 움켜쥐었다. 그의 엄지가 그의 손이 닿는 순간 꼿꼿하게 일어서 있던 유두 끝을 유혹적으로 건드렸다. 짜릿한 감각이 피부 위를 따라 달렸다. 그의 숨결이 닿은 귀의 솜털이 오소소 일어나며 입술을 비집고 뜨거운 숨이 새어나왔다.

"그래, 당신이 먹어. 난 나중에 먹을……."

지수는 말을 끝내지 못했다. 수현이 그녀의 겨드랑이 아래에 손을 집어넣어 일으켜 세우고는 의자를 치워버렸기 때문이다.

"수현 씨, ……아!"

이상한 나라의 가정부

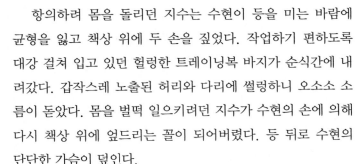

　　항의하려 몸을 돌리던 지수는 수현이 등을 미는 바람에 균형을 잃고 책상 위에 두 손을 짚었다. 작업하기 편하도록 대강 걸쳐 입고 있던 헐렁한 트레이닝복 바지가 순식간에 내려갔다. 갑작스레 노출된 허리와 다리에 썰렁하니 오소소 소름이 돋았다. 몸을 벌떡 일으키려던 지수가 수현의 손에 의해 다시 책상 위에 엎드리는 꼴이 되어버렸다. 등 뒤로 수현의 단단한 가슴이 덮인다.

　　"난 밥이라고 말한 적 없어요."

　　수현의 뜨거운 손이 셔츠 안으로 기어들어와 가슴을 어루만졌다. 꼼짝도 못하게 단단히 안고, 한 손으로는 가슴을 만지며 다른 손은 배 쪽으로 미끄러뜨린다. 목덜미에 뜨거운 키스가 내려앉았다. 익숙한 남자의 체취와 호흡에 어느새 지수의 호흡이 가빠졌다.

　　"작업이 잘 안 풀려요?"

　　"……으응."

　　수현의 왼손이 가슴을 주무르는 동안 몸을 라인대로 쓰다듬으며 내려온 오른손이 슬슬 엉덩이를 쓸다가 팬티를 끌어내렸다. 등 뒤에 느껴지는 그의 가슴이 쿵쿵 굳센 박자로 뛰고 있었다.

　　"하아……."

　　두툼하고 남자다운 수현의 손가락이 그가 만들어낸 상황만으로도 이미 젖어 있는 지수의 여성을 문질렀다. 계속해서 목덜미에는 키스를 퍼부으면서, 다리로는 그녀의 다리를 단단히 지탱하면서.

"그래도 나쁜 아이……. 내가 밥은 제때 먹어야 한다고 했죠? 일이 안 풀리면 나에게 말하든지. 말도 안 하고, 밥도 안 먹고. 혼나야 해요."

맞붙은 등과 가슴이 같은 속도로 오르내렸다. 마치 파도를 타는 것 같다.

"으응……, 나는……."

거친 숨을 몰아쉬면서 지수는 몸서리쳤다. 둔덕을 오가던 그의 손이 쑥 미끄러져 들어와 그녀의 가장 예민한 살점을 건드린 것이다.

"나쁜 아이예요."

"으응. ……나쁜…….."

수현의 손이 빙글빙글 예민한 살점 주변에 원을 그리자 비로소 지수의 머릿속에서 은채가 사라지고 그가 선사할 쾌락에 대한 기대와 갈구만 남았다. 허리를 바짝 낮춰 수현이 움직이기 쉽게 도우면서 지수는 신음을 흘렸다.

잔뜩 흥분해 희미해진 지수의 눈을 확인한 수현이 만족스럽게 웃음을 흘리며 바지의 버클을 풀었다. 그가 지퍼를 내리는 소리에 지수의 등골이 오싹해졌다. 그녀는 진실한 사랑 같은 건 모르겠지만, 세상에서 가장 섹시한 소리가 남자가 지퍼를 내리는 소리라는 건 알겠다.

수현이 양손으로 지수의 둥근 엉덩이를 잡자 그녀의 심장이 둥둥 뛰었다. 곧 그가 그녀의 안으로 들어올 거라는 기대감에 머리가 다 쨍쨍 울렸다. 뜨거운 열기가 그녀가 볼 수 없는 부위에 닿았다.

"허억!"

수현이 묵직하게 그녀의 안을 찔러 들어오자 저도 모르게 큰 한숨이 나왔다. 이제 그는 흔들기 쉽도록 그녀의 허리를 잡고 있었다. 하지만 그는 그녀의 안을 가득 채운 후에도 움직이지 않았다. 기대해 마지않는 둔탁한 쾌락을 선사하는 대신 그는 지수의 엉덩이를 슬슬 쓸면서 뜸을 들였다.

"또 밥 안 먹고 그럴 거예요?"

수현의 목소리에 묻은 흥분조차 섹시하다.

"아……니."

복종할 수밖에 없어서 복종하는 것이 아니라 복종하고 싶어서 복종하는 기묘한 상황이다. 지수는 주먹을 꽉 쥐었다. 진심은 밥이고 뭐고 빨리 허리를 움직이라고 말하고 싶었다. 저도 모르게 엉덩이를 뒤로 밀며 그녀는 그에게 바짝 붙고 있었다. 움찔움찔 그녀의 안이 경련하고 있었다.

항상 생각한다. 왜 이렇게 쉽게 흥분해버릴까? 권지수는 원래 이런 여자가 아닌데.

지금 이 상황은 권지수가 문제가 아니라 이수현이 문제인 거다.

"말 잘 듣는 착한 아이가 될 거예요?"

"으응."

"좋아……요."

깊게 숨을 뱉어내며 수현이 비로소 허리를 움직이기 시작했다.

자신의 안을 꽉 채웠던 수현이 느리게 그녀를 비우자, 헉 하며 지수가 허리를 꺾었다. 하지만 이내 다시 채워 들어오는 수현은 강압적이었고 노골적이었다. 그가 반복해서 그녀를 비우고 다시 채우는 동안 지수는 눈을 감은 채 온전히 그의 손에 자신을 맡겼다. 그가 흔드는 대로 몸이 움직이는 동안 단전께를 찔러 오는 남성의 입출(入出)이 선명하게 느껴졌다.

맨살과 살이 부딪치는 소리가 음란하게 질겁거렸다. 그의 속도가 점점 올라가면서 지수의 체온도 높아지고 근육이 팽팽하게 당겨지기 시작했다. 그녀의 안이 마구 수축하기 시작하는 것을 스스로도 느끼고 있었다. 반대로 수현은 점점 팽창하고 있어서 마치 그대로 빅뱅 순간처럼 하나의 점으로 폭발할 것만 같다.

"아……악!"

이윽고 까맣게 검은 먹물이 덮어씌우기라도 한 것처럼 머릿속이 어두워졌다. 머릿속이 텅 비기라도 한 것처럼. 그리고 다음 순간 우주가 생성되었다. 하얗게, 빛으로.

지수가 할 수 있는 한 격렬하게 허리를 꺾었다.

망했다. 또……, 느꼈다.

"어이쿠!"

스르르 허물어지는 지수의 몸을 받아 안은 수현이 쿡쿡

이상한 나라의 가정부

낮게 웃고는 조심스럽게 지수를 바닥에 내려놓았다. 그는 거칠게 숨을 내쉬는 그녀의 젖은 이마에 입을 한 번 맞추고 자신의 옷을 수습한 다음 마른 타월을 가져와 뒤처리를 해주고는 다시 그녀의 옷을 입혀주었다.

그러는 동안 지수는 여태껏 그랬던 것처럼 시체처럼, 아니면 인형처럼 가만히 손발을 늘어뜨리고 감사히 그의 시중을 받았다.

"이제 와서 밥 먹어요."

옷도 다 입혀주고, 입도 다시 맞춘 수현이 빙글거리며 밥 이야기를 했다. 이것만 아니면 진짜 좋을 텐데. 가끔은 도대체 얘가 왜 이러나 싶을 정도였다. 얄미웠다. 아주 짧은 시간이 그 손아귀에서 요리된 입장에서는 이렇게 말짱한 얼굴로 밥 이야기를 하면 화가 난다.

하기야 밥도 거부하면서 자판을 두드리는 것이 지수의 프로의식이라면, 밥에 집착하는 것이 수현의 프로의식일지도 모른다.

뭐라고 해도 이수현은 가정부니까 말이다.

"국 다시 데울 테니까 5분 안에 나오는 거예요."

싱긋 웃고 돌아서는 수현은 언제 흐트러진 호흡과 얼굴로 몸을 섞었나 싶게 단정했다.

이. 헬퍼

아파트는 최신유행의 시스템 아파트였다. 외출 후에도 휴대전화로 집 안의 가스를 잠글 수 있고 불을 끌 수 있는, 깜빡깜빡하는 사람이라도 아무 걱정할 필요가 없게 도와준다는 그런 아파트 말이다. 하지만 그런 아파트라도 집 안에서 사람이 깜빡깜빡하는 것까지는 어떻게 할 수가 없었다.

자글자글 올려놓은 라면이 끓다 못해 푹 익어 퍼지면서 국물이 졸아들고 있는데도 지수는 멍하니 선 채 딴 생각에 빠져 있었다. 풀리지 않는 글이 웬수였다. 여기쯤에서 뭔가 주제를 관통하면서도 재치 있고, 보는 사람의 흥미를 불러일으킬 수 있는 사건 하나가 일어나줘야 하는데 도무지 생각이 나지 않았다.

정말 태양 아래 새로운 이야기는 없는 걸까? 이리 생각해보고 저리 생각해보아도 떠오르는 이야기는 뻔하기만 하고,

아무도 안 쓴 이야기는……. 재미가 없어서 아무도 안 쓴 거다.

"아!"

졸아붙다 못해 까맣게 타기 시작한 냄비에서 연기가 화르륵 일어났다. 그제야 정신을 차린 지수가 비명을 지르며 가스레인지 불을 껐다.

하지만 늦었다. 이미 라면은 사망했고, 냄비는 치명적인 부상을 당했다.

"어떡해."

힘없이 지수가 탄식을 했다. 배가 고픈데……. 시켜먹는 음식도 물리고 라면으로 때우려고 했던 야심찬 계획도 실패로 돌아갔다.

일이 하나가 꼬이면 다 꼬이는 것처럼, 권지수는 글이 안 풀리기 시작하면 아무것도 안 된다. 엄마는 지수가 집중하면 다른 건 보이지 않는 단순한 성격이라 그렇다지만, 그러거나 말거나 짜증은 난다.

잠깐 타버린 라면을 노려보던 지수는 홱 돌아서서 전투적으로 전화기를 집어 들었다. 인력파견회사인 '더 헬퍼'에 전화를 거는 거다.

"안녕하세요. 여기 한남동에 권지수인데요. 새로 파견해주신다는 헬퍼는 도대체 언제쯤 가능한 건가요?"

― 아, 고객님. 안녕하세요? 안 그래도 고객님의 니즈(needs)를 좀 더 파악해야 했는데 전화통화가 안 되어서 발을 동동 구르

고 있었답니다.

응? 하고 지수는 인상을 찡그렸다. 그 말은……, 맞았다. 타버린 냄비와 졸아버린 라면, 고픈 배에 열이 받아 따지듯 전화했지만 일하느라 휴대전화를 무음으로 돌려놓고 있었던 것은 사실이었다.

치솟았던 화가 급속히 가라앉았다. 권지수의 장점은 이런 거다. 상대가 맞는 말을 하는 것 같으면 급히 수긍한다는 것.

— 일단 고객님의 컴플레인을 보면 전(前) 헬퍼님은 요리에 문제가 있다는 말씀인데요…….

"아니요. 문제라기보다는 그냥 저와 안 맞는 거예요. 다른 곳에서는 음식솜씨 좋다는 말씀을 들을 수도 있겠지만 제 입에는 좀……. 힘들어서요."

— 압니다, 고객님. 사려 깊게 말씀해주셔서 감사합니다. 하지만 요리를 제공하시는 헬퍼님들의 경우에는 고객님의 입맛을 충족시켜드리는 것도 능력 중 하나랍니다.

"……그렇게 생각해주시면 고맙고요."

지수가 한숨을 내쉬었다.

상식적으로 생각하면 '더 헬퍼'의 상담원 말이 맞지만, 지수가 해고한 도우미(혹은 헬퍼)가 6명이라면 좀 다르지 않을까?

처음 도우미를 구한다고 했을 때 선배 작가 언니는 사람 쓰는 거 쉬운 일 아니라면서 지수의 예민한 성격을 걱정했다. 그때만 해도 그런 선배 언니를 이해할 수 없었던 지수다. 내 돈 주고 사람 쓰는 게 어려울 게 뭐 있담? 게다가 어려운 일도 아니고 청소와 빨래, 식사만 책임져주면 되는 일이다.

하지만 지수가 선배 언니의 말이 옳다고 인정하기까지는 오래 걸리지 않았다. 사람 쓰는 건 정말이지 어려운 일이었다.

첫 도우미 아줌마는 강남에서 부동산깨나 주물럭거렸다가 갑작스런 부동산 침체로 이자 폭탄을 맞아 집을 홀랑 말아먹은 사람이었다. 딸처럼 생각하겠다고 할 때 주의를 했어야 하는 건데 사람 쓰는 건 처음이라 선 긋는 법을 몰랐다. 연세 있으신 분이니 대접을 해드려야 한다고까지 생각했다. 여자가 왜 나와서 혼자 사냐부터 시작해서 사람을 쓸 때 쓰더라도 일을 할 줄 알아야 한다고 가르치려고 들 때만 해도 참아보려고 노력했는데 책장에서 지수의 책을 빼내 읽더니 부도덕하다며 나무랄 때는 더 이상 참을 수가 없었다.

그래서 두 번째 도우미 아줌마는 말 없는 사람으로 구했다. 처음부터 선을 긋고 일만 깔끔히 해줄 것을 요구했다. 그래서 될 줄 알았는데, 일을 너무 못했다. 아니, 못한다기보다 안 했다. 보이는 곳만 하면 된다고 생각하는지 먼지고 쓰레기고 안 보이게 밀어놓은 것을 지수가 찾아낸 것이 한두 번이 아니었다. 게다가 어찌나 손이 험한지 툭하면 그릇과 컵을 깼다. 없는 살림 다 말아먹기 전에 다른 사람으로 교체할 수밖에 없었다.

세 번째 도우미는 꽤 마음에 들었다. 드디어 적당한 사람을 찾았다고 생각했다. 젊은 아가씨였는데 손도 다부졌고 성격도 좋았다. 하지만 곧 다른 데 일이 생겼다면서 도우미 일을 그만두어버렸다. 이런 사람을 구하기가 하늘에 별 따기라는 걸 알았기 때문에 정말 아쉬워서 죽는 줄 알았다. 웃돈을 얹어주고라도 잡고 싶었지만, 아예 도우미 일을 그만둔다고 해서 잡을 수도 없었다.

네 번째 도우미는 좋은지 안 좋은지도 알 수가 없었다. 그것도 일을 하는 사람이어야 알 수 있는 거라는 희한한 경험을 하게 해준 양반이었다. 일단 약속을 밥 먹듯이 어겼다. 늦게 와서 일찍 가는 것은 기본이요, 온다고 했다가 문자 한 통만 보내고 안 오는 일도 비일비재했다. 심지어는 지수가 일하느라 방에만 틀어박혀 있다는 것을 이용해서 지수가 집에 있는데도 일찍 퇴근하고는 뻔뻔하게 시간이 되어서 나왔다고 주장하기도 했다. 결국 언성을 높이며 싸운 끝에 환불 받고 끝냈다.

이쯤 되자 선배 언니는 회사가 나쁜 거 아니냐면서 다른 도우미 회사를 소개해주었다. 그것이 지금 이 회사, '더 헬퍼'였다. 보통 애매한 성격의 도우미 파견회사와 달리 전문 헬퍼 공급업체를 표방하는 '더 헬퍼'는 다소 높은 비용 대신 철저한 고객관리를 자랑한다고 했다. 초기 비용도 다른 업체에 비해 높아 이거 뭐야 싶었는데, 고객관리가 다르긴 했다.

대개 컴플레인을 하면 지수가 까다롭다는 식으로 뒤집어 씌우기가 일쑤였는데 여기는 무조건 '고갱님이 옳습미다아.' 주의였다. 그렇다 보니 언성을 높이는 게 미안하기도 했다.

실제로 이곳에서 파견된 두 명의 헬퍼는 나쁘진 않았다. 첫 번째 헬퍼는 깐깐해 보이는 할머니로 다른 문제는 없었지만 스마트 시스템이 도입된 지수의 아파트 시스템에 적응하지를 못했다. 적응하기를 기다려줄 수도 있었겠지만 그렇기에는 지수가 좀 예민해진 상태였다.

그리고 이번 헬퍼 역시 일은 잘했지만, 입맛이 너무 달랐다. 맵고 짠 걸 싫어하지 않는 지수인데도 그녀의 음식은 견딜 수 없이 짰다. 몇 번 이야기를 해봤지만, 간을 조절하려 하니 오히려 음식 맛이 제자리를 잃고 헤매기 시작했다. 앞서 다른 곳에서 왔던 다른 도우미에 비해서는 확실히 훌륭했기에 참아보려고 했는데, 생각해보니 비싼 돈을 내고 사람을 고용하면서 참을 이유가 없다 싶었다.

이 회사의 잘못은 아니지만 지수는 도우미들에게 너무 오래 데었다. 돈을 지불하는 만큼 하루 빨리 편해지고 싶었다.

물론 마감이 코앞으로 다가왔는데 글은 갈피를 못 잡고 있다는 것이 지수의 히스테리의 큰 원인이라는 것은 부정할 수 없다.

권지수는 프로페셔널 대중소설 작가다. 좋아하는 일을 하고 있고, 꽤 인정도 받는 편이다. 문제는 아무리 좋아하는 일이라도 스트레스를 받지 않을 수 없다는 것이다. 본디는 다소 명하고 무난한 성격이라는 평을 들었던 그녀지만 작가 생활이 길어질수록 숨겨왔던 까칠한 면모를 드러내는 중이다.

― 고객님, 고객님을 관심고객으로 올리고 싶은데 괜찮으신가

요?

"관심고객이요?"

관심고객이라면, '예민하고 성질 더러우니 조심해야 하는 고객'의 좋은 말 아닌가?

— 네. 저희는 일반고객님과 다르게 특별히 따로 관리하는 고객님이 있으신데요. 관심고객 등록 시 S클래스의 헬퍼님을 보내드릴 수 있어서요.

"S클래스의 헬퍼요?"

— 네. 보통은 가입 시 성향에 따라 권해드려요. 가입비가 다르거든요. 하지만 고객님의 경우는 저희가 초반에 성향 조사를 잘못한 부분이 있어서 그냥 등록해드리도록 하겠습니다.

그러니까 지수가 '보기보다 까다로운 고객'이었다는 뜻이다. 기분이 좋아야 하는 건지 나빠야 하는 건지 애매해지는 순간이었다.

— 다만 가입비는 저희가 처리해드릴 수 있는데 헬퍼비는 그렇지 않아서요. S클래스 헬퍼님의 경우는 헬퍼비가 다르거든요.

"얼마인데요?"

돌아온 대답에 지수는 몸서리쳤다. 아니, 이 돈을 내고 도우미를 고용하는 사람이 있어? 얼마나 대단하길래?

"S클래스의 헬퍼님들은……, 무슨 차이가 있죠?"

— 좀 더 전문적인 분들이라고 생각하시면 되세요. 물론 일반 헬퍼님들도 검증을 거친 분들이지만, 지금까지 S클래스의 헬퍼님들에게 컴플레인이 들어온 경우는 한 차례도 없었답니다.

"한 번도요?"

그게 말이 되나? 사람은 천차만별이고 낳아준 엄마와도 안 맞는다며 싸우는 이 세상에 완벽하게 비위에 맞는 헬퍼라는 게 존재할 수 있을까?

문득 지수의 머릿속에는 그녀가 첫 컴플레인을 한 고객으로 '더 헬퍼'의 역사에 남지 않을까 하는 생각이 떠올랐다. 그렇다 하면 재미있는 일이고, 정말 만족스러운 헬퍼가 온다면 그도 나쁘지 않은 일이다.

"S클래스의 헬퍼분들의 시간은 어떻게 되죠?"

— 같습니다. 고객님. 오전, 오후, 저녁, 종일, 반일이 있습니다. 헬퍼님들마다 일하시는 시간이 좀 다르시니 원하시는 시간을 말씀해주시면 맞는 헬퍼님을 추천 드리겠습니다.

그동안 지수는 반일 도우미를 썼었다. 하지만 오후나 저녁에만 도우미를 쓴다면 S클래스라고 해도 크게 부담스럽지는 않을 듯했다.

"그러면 저녁 타임으로 부탁할게요."

— 예. 그리고 S클래스 헬퍼님 같은 경우에는 계약제로 운영이 되는데요…….

"에? 그럼 제 맘대로 해고할 수 없단 뜻인가요?"

— 예. 만일 일방적으로 계약해지를 하시게 되면 계약기간에는 계속 헬퍼비를 지급하셔야 합니다. 하지만 일단 하루 면접 후 계약기간을 결정하게 되니 걱정하지 마세요.

"점쟁이도 아니고 사람을 어떻게 하루 보고 다 아나요?

첫인상은 마음에 들었는데 좀 지내보니 영 아닌 경우가 있을 수도 있지 않아요?"

— 예. 물론입니다, 고객님. 그런 일을 방지하기 위해 해지 시스템이 있습니다. 해지 사유를 회사에 컴플레인 하시면 내부 심사위원회가 심사 후 계약해지 여부를 결정하게 됩니다. 하지만 제가 살짝 말씀드리자면 S클래스의 헬퍼님의 경우에 컴플레인이 들어온 적은 단 한 번도 없었으니까 안심하셔도 될 것 같아요.

"……예."

좀 떨떠름해서 지수가 입맛을 다셨다. 엄청나게 맛있고 영양가도 만점이라는 눈 돌아가게 비싼 굴비를 강매당하는 느낌이었다. 반품 한 번 없었다는 비싸디 비싼 굴비를 맛도 보지 못하고 사야 하는 껄쩍지근함……. 하지만 여전히 단 한 번도 컴플레인이 없었다는 S클래스의 헬퍼를 경험해보고 싶기도 했다. 이게 바로 베블렌 효과(과시욕구 때문에 가격이 비쌀수록 수요가 증대한다는 효과)인가?

"알겠어요. 일단 얼굴을 보고 결정할게요."

— 예, 고갱님. 후회하지 않으실 거예용.

갑자기 비음이 섞이는 안내원의 목소리가 불안했다.

남자는 약속된 저녁 6시 30분 정시에 도착했다. 그래, 남자였다.

"에?"

저도 모르게 놀란 티를 그대로 낸 지수에게 남자는 사람 좋게 웃어 보였다.

　"남자가 헬퍼를 한다면 놀라는 사람이 많죠. 하지만 여성의 전유물이라고 생각했던 요리 분야도 사실은 남자에게 더 적합하다는 것이 현대의 정설이니까요. 집안일 역시 사실 남자가 더 잘한다는 연구결과도 있습니다."

　"요리는 힘이 필요한 거니까 그런 거 아닌가요?"

　"집안일도 그래요."

　골프가방 같아 보이지만 훨씬 긴 가방과 스포츠 백 두 개, 커다란 쇼핑백 하나를 내려놓은 남자가 허리를 곧게 폈다.

　"안녕하십니까, 이수현입니다."

　수현이 내민 손을 멍하니 보던 지수가 넋을 놓고 그 손을 잡았다.

　"권지수……예요."

　정확히 말해 지수가 놀란 것은 수현이 남자였기 때문이 아니었다. 그 남자가 어마어마하게 잘생겼기 때문이었다.

　180센티미터는 훌쩍 넘는 듯한 우월한 기장, 그리고 그 기장에 어울리는 길고 쭉 뻗은 고속도로 같은 팔다리. 단정하게 빗어 넘긴 머리카락은 약간 밝은 빛이 도는 검은색이라 햇빛이 비치면 갈색으로 보였다. 게다가 이 하얀 피부는 뭐람? 잠깐 동안은 화장을 한 게 아닌가 의심했을 정도로 티 하나 없이 맑은 피부였다. 악수를 할 때 만졌던 손이 같은 빛깔을 띠고 있기에 의심은 곧 풀렸지만 정말 믿을 수 없는 피부였다. 피부만으로도 먹고 들어간다는 게 뭔지 알 것 같았다. 사람이 뭔가……, 잘 자란 고급스러운 느낌이 난다. 아니, 어쩌면 고급스러운 느낌은 피부 때문이 아니라 눈빛 때문일지도 몰랐다. 사람을 곧게 쳐다보는 눈빛에서 그녀는 그가 만만한 남자가 아니라는 것을 알 수 있었다.

속눈썹은 길었지만, 쌍꺼풀이 없이 긴 눈 때문인지 만만해 보이는 인상은 아니다. 코도 입술도 턱도 남자답게 생겨서 고운 피부에도 불구하고 여성스러운 느낌은 들지 않았다. 이렇게 생긴 거면 진짜 오디션 같은 거 봐서 연예인을 지망해도 되지 않나 오지랖이 마구마구 펼쳐지는데, 그가 앞치마를 꺼내 들어 허리에 둘렀다.

"일단 식사를 하고 이야기할까요?"

지수의 눈이 휘둥그레졌다. 앞치마라니, 앞치마라니! 이런 아방가르드한 장면이 있을 수가!

"어, 언제나 그렇게 입고 다니세요?"

"아아, 이거요?"

별거 아니라는 듯이 수현이 피식 웃었다.

"오늘은 첫날이니까요. 정식으로 계약하게 되면 별일이 없는 이상 일하기 쉬운 복장으로 올 겁니다. 아무래도 슈트는 집안일을 하기에 적당한 옷차림은 아니니까요."

"그, 그렇군요."

슈트가 아니라 앞치마 얘기를 물은 거지만 더 이상 캐물을 수는 없었다.

이상한 나라의 가정부

"그럼 잠시만 앉아서 기다리세요."

싱긋 웃고 돌아섰던 수현은 이내 걸음을 멈추고 지수를 바라보았다.

"혹시 드시고 싶은 거라도 있으세요?"

"네?"

"드시고 싶은 음식……."

"아, 아뇨. 별로."

"예. 그럼 가장 빨리 준비될 수 있는 요리로 하겠습니다."

수현이 부엌으로 들어간 지 5분도 지나지 않아 뭔가를 지지고 볶는 냄새가 나기 시작했다. 지수는 내내 멍하니 수현을 바라보고 있었다. S클래스의 헬퍼? 저 사람이?

솔직히 말하자면 손에 뭔가를 바리바리 들고 있었다는 것을 제외하고 수현은 여의도 증권가 앞에서 삼삼오오 모여 있는 증권맨 중 하나를 오려 온 것 같은 옷차림과 얼굴을 하고 있었다. 이건 많은 것을 시사한다.

남자 나이 사십이 되면 얼굴을 책임져야 한다는 옛말은 시대에 맞춰 바꾸자면 사람은 삼십이 되면 얼굴을 책임져야 한다 정도가 될 것이다. 시대가 빨라져서 삼십만 돼도 이 사람이 어떻게 살아왔는지 어떻게 살아갈 건지가 대강 보이게 된다. 그 사람이 살아온 모습, 살아갈 모습에 따라 얼굴이 다른 것이다.

지수만 해도 그랬다. 서른을 딱 넘어서면서부터 지수의 얼굴은 어딘지 퀴퀴하고 피곤에 절어 있는 얼굴이었다. 한 달

30일 중 20일이 넘는 시간을 집에서 칩거한 채 글만 쓰면 어쩔 수 없는 일이다. 하루 종일 집에만 있다 보면 세수도 안 하는 날이 많고, 얼굴에서는 점점 사막화가 진행된다. 헤어스타일은 '오두가단 차발불가단(吾頭可斷 此髮不可斷)'을 외치신 최익현의 뜻을 되살려 주구장창 상투스타일을 고수하고 있다.

"그런데 저 사람은…….."

혼자 중얼거리던 지수가 고개를 갸우뚱했다. 수현의 나이를 짐작하기가 어려웠다. 남자가 이런 일을 생업으로 할 것 같지는 않으니 20대인 것이 맞을 텐데, 얼핏 보아도 30대는 되어 보였다. 하지만 30대의 남자가 헬퍼? 하지만 남자가 이런 일을 생업으로 하지 않을 것 같다고 생각하는 것 자체가 편견인지도 몰랐다. 상식이라는 것이 지수의 머릿속에서 마구 혼동되기 시작했다.

"저기……. 뭐 하나만 물어봐도 돼요?"

능숙하게 프라이팬 위의 달걀부침을 뒤집는 수현의 뒤통수에다 대고 지수는 말을 걸었다.

"하세요."

"왜 헬퍼 일을 하세요?"

수현이 뒤를 흘깃 보더니 센 불로 틀어놓았던 가스레인지를 잠그고 프라이팬 위에 있던 달걀부침을 접시 위로 올렸다. 달걀부침은 약불에 부친다고 알고 있었던 권지수의 상식에 정면으로 위배되는 장면이었다.

"식사하세요."

"에? 벌써요?"

시계를 흘깃 보니 20분도 지나지 않은 시간이었다. 이수현이 반찬거리도, 반찬거리가 될 만한 종자도 없는 낯선 부엌 안에서 뭔가를 찾아내는 능력을 지녔다 하더라도 밥만 하기에도 빠듯한 시간이었다.

"간단한 밑반찬은 싸가지고 왔거든요."

"우와!"

별 기대 없이 식탁으로 향했던 지수의 눈이 휘둥그레졌다. 입이 떡 벌어진다는 관용어구는 더 이상 관용어구가 아니었다. 사람이 너무 놀라면 정말로 입을 떡 벌리게 되는 것이다.

언제나 꼬질꼬질하게 김치 국물이 묻어 있었던 식탁이 새 식탁인 것처럼 말끔하게 정리가 되어 하얀 식탁보를 뒤집어 쓰고 있었다. 오히려 더 비위생적이 아닐까 고민스럽던 식탁 매트는 사라지고 대신 러너가 식탁 한가운데에 놓여 있었으며, 러너를 고정시키기 위한 목적인지 아니면 순수한 미적 목적인지는 몰라도 그 위에는 푸른색 수국이 놓여 있었다.

"이, 이거 진짜 꽃이에요?"

"네. 오늘따라 유난히 색이 예쁘길래 사 왔어요."

러너와 수국 때문일까? 식탁이 다 고급스러워 보였다. 아니, 부엌 전체가 달라 보였다.

그게 끝이 아니었다.

끝이 찌그러졌지만 원래 은수저는 다 그런 거라며 버티고 있었던 은수저가 성형을 했다. 그것도 최고의 성형외과의에게 받았는지 과거의 흔적이 전혀 안 느껴지는 게 그냥 새 수저 같다.

"얘, 얘, 얘는 어떻게 된 거예요?"

"아, 적절한 세척제로 씻으면서 좀 만져주면 돼요."

"만져요?"

"네. 제가 만지면 대부분의 것들은 다 제자리로 돌아간답니다."

믿어지지 않는 기분으로 지수는 은수저를 내려다봤다. 문양이 같지 않았다면 다른 은수저로 몰래 바꿔치기 했다고 믿고 싶을 정도였다. 은수저가 정말 은색일 수가 있다니, 거짓말 같았다.

식기 역시 항상 쓰던 식기였지만 담긴 음식이 달라서일까? 확실히 달라 보였다. 밥그릇에 소담히 퍼져 있는 하얗게 윤기 흐르는 밥과, 그릇 색과 재료 색을 고려하여 음식을 올린 덕분에 짝이 안 맞는 그릇들이 일부러 그렇게 고른 것처럼 보였다.

여기서 끝이 아니다.

"이건 뭐예요?"

"수저받침이 없더군요. 종이를 접어서 만든 겁니다."

종이를 접어서 만들었다고 쿨하게 말한 종이받침은 문어 모양이었다. 문어의 발 중 하나가 숟가락을 잡고 있었고, 다른 발이 젓가락을 잡고 있었다.

지수는 진심어린 경탄으로 수현을 쳐다보았다. 솔직히 집안일에 S클래스니 뭐니 하는 거 좀 웃기다고 생각했는데, 그랬던 자신을 진심으로 반성하는 지수였다. 프로가 손을 대면 뭐든 아마추어는 감히 상상도 못 하는 경지에 오르게 되는 거였다.

　"마음에 드십니까?"

　국을 한입 떠먹는 순간, 지수는 사막에 홀연히 떠오르는 오아시스의 신기루를 본 것 같은 느낌이었다.

　"맛있네요! 세상에, 이런 국은 정말 처음 먹어봐요!"

　"감사합니다. 왜 헬퍼를 하냐고 물으셨죠?"

　수현이 단정하게 웃었다.

　"잘하는 일이니까 그렇습니다."

　감동이 지수를 후려쳤다. 정답이지만 더 이상 아무도 정답이라고 생각하지 않는 말. 잘하는 일을 한다. 자신의 일에 대한 이 자신감과 자부심이 빛났다.

　다시 돌아서서 설거지를 시작한 수현의 뒷모습이 얼마나 멋있었냐 하면, 그 이후로 지수는 남자의 진정한 섹시함이란 등판에서 나온다고 생각하게 되었을 정도였다.

　하지만 아직도 끝은 아니었다.

　식사를 한 후, 지수는 작업을 하러 방으로 들어갔는데 설거지를 하는 건지 마는 건지 물 흐르는 소리도 거의 들리지 않았다. 엄청나게 조용해서 처음에는 신경이 쓰일 정도였다. 치타도 아니고 사람이 같은 집에 있는 이상 인기척이라는 게 느껴지는 게 정상인데 이수현이라는 남자는 기척을 감추는 능력도 있는 게 분명했다. 하지만 이상하게 생각했던 건 잠깐, 곧 어마어마하게 집중해서 일해버렸다. 다른 도우미가 와 있을 때는 상상도 못 했던 일이다.

그렇게 정신을 차렸을 때는 11시가 넘은 시각이었다.

"아!"

계약은 10시까지다. 귀를 기울여보니 잠잠했다. 이미 돌아간 모양이다. 미리 시간이 끝나면 고지할 필요 없이 가도 좋다고 했으니까 그랬어도 당연한 일이다. 다만 계약이 어떻게 되는 건가 마음에 걸렸다. 제대로 이야기하지 않았다며 헬퍼에게 까이는 일은 없기를 바랐다. 맘에 들었는데 놓치는 건 세 번째 헬퍼로 충분했다. 지수는 이 남자를 반드시 고용하기로 마음먹었다. 다소 비싼 건 이 남자로 인해 잘 먹고 집중해서 일하는 걸로 만회할 수 있을 듯했다.

만족스럽게 기지개를 켜며 방문을 열었다. 어떻게 일해놨는지 다른 일솜씨도 좀 구경해볼까, 하는 마음이었다.

그러나 문을 열자마자 보인 것은 이어폰을 낀 채 책을 보고 있는 남자였다. 자기 거실처럼 편한 자세로 책을 보고 있는 남자는……, 수현이었다. 깜짝 놀라 거실 벽에 붙어 있는 시계를 쳐다봤다. 11시 맞다. 밤 11시.

"안 갔어요?"

놀라 묻는 지수의 목소리에 남자가 이어폰을 뺐다. 태연하게 웃는 얼굴은 밤 11시에 어울리지 않게 싱그러웠다.

이상한 나라의 가정부

"이제 일 다 했어요?"

"아니, 지금이 11시인데 여기서 뭐 하는 거예요?"

"10시까지 일하고 그다음에는 책 봤어요. 계약서를 받아 가야 할 것 같아서요."

"아, 그럼……. 그럼 노크를 하지 그랬어요."

"긴급 상황이 아니면 일할 때 방해하지는 않을 거예요."

순간 감동이 치솟았다. 보통 일하는 사람들에게 있어서 긴급 상황은 '본인들의 시간낭비'일 때가 많다. 지수가 11시에 나왔으니 망정이지 수현의 입장에서는 지수가 새벽 1시에 나올지 2시에 나올지 모르는 일이었다. 그것을 감수하고 기다리다니, 이만저만 감동이 아니다.

어째서 S클래스가 단 한 건의 컴플레인도 없는지 알 수 있는 순간이었다.

"계약, 합시다."

지수가 뿌듯하게 고개를 끄덕였다. 수현이 화사하게 웃었다. 그러는 양이 어쩐지 오싹했지만 지수는 그것을 방금까지 일로 달린 후유증 때문이라고 치부해버렸다.

그렇게 이수현과 권지수는 헬퍼 계약에 사인하게 된다.

일주일에 세 번 월수금, 저녁 6시부터 10시. 가사 일반 전반에 대한 전권을 헬퍼에게 넘겨주는 조건이었다.

이것이 무얼 의미하는지 지수가 깨닫기까지는 오랜 시간이 필요치 않았다.

02. 이상한 나라에서 날아온 힌트

　상당한 현금이 깨지긴 했지만, 결론적으로 말하자면 수현을 고용한 것은 만족스러웠다. 일의 능률은 물론이고 몸까지 좋아지는 느낌이었다. 청결한 집에 살면서 좋은 음식을 먹으면 누구라도 그렇게 되리라.

　몇 주가 지나면서 지수는 수현을 월수금 부르는 대신 매일 부르는 것으로 시간표를 바꾸었다. 그럴 만한 가치가 있었다. 수현이 오는 날과 오지 않는 날의 일의 능률은 하늘과 땅 차이였으니까.

　그러면서 수현에 대해 알게 된 것이 있다.

　첫째, 그는 오후·저녁 타임에만 일하고 있다고 했지만 월수입은 어지간한 대기업의 부장급보다 높았다. 일단 지수가 주는 돈×2를 해도 그 돈이 넘는데 수익구조가 어떻게 되는 건지는 몰라도 '더 헬퍼'에서 따로 상여금까지 지급 받는다고 한다. 알고 보니 회사 내에서도 하이클래스 1퍼센트에 속하는 말 그대로 SS급 헬퍼로서 도대체 왜 지수에게 왔나 싶을 정도로 프라이드가 높고 수준이 높은 헬퍼였다.

"이상한 나라에 온 것 같구나."

설거지를 하고 있는 수현의 뒷모습을 보면서 지수는 중얼거렸다.

수현의 손은 마치 마술사의 손 같았다. 그는 일단 설거지를 할 때 물을 받아서 했다. 우리나라는 물 부족 국가이기 때문이란다. 그렇다고 해서 지저분한 느낌은 없었고, 솜씨 좋게 소리 하나 내지 않고 세제를 쓱쓱 물에 휙휙 헹군 다음 마지막으로 한 번 뽀드득 하는 느낌이 들도록 씻어내는데 그 과정이 마치 마술처럼 부드럽게 물 흐르는 듯이 자연스러웠다. 그런가 하면 먹고 난 후의 식탁을 정리하면서 그릇을 챙기고 물기 하나 없이 싱크대를 가뿐히 씻는 모든 행동들이 한순간 이뤄지기 때문에 말 그대로 눈 감았다 뜨면 부엌이 말끔해지는 느낌이었다.

"뭐든 극한까지 가면 예술이 된다더니."

지수는 감탄에 감탄을 거듭했다. 수현의 움직임에 비하면 지수가 쓰고 있는 글은 말 그대로 잡문에 지나지 않았다. 신성하기까지 한 그 마무리 동작을 보고 있노라면 작가랍시고 도저히 잘난 척을 할 수 없을 것 같은 분위기인 것이다.

"암만 생각해도 수현 씨의 직업이 더 좋은 것 같아."

"예?"

티끌 하나 없이 닦은 유리잔을 형광등에 비춰보던 수현이 지수를 바라보았다.

수현은 검은 바지에 잘 어울리는 옅은 베이지색 셔츠를 입고 있었다. 첫날보다는 훨씬 편해 보이는 옷차림이지만 단정해 보이는 것은 마찬가지였다. 그래서인지 그가 들고 있는 유리잔이 마치 아주 고급스러운 크리스털 잔으로 보이는 착시가 일어났다.

"수현 씨 직업이 더 근사하고 좋은 것 같다고. 폼 나고, 멋져."

"그럴 리가요. 글을 쓴다는 건 멋진 거예요. 아무나 할 수 없는 일이잖아요."

수현의 눈꼬리가 길어지며 다정한 대답이 돌아왔다.

사실 수현을 고용하고 가장 좋은 것은 이것이었다. 청결한 집도 좋았고, 맛있는 밥도 좋았지만, 잘생긴 남자가 정중한 말투로 다정하게 말을 걸어주는 것이 소름끼치게 좋았다. 정말 그가 집사이고 그녀가 공주가 된 기분이었다. 과거 지수는 그런 류의 할리퀸 소설을 꽤 많이 보았다. 주종관계의 섹시함이 무언지 뼈에 새겨진 거나 다름없다.

이 판타지는 수현이 지수보다 한 살 어리다는 사실을 알고 슬그머니 말을 놓았는데도 수현이 어떠한 거부감도 표시하지 않았을 때 더더욱 현실적인 색채를 띠었다.

수현은 그가 일하는 걸 넋 놓고 보고 있는 것을 불편해하지 않는 것 같았다. 오히려 즐기는 듯 지수가 멍하니 보고 있을 때면 행동반경이 더욱 커지고 화려해졌다. 마치 연극이라도 하고 있는 것 같아서 보는 즐거움이 있었다. 저렇게 우아하게 청소하고 드라마틱하게 설거지할 수 있다는 건 생각해보지 않은 일이었다.

좋구나…….

저도 모르게 지수는 해실 웃음을 흘렸다. 칙칙했던 그녀의 인생에 광명이 비추고 있었다. 물론 모든 광명은 그림자를 가지고 있다는 것을 실감하기까지는 오랜 시간이 필요하지 않았다.

은채는 그를 바라보았다. 믿을 수가 없었다. 저 사람이 그녀가 사랑했던 사람이다. 저렇게 완벽하게 낯선 사람이 그녀가 온 심장을 바쳐 사랑했던 바로 그 사람이다. 어떻게 이런 일이 있을 수 있겠는가?

지수는 인상을 찡그렸다. 어떻게 이런 일이 있긴? 눈치 못 챈 게 바보지.

자판에서 손을 떼고 의자에 기댄 지수는 한쪽 다리를 의자 위로 올려 무릎을 세웠다. 몰랐다는 게 바보인 거다. 앞서 20페이지 가까이, 지수는 남자의 배반에 대한 복선을 깔았다. 복선도 아니었다. 은채만 모를 복선이었다. 어째서 몰랐던 건지 지수는 이해할 수 없었다. 남자는 첫 출연부터 대놓고 '개새끼'의 탈을 쓰고 있는데 은채는 모른다. 가장 답답한 게 이거였다. 왜 이렇게 바보 같고 감정적이기만 할까? 왜 눈앞에 빤히 있는 걸 보지 못하고 삽질을 할까?

남녀가 사랑하면 얼마나 바보 같아지는지 지수는 몰랐다. 잠언에 따르면 사람이 사랑에 빠지고, 또 지혜롭게 행동하는 것은 불가능하다고 하지만 어째서 그런지는 이해할 수가 없었다.

연애 경험이 많지는 않지만 몇 안 되는 지수의 연애 경험은 전부 시시하게 끝났다.

첫사랑은 남자가 군대를 가기 석 달 전에 눈물로 대시를 해 와서 사귀기 시작했지만, 남자가 일병을 달기 전에 끝나버렸다. 물론 견디지 못한 건 그녀 쪽이었다. 지수는 아직도 만나지 못하는 사랑이 무얼 위한 사랑인지 이해하지 못한다.

두 번째는 남자가 바람이 났다. 엄밀히 말하면 바람은 아니었고, 바람을 피우려고 시도했다. 다만 상대가 나빴다. 지수의 친한 친구였던 것이다. 남자친구의 고백에 고민하던 지수의 친구는 그 사실을 지수에게 알려 왔고, 지수는 그 남자친구네 집을 깡그리 뒤엎은 다음 친구와도 연락을 끊었다. 친구와 연락을 끊은 부분은……, 자격지심이었다. 그녀가 지수보다 더 나으니까 남자친구가 선택했을 거라는, 지금 생각해도 바보 같고 형편없는 자격지심 말이다. 그때도 그 사실을 몰랐던 것이 아니다. 친구는 지수에게 좋은 친구였다. 하지만 지수가 그 우정을 받을 만한 자격이 없었다.

세 번째는 지수가 바람이 났다. 웃긴 일이다. 상처를 받아

아파본 사람은 그 상처를 남에게 되돌려주지 않아야 하는 게 정상인 것 같은데 그렇지 않았다. 남자친구의 친구가 집적거리는 것에 지수는 너무나 쉽게 넘어갔다. 그 순간은 '자기 친구의 여자친구인데도 불구하고' 대시해 오는 그 남자가 자신을 너무나 사랑한다고 생각했다. 어떤 금단을 이겨낸 사랑이 그냥 만남보다 훨씬 더 강하다고 생각했다. 하지만 몇 번 만나면서 그 남자도 별 다를 것 없는 남자라는 걸 깨달았고, 그런 상황이 혐오스러워졌다. 무엇보다도 자신이 싫어서 견딜 수가 없었다. 결국 어째서냐고 화를 내는 남자를 두고 지수가 먼저 돌아섰다.

네 번째는 그냥 시시했다. 소개팅에서 만나서 죽이 맞아 한참을 만났는데, 둘 다 결혼을 생각하거나 그 이상이 되기에는 서로가 탐탁지 않았던 모양이다. 죽을 듯이 싸우고 다시 만나고 죽일 듯이 싸우고 다시 만나기를 반복하다가 어느 날 죽게 싸우고는 둘 다 두 번 다시 연락하지 않았다.

다섯 번째, 여섯 번째, 일곱 번째……. 지수는 심심찮게 남자를 만났지만 그뿐이었다. 정말이지 남자는 다 똑같았고, 감정도 비슷했다. 계속 만나지니까 만났을 뿐, 부모가 쓰러져 가면서까지 반대하는데 사랑해서 헤어지지 못하겠다는 것을 지수는 이해하지 못했다. 남자가 속이는 게 뻔히 보이는데도 그걸 눈치 채지 못할 정도로 맹목적인 사랑도 지수는 이해하지 못했다. 남자가 그녀를 속였는데 사과한다고 해서 그 남자를 다시 받아주는 사랑은? 더더욱 절대 조금도 이해할 수 없

41

었다.

지수에게 있어 연애란 남녀 사이에 존재하는 텐션으로서의 섹스, 그리고 호감의 연장선이었다. 헤어질 때는 마음 아프지만 곧 잊어버리게 되는 그런 거. 마치 읽을 때는 몰입해서 읽지만 곧 주인공 이름마저 잊어버리고 마는 그저 그런 소설처럼.

이 소설도 그렇게 되겠지. 이 글을 읽는 사람들은 그럭저럭 몰입해서 읽을지 몰라도 곧 주인공 이름이 은채인지 은수인지 은지인지 곧 잊어버릴 거다.

"그래도 여주인공이 바보라는 건 기억하겠지."

지수가 한숨을 내쉬었다.

지금이라도 설정을 뒤엎을까? 시놉시스에서 어긋나면 글이 산만해질 수도 있겠지만, 지수의 성격대로 쓰는 것이 진도는 빠를 것이 분명했다. 남자가 딴 짓을 하는 순간 은채가 눈치를 채고 치밀하게 덫을 놓아 뒷덜미를 잡는 거다. 그리고 남자의 얼굴에 서류를 뿌리며 복수하겠다고 이를 간 후, 바로 실행에 옮기는 거다. 얼굴에 점 하나 찍고 돌아와 남자를 처절하게 망가뜨린 다음 최후에는 서울역 앞의 노숙자로 만들고 나서……

……그러면 아무도 안 사 보겠지. 점도 아무나 찍는 거 아니다. 독자들이 지수의 글에서 기대하는 건 막장이 아니라 사랑이니까.

"미치겠다."

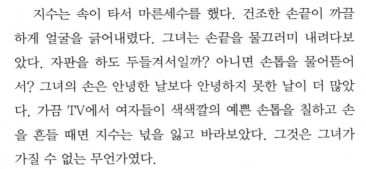

　　지수는 속이 타서 마른세수를 했다. 건조한 손끝이 까끌하게 얼굴을 긁어내렸다. 그녀는 손끝을 물끄러미 내려다보았다. 자판을 하도 두들겨서일까? 아니면 손톱을 물어뜯어서? 그녀의 손은 안녕한 날보다 안녕하지 못한 날이 더 많았다. 가끔 TV에서 여자들이 색색깔의 예쁜 손톱을 칠하고 손을 흔들 때면 지수는 넋을 잃고 바라보았다. 그것은 그녀가 가질 수 없는 무언가였다.

　　수현이 지수를 부른 것은 그녀가 한참 한숨을 내쉬고 있을 때였다.

　　"지수 씨, 밥 먹어요."

　　"난 나중에 먹을게. 수현 씨 먼저 먹어."

　　냅다 소리를 지르고 지수는 다시 모니터를 노려보았다. 지금 손가락 생각할 때가 아니다. 투 비 오어 낫 투비(to be or not to be), 죽느냐 사느냐 그것이 문제로다. 판매 생각은 하지 말고 그냥 성질대로 써? 아냐, 그럼 편집자가 한심하게 쳐다볼 텐데, 다음 계약도 힘들어지고…….

　　"지수 씨, 밥은 먹고 해야 해요."

　　똑똑 하는 노크 소리와 함께 문이 열렸다. 검은 바지에 하얀 브이넥 차림의 수현이 한쪽 손을 허리에 얹은 채 지수를 내려다보았다.

　　"나 지금 일하잖아!"

　　방해받은 것이 짜증스러워서 지수는 언성을 높였다. 이수현은 이런 고민 따위 없을 거다. 밥을 하고 빨래를 하고 설거지를 하는 일에 고민 따위가 있을 게 뭔가? 철학 따위 없는 저런 일이 짱인 거다. 뭐라고 해도 몸 쓰는 노동이 가장 속편하다. 머릿속에서 이야기를 짜내야 하는 작가 따위 너무 싫다.

"머리를 쓰는 일이니까, 영양분 공급이 제대로 안 되면 뇌가 움직일 리 없어요. 작업이 잘 안 될 때일수록 밥은 제대로 먹으면서 일해야 해요."

"긴급 상황이 아니면 일 방해 안 한다면서?"

"밥을 안 먹는 건 긴급 상황이에요."

뭐? 하고 지수가 이맛살을 찡그렸다. 이런 자의적이고 우스꽝스러운 해석이 어디 있단 말인가? 언제 나올지 알 수 없는 사람을 한 시간도 넘게 기다리는 건 긴급 상황이 아닌데 밥 한 끼 거르는 게 긴급 상황이라고?

"이수현 씨, 지금 모르나 본데."

지수가 전투적으로 일어서서 비난하듯 수현을 쏘아보았다.

"이 일은 맘대로 끊었다가 또 하고 그럴 수 있는 일이 아니야. 써질 때 계속해서 써야 하는 일이라고."

"그래서 한참 타이핑 소리가 들리면 나도 건드리지 않아요. 하지만 지금은 '써질 때'가 아니잖아요? 막힐 때는 밥도 먹고 기분전환도 하고 그래야 하지 않겠어요?"

정곡이었다. 구구절절 너무 옳은 소리라 말문이 막힌 지수의 얼굴이 빨개졌다.

이상한 나라의 가정부

"다, 당신이 뭐, 뭘 안다고 그래?"

하지만 수현의 얼굴은 담담하다 못해 무표정했다.

"난 모르죠. 그냥 책에서 본 걸로 권지수 씨에게 필요한 걸 챙기는 것뿐이에요. 그게 바로 내 '일'이니까요."

할 말을 찾지 못하고 지수가 수현을 노려보았다. 머리로는 알았다. 100퍼센트, 아니 200퍼센트 수현이 옳았다. 일단 한번 막혔을 때 앉아 있어봤자 제대로 된 문장이 나오지 않는다. 기껏 없는 문장을 짜내어 써봤자 나중에 제 컨디션이 돌아왔을 때 읽어보면 다 다시 써야 할 것뿐이다.

하지만 변명하자면, 작가가 글이 막힌다는 것은 정말이지 괴로운 일이라는 거다. 이때의 괴로움은 숨을 쉬어야 사는 사람이 갑자기 물속에 얼굴이 처박혔을 때 느끼는 감각과 비슷하다. 내가 자발적으로 글을 안 쓰는 건(=숨을 안 쉬는 건) 어느 정도 참을 수 있지만 글을 쓰고 싶은데(=숨이 쉬고 싶은데) 못 쓰면(=못 쉬면) 환장한다. 그 순간 합리적으로 사고하고 상식적으로 행동하기란 거의 불가능에 가깝다. 밥을 먹지 않겠다고 성질을 부린 것은 그 불합리의 일환이었다. 이런 순간 희희낙락, '그래, 밥 먹고 해야지.'라든지 '뭐 먹고 할까?'라고 생각하는 건 말 그대로 소설에서나 나오는 사람이다. 대개는 그냥 마냥 짜증이 나 공격적으로 변한다. 지금의 권지수처럼.

게다가 권지수는 이수현에게 불합리한 행동을 할 자격이 있었다. 어마어마한 돈을 주고 고용한 것은 이수현의 합리성에 맞추기 위한 게 아니라 권지수가 하고 싶은 대로 하기 위한 것……이었나? 일을 조금 더 합리적이고 능률적으로 하기 위해서였지 않나? 잠깐 혼란스러워 고개를 갸우뚱했던 지수는 에라 모르겠다, 하고 우겨버렸다. 그녀가 고용주고, 그는 고용인이었으니까.

"난 지금 일을 해야 하니까 나가줘. 그리고 말해두는데 내가 일하는 걸 계속 방해한다면 이수현 씨는 '더 헬퍼'에서 최초로 컴플레인을 받은 S클래스 급의 헬퍼가 될 거야. 내 말 알겠어?"

수현의 표정이 바뀐 것은 그때였다. 시종일관 여상한 표정을 짓고 있던 수현의 눈초리가 갑자기 날카로워졌다. 늘 따뜻한 빛을 띠고 있던 눈동자가 싸늘하게 식으며 가라앉았다.

잠깐 지수를 노려보고 있던 수현은 가타부타 한 마디도 덧붙이지 않고 조용히 방문을 닫았다.

지수는 그때로부터 두 시간 동안 단 한 줄도 쓰지 못했다. 끙끙대며 책상 위에 얼굴을 문대다 문을 열고 나갔을 때 수현은 화장실 청소를 하고 있었다.

"나……, 세수할 거야."

초췌한 지수의 얼굴을 보더니 수현이 말없이 비켜섰다. 문을 닫는데 어쩐지 한심했다. 세상에 할 게 없어 자기네 집 헬퍼와 신경전을 벌인단 말인가?

쓸데없이 화를 내버렸다.

"저기……."

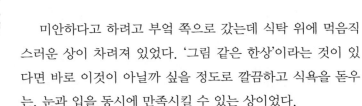

미안하다고 하려고 부엌 쪽으로 갔는데 식탁 위에 먹음직스러운 상이 차려져 있었다. '그림 같은 한상'이라는 것이 있다면 바로 이것이 아닐까 싶을 정도로 깔끔하고 식욕을 돋우는, 눈과 입을 동시에 만족시킬 수 있는 상이었다.

"식사 할 거예요?"

뒤돌아보지 않고 통통 무언가를 썰면서 수현이 물었다.

"으……응."

그럴 예정은 아니었지만, 해물탕 끓는 냄새에 반지르르윤이 나는 흰 쌀밥을 보니 배가 꼬르륵 울었다. 자존심 따위는 개나 주라지. 자기 집 헬퍼 이겨서 뭐할 건데? 지수는 그냥 자리를 빼고 앉아버렸다. 수현은 벌써 화가 풀린 건지 별내색이 없었다.

"저기……. 미안해."

그래도 숟가락을 쪽쪽 빨면서 지수가 사과하자 수현이 돌아보고는 빙그레 미소 지었다.

"괜찮은데 앞으로 식사는 제때 했으면 좋겠어요."

"알아."

"약속해줘요. 꼭."

수현이 터프하게 해물탕을 식탁 위에 올려놓았다. 때깔도곱고, 해물도 통통 살아 있는 해물탕에서는 바다 냄새가 났다.

"제때 밥을 안 먹으니까 이렇게 마르고 안색도 안 좋은 거예요."

"나 걱정하는 거야?"

"그럼요."

감동받지 않았다고 하면 거짓말이다. 진실은 지수가 제때 밥을 먹어야 일하기 편하다는 거겠지만, 말이라도 이렇게 해주니 좋다. 엄마도 지수 건강 걱정은 하지 않았는데 생판 남이 이렇게 챙겨주다니.

"알았어. 앞으로 꼭 밥은 제때 먹을게."

그래서였다. 지킬 수 없다는 걸 알았는데 약속해버린 것은.

그래도 며칠은 약속을 지켰다. 해물탕의 감동은 까마득하게 잊고 수현이 부를 때마다 짜증이 드글드글 끓어올랐지만, 막상 식탁에 앉으면 그날그날 엄선한 메뉴들은 만족스러웠다. 좋아하는 회덮밥, 나베 우동, 해물국수, 전골, 샌드위치, 비빔밥 등 간단 요리부터 양장피, 초밥, 신선로, 아구찜, 봉골레 파스타까지……. 그때그때 약간씩 변형을 준 음식들은 양장피를 제외하고는 훌륭했다. 한창 예민해져 있던 위에 양장피는 기름졌는지 양장피 먹은 날은 거의 일을 못 했다. 수현에게는 말하지 않았는데 어떻게 알았는지 그 이후로 중국요리는 식단에서 빠졌다. 한마디로 불만 같은 건 없다는 뜻이다. 이수현은 알아서 척척척 스스로 가정부였다.

그런데도 불구하고 부를 때마다 짜증이 나는 걸 보면 권지수는 학습능력이 지독하게도 없는 인간인지도 모른다.

이상한 나라의 가정부

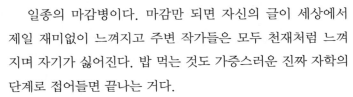

마감이 다가올수록, 그리고 일은 안 될수록 지수는 미쳐 가기 시작했다.

일종의 마감병이다. 마감만 되면 자신의 글이 세상에서 제일 재미없이 느껴지고 주변 작가들은 모두 천재처럼 느껴 지며 자기가 싫어진다. 밥 먹는 것도 가증스러운 진짜 자학의 단계로 접어들면 끝나는 거다.

그리고 다시 수현과 맞붙은 것은 밤을 꼴딱 새운 날, 천치 여주인공의 바보짓에 분노한 나머지 자판 하나를 때려 부수 고 새 자판을 연결했을 때였다.

"이런 일이 한두 번이 아닌가 봐요."

망가진 자판을 수습하고 쓰레받기로 방바닥을 쓸며 수현 이 물었다.

"작가마다 괴벽이 있기 마련이야. 나는 자판을 때려 부 숴."

"경제적이네요. 모니터나 본체는 비싸니까."

순간 위험하다고 생각했다. 평소와 같은 수현의 재치 있 는 농담에도 도저히 웃을 수 없었을 때, 지수는 지금 자신의 신경이 몹시도 날카롭다는 것을 깨달았다. 하지만 수현은 몰 랐던 것 같다.

"밥 먹고, 쉬고 해요."

맞는 말이 이렇게 짜증난다는 것에 대해서 연구한 논문이 있을까? 없으면 지수가 하고 싶었다. 분명 대박이 날 것이다. 논리적이지 않고 이유가 없는 수많은 짜증들이 일을 어렵게 만든 사례는 주변에서 얼마든지 찾아볼 수 있지 않은가?

"나 오늘 그럴 기분 아니야. 내버려둬."

수현이 지수를 쳐다보았다.

"밥은 제시간에 먹기로 했잖아요."

"싫다고! 지금 먹으면 체할 것 같단 말이야."

"그럼 죽이나 누룽지를 끓일게요. 아니면 밥 안 먹어도 되니까 좀 자든지요. 지금 지수 씨 얼굴이 엉……."

"상관하지 마!"

지수가 버럭 소리를 질렀다.

"지수 씨, 어떤 기분인지는 알겠는데 이럴 때일수록 자기관리를 잘해야 해요. 잘 자고 잘 먹고, 그래야 글을 쓰죠."

알긴 뭘 알아? 이미 지수는 프로페셔널 작가였다. 물론 데뷔한 이후로 매년 건강검진 결과가 나빠지고 있다는 건 비밀이지만, 어쨌든 아직까진 자기관리를 못한다는 소리를 들을 정도로 망가지진 않았다. 담배는 가끔 피우지만 술은 거의 안 하고, 기름진 음식도 그다지 좋아하지 않는다.

"걱정해주는 건 알겠는데, 내 걱정은 내가 알아서 하니까 수현 씨는 자기 일이나 제대로 했으면 좋겠어. S급이라는 자부심은 알겠는데 가끔 좀 오버하는 거 알아?"

수현이 지수를 물끄러미 바라보았다. 그의 눈이 무슨 말을 하고 있는지 지수는 알았다. 그래, 그녀가 약속했다. 그래서 뭐? 약속은 원래 깨지기 위해 존재하는 거랬다.

"나가. 혼자 있고 싶어."

이상한 나라의 가정부

수현이 어떤 표정을 지었는지는 알 수 없었다. 쏘아붙이자마자 어느 정도 제정신이 들었기 때문에 차마 그의 얼굴을 볼 수 없었기 때문이다.

그로부터 세 시간이 넘게, 수현이 일을 마치고 퇴근할 때까지 지수는 방 밖으로 나가지도 못했다. 방문에 딱 붙어서 바깥동향을 염탐해보았지만, 수현은 평소와 같이 종잇장 팔락이는 소리도 내지 않았다. 천리안이라도 있지 않은 한 밖에서 무슨 일이 일어나고 있는 건지 알 방법이 없었다.

수현이 퇴근하는 소리가 들리자마자 뛰어나가 화장실에서 볼일을 본 지수가 자조했다.

왜 자꾸 쓸데없이 짜증을 내게 되는 걸까? 그 순간이 지나면 후회하는데 왜 그 순간을 참지 못하는 걸까? 권지수는 정말 사람이 덜된 인간일까?

지수가 세상에서 가장 많이 싸운 사람은 엄마였다. 그래서 독립했고, 독립한 후로는 적어도 이런 종류의 부대낌은 느끼지 못했다. 감정이 나빠졌는데 이게 누구의 잘못인가, 권지수가 모자란 것인가 상대가 너무한 것인가의 문제 말이다.

엄마와 싸웠을 땐 80퍼센트 이상, 엄마가 잘못했다고 생각했었다.

엄마는 지수가 결혼하지 않고 글을 쓰고 있는 것을 이해하지 못하는 사람이었다. 글 쓰는 것은 엄마에게 있어서는 직업이 아니었다. 몇 번이고 취직을 하라고 닦달했고, 몇 번이

51

고 결혼을 하라고 들볶았다. 실제로 지수가 버는 돈이 또래 여자들이 직장을 다니면서 벌 수 있는 금액을 웃돈다는 것이나 그 돈으로 엄마의 생활비를 대고 있다는 것은 별로 중요하지 않았다. 자기 틀에 맞지 않는 것은 다 틀린 사람이었다. 대개는 그냥 넘겨듣지만 예민해지기 시작하면 참지 못하고 싸웠고, 지수가 일단 고집부리기 시작하면 집 안은 초토화가 되었다. 결국 견디지 못하고 독립을 하고 나서야 지수는 엄마와 이야기할 때 언성을 높이지 않을 수 있었다.

하지만 지금 수현과 부딪치는 것도 정말 수현이 잘못된 걸까? 아니, 지수가 자기관리를 못하고 지수가 고집을 부리기 때문이다.

"나는 성격이 왜 이렇지?"

자기혐오가 밀려왔다.

"그래서 사랑 이야기를 못 쓰는 건지도 모르지. 다른 사람과 함께 있지도 못하는데 사랑은 어떻게 하겠어?"

생각해보면 첫 번째 남자친구는 죽도록 좋다고 하니까 싫으면 군대 간 후에 헤어질 수도 있다고 생각해서 사귀었다. 만나봐야 안다고 생각했는데, 만나보니까 역시 별 볼 일 없었다. 지금 헤어지지 않았다가 나중에 별 볼 일 없는 남자친구가 먼저 헤어지자고 하기라도 하면 '지는 거'라고 생각했다. 그래서 먼저 헤어지자고 했다. 두 번째 친구였던 남자친구에게도 제대로 마음을 연 적이 없었다. 친구일 때나 연인일 때나 비슷하게 두 사람 사이는 미적지근했다. 그가 그녀의 친구에게 끌린 건 당연한 일이었다. 친구는 예쁘거나 몸매가 좋은 게 아니라 착했다. 따뜻했고, 진심으로 다른 사람을 대하는 법을 아는 여자였다. 하지만 이때도 지수는 '졌다'고만 생각했다. 세 번째 남자친구도, 바람난 상대도 어쩌면 진심이 아니었을지도 모른다. '진심 같아 보이는 무언가'를 원했을 뿐이었다. 누가 더 진심인지를 따져서 고른 걸지도 모른다. 그 후로도 계속…… 권지수는 '지지 않기 위해' 뭔가를 했던 것 같다.

권지수는 사람과 부대끼며 사는 법을 모른다.

"나란 인간 진짜 혐오스럽다."

지수는 한숨을 내쉬었다.

다음 날.

"지수 씨, 밥 먹어요."

"나중에."

수현은 두 번 권하지 않았다.

다다음 날.

"지수 씨, 식사 시간이에요."

"나중에 먹을게."

수현은 두 번 권하지 않았다.

다다다음 날.

"지수 씨, 식사하세요."

"신경 쓰지 마."

수현은 두 번 권하지 않았다.

다다다다음 날.

"권지수, 밥 먹어."

"나중에……. 뭐?"

불퉁한 수현의 목소리에 놀라 돌아본 지수의 눈에 들어온 것은 팔짱을 낀 채 엄한 표정으로 서 있는 수현의 모습이었다.

"밥 먹으라고. 보니까 지난 사흘 동안 점심에는 라면 끓여 먹고 저녁에는 대강 맨밥이나 퍼 드셨구만. 작가는 머리 쓰는 직업인데 사흘 동안 영양공급을 그따위로 하니 글줄이나 써 졌겠어? 헤밍웨이였어도 일기 말고는 못 썼을 것 같은데?"

"너, 너, 너, 너, 너……."

너무 기가 막혀서 벌떡 일어난 지수가 말을 더듬었다.

검은 바지에 칼라가 있는 하얀 셔츠……. 여전히 단정한 옷차림에 담담한 표정인데 입만 어디 이상한 나라에 살고 있는 사람 같아 어안이 벙벙했다. 얼굴이 너무나 멀쩡해서 말하고 있지 않을 때면 꿈을 꾸고 있는 건가 싶을 정도다.

"사흘 동안 밖에 나가기는 했어? 거실 말고 밖. 아스팔트 덮여 있고 자동차 다니고 매연도 좀 있고, 그런 바깥세상. 걷는 게 뇌 운동에 미치는 영향은 알아? 똑똑하신 작가님이시니 뇌랑 글 쓰는 거랑 중요한 상관이 있다는 건 알겠지? 어디, 뇌를 개무시하고 신체리듬을 거꾸로 타면서 뭘 얼마나 썼나 한번 볼까?"

"하, 하지 마!"

지수가 필사적으로 모니터를 가렸다. 하지만 뚜벅뚜벅 걸어 들어온 수현에 의해 밀려나고 하얀 한글 파일이 떠 있는 모니터가 드러났다.

작업은 정확히 사흘 전으로부터 100퍼센트 퇴보해 있었다. 쓴 것도 다 지워버린 것이다. 자신의 글이라고 해도 납득할 수 없는 건 견딜 수가 없다.

"쯧쯔……."

수현이 눈을 가늘게 뜨며 혀를 찼다.

"이게 뭐야, 권지수 씨."

"네가 뭔데 이래?"

"난 권지수 씨의 헬퍼지. 이런 식으로 자꾸 우겨대면 지수 씨에게 좋을 거 하나 없어. 영양공급과 규칙적인 생활이 뇌활동에 얼마나 중요한데. 이러니까 머리가 안 돌지. 자기관리를 이렇게 하는 사람이 어떻게 글을 써?"

"그래! 난 형편없는 작가야!"

눈물이 빵 터졌다.

"너 잘났다! 이렇게 말 잘하면서 변호사가 되지 왜 헬퍼가 됐어?"

수현의 말이 구구절절 옳았다. 규칙적인 생활, 충분한 영양공급…… 이런 말들이 틀린 말들일 리가 있나? 초등학교에 들어가기 전부터 선생님과 부모님은 규칙적인 생활과 충분한 영양공급에 대해서 역설했다. 그렇다고 그걸 다 지킨 사람이 있을 리가? 옳은 말은 누구나 할 수 있다. 이행하는 게 힘든 거지.

"그래, 난 끝이야. 내 창의성은 이제 바닥났어. 나는, 사람에 대해 이해하지 못하고 사랑도 모르는 형편없는 작가라고."

주저앉아서 엉엉 우는데 눈물이 이렇게 많이 나올 수가 없었다. 아마 지수는 울고 싶었던 것 같다. 말 그대로 울고 싶은데 누가 뺨을 때려준 격이었다.

"빌어먹을, 사랑이 뭔지 알 게 뭐야? 난 그런 거 안 해봤단 말이야. 아무도 날 그렇게 사랑 안 해줬단 말이야. 그런데 모르는 걸 어떻게 써? 하기야 내가 알아서 우주여행에 대해 쓴 건 아니지. 하지만 그건 진짜 하나도 모르잖아. 사랑은……, 사랑은 꼭 알 거 같은데 어떻게 해. 알 것 같은데 모르는 걸 어떻게 해. 난 이제 끝났어. 끝났다구!"

"……그건 아니에요."

쪼그리고 앉아서 자기가 무슨 말을 하는지도 모르면서 아이처럼 버둥대며 우는 지수를 들여다보던 수현이 피식 웃었다. 그의 웃음소리와 함께 안드로메다로 날아갔던 제정신이 제자리로 돌아왔다. 맙소사! 이게 지금 뭐 하는 짓인가? 지금 이 남자 앞에서 아이처럼 울어 젖힌 것인가? 방금 뭐라고 했지? 머릿속에 있던 말들이 두서없이 입으로 나왔던가?

"히끅!"

가슴이 답답해진다 싶더니 딸꾹질이 올라왔다.

"이런……."

수현이 가볍게 혀를 차더니 벌떡 일어났다. 그리고 바람
처럼 방을 빠져나갔다. 지수는 어쩐지 수현이 어디를 가는지
알 수 있을 것 같았다. 물을 가지러 가는 거다.

하지만 절호의 기회였다. 지수는 엉금엉금 기어 책상서랍
을 열었다. 그리고 거울을 찾았다.

"히끅! 히끅! 히끅! 히끅!"

안 그래도 사흘간 폐인처럼 일을 해서 꼬락서니가 엉망일
텐데 이제 울기까지 했으니, 서울역 노숙자 부럽지 않은 몰골
임이 분명했다. 입가에 닿은 눈물의 맛이 유난히도 짭짤했다.

"히끅! 히……큭!"

"여기요, 물."

이수현은 재빨랐다. 심지어 전자레인지에 30초쯤 데운 듯
따뜻한 물이었는데도, 지수가 거울을 보기는커녕 찾기도 전
에 다시 돌아와 컵을 내밀었던 것이다.

어정쩡하게 책상 서랍을 뒤지는 자세로 굳어 있던 지수는
잠깐 동안 컵과 이수현을 번갈아보다가 깨끗이 포기하고 물
컵을 받아들었다. 왼손으로는 코를 막고 물을 원샷하자 답답
했던 가슴이 내려앉으며 딸꾹질이 멈춘……, 듯하다가 다시
딸꾹질이 나왔다.

"히끅!"

"이런……."

인상을 찡그린 수현이 갑자기 손을 뻗더니 지수의 코를 쥐었다. 기겁한 지수가 손을 허우적거리는데, 수현은 그녀의 손을 잡아채더니 몸을 핑그르르 돌렸다. 그러니까……. 그러니까……. 팔을 교차한 채 그녀를 백허그 한 것 같은 기묘한 자세로 만들었다는 뜻이다.

그렇게 1초, 2초, 3초……. 코를 막은 수현의 손이 아니더라도 지수는 숨을 쉴 생각도 못 했을 거다.

"됐죠?"

수현의 손이 떨어져 나갔다. 되고 나발이고 너무 놀란 지수는 눈만 깜빡이고 있는데……. 어랏? 딸꾹질이 그쳤다.

"됐네."

"거봐요."

싱긋 웃는 수현의 얼굴이 이 상황과 어울리지 않게 너무나도 싱그럽고 청량했다.

수현이 다시 지수를 돌려서 마주 보게 앉혔다. 그리고 진지하고 진지하게 그녀를 들여다보았다.

"권지수 씨. 당신은 굉장한 작가예요. 내가 이러는 건 단순히 그 굉장한 작가를 더 오래 보고 싶어서일 뿐이라고요. 당신이 일찍 죽으면 난 당신 다음 작품을 못 보잖아요."

"거짓말."

"진짜예요. 나는 당신 글을 다 읽어봤어요. 데뷔작인 '뉴욕에서 점심을'부터 시작해서 당신의 출세작인 '나쁜 사랑' 그

이상한 나라의 가정부

후로 '기억 속의 비밀', 'From 2 pm to 2 am'까지. 나는 당신의 팬이라고요."

"거짓말쟁이."

"내가 왜 그런 거짓말을 해요?"

"내 책은 그렇게까지 유명하지 않아. 주 독자층은 여성이라고."

"음, 사실 'From 2pm to 2am'은 여기서 일하기로 한 다음에 읽었어요. 그거 출간되었을 때 너무 바빠서 책 읽을 시간이 많지 않았거든요. ……그 책은 지금도 갖고 있어요. 보여줘요?"

수현은 대답을 기다리지 않고 벌떡 일어나더니 밖으로 나갔다가 들어왔다. 들고 있는 책은……, 맞다. 보라색 여명이 도시의 스카이라인을 물들이고 있는 표지의 'From 2pm to 2am'이다.

"내 말 맞죠?"

부드럽게 웃는 수현의 얼굴을 보면서 지수는 고개를 끄덕였다.

"당신의 글에는 센스가 있어요. 감수성도 풍부하고요. 특히 '뉴욕에서 점심을'의 여자 주인공의 감정에 대한 묘사가 엄청 섬세했어요. 마치 꼭 정말 있는 사람을 보는 것 같았거든요."

"정말?"

"그래요. 게다가 반전도 나는 예측 못 했어요. 뭔가 반전이 있을 거라고 생각하긴 했는데, 기대 이상이었어요. 이런 말은 좀 그렇지만 나 추리소설을 꽤 많이 봐서 어지간한 건 범인 다 맞히고 반전에도 놀라지 않는데 대단했다고요."

"아, 그건 좀 자신 있는 반전이었어."

"맞아요. 그뿐이에요? '나쁜 사랑'에서의 그 텐션! 이야기를 시종일관 긴장감 있게 끌어가는 건 아무나 할 수 있는 게 아니에요."

"하지만 그건 너무 어렵고 지루하다는 평을 들었는데."

"누가 그래요? 한두 명이 하는 말은 신경 쓰지 말아요. 수준 낮은 사람들은 자기가 이해 못 하면 어렵다고 하죠. 어차피 모든 사람을 만족시킬 수는 없는 거니까 됐어요. '나쁜 사랑'은 내 페이보릿(favorite)이라고요."

마법처럼, 수현의 이야기를 듣고 있다 보니 안개가 낀 것처럼 뿌옜던 머리가 조금씩 맑아졌다. 그래도 지수는 최후의 고집을 부려보았다.

"아니야. 그랬었을지 몰라도 지금의 나는 형편없어. 뭔가 머리가 막힌 거 같아. 아니, 온몸이 막힌 거 같아. 내 안에 창작력이라는 게 있었다고 쳐도 지금은 고갈되어버린 것 같아. 겨우 네 권 쓰고! 아직 성공도 못 했는데!"

"글 쓰는 사람들은 원래 가끔 그런다는데……."

"난 그런 적 없어."

"진짜요?"

수현이 턱을 괴었다. 그러더니 잠깐 생각하다가 어깨를

으쓱했다.

"그건 대단한 일 아닌가? 지수 씨 천재인가 봐요. 나는 글 쓰는 사람 중에 그런 사람이 있다는 이야기는 못 들어봤어 요."

지수가 코를 훌쩍였다.

"전에도 글 쓰는 사람 집에서 일한 적 있어?"

수현이 손을 뻗어 휴지를 집어다 지수의 앞에 놓으며 고개를 끄덕였다.

"글 쓰는 사람들이 예민하다 보니까 주로 S급 헬퍼를 찾아요. 사실 일반인들이 날 쓰기에는 좀 비싸잖아요."

"누구네 집 일을 했었는데?"

"그건 직업상의 비밀이에요."

휴지를 들고 망설이던 지수는 에라 모르겠다 하고 코를 팽 풀어버렸다. 수현과의 거리가 너무나 가까워 새삼 피하는 것도 우스울 듯했다.

"하지만 힌트 하나는 줄 수 있는데……."

잠깐 망설이면서 수현이 입을 열었다.

"힌트?"

무안하게 휴지를 뒤로 숨기면서 지수가 중얼거렸다. 어쩐지 지수는 옹크리고 앉아 있어 조그마한 느낌이고, 그런 그녀를 내려다보고 있는 수현은 커다래 보인다. 점점 제정신이 돌아오면서 이 상황이 심각하게 거북해지기 시작했다. 치명적인 약점을 들킨 듯한 느낌이었다. 수현이 제 입으로도 글을 쓰는 사람들이 예민하다고 말하긴 했지만, 가장 예민한 순간을 정면으로 들킨 것은 절대 기분 좋은 일이 아니었다.

"네. 다른 작가님이 했던 말이에요. 이럴 때 꽤 효과가 있대요."

"뭔데?"

수현이 빙그레 웃었다.

"보통은 섹스를 하면 막혔던 머리가 뚫린다고 하더라고요. 지수 씨, 최근에 섹스 한 게 언제예요?"

03. 나비

은채는 그를 보는 순간 그에 대한 사랑을 느낄 수 있었다. 그들 사이의 강렬한 끌림은 흔히 말하는 상식으로 설명할 수 있는 것이 아니었다. 그를 만나기 전까지 은채는 첫눈에 반하는 사랑 같은 것을 믿지 않았다. 사랑은 오랜 시간에 걸쳐 씨를 뿌리고 싹을 틔워 키워내야 하는 것이었다. 그렇다고 생각했다. 하지만 그를 만나면서 은채는 바뀌었다. 그녀의 모든 것이 뿌리까지 몽땅 바뀌었다. 보통은 섹스를 하면 막혔던 머리가 뚫린다고 하는데 과연 그랬다…….

"응?"

보. 통. 은. 섹. 스. 를. 하. 면. 막. 혔. 던. 머. 리. 가. 뚫. 린. 다. 고. 하. 더. 라. 고. 요.

"헉!"

타자를 마구 두드리다가 화들짝 놀란 지수는 망설이지 않고 백스페이스를 눌러 그녀가 마지막으로 친 문장을 지웠다. 정말 미치겠다. 하루 종일 머릿속에서 수현의 목소리가 소용돌이쳤다.

수현의 목소리는 너무나 차분했고, 질문은 '밥 먹을래요?'라고 하는 것과 큰 차이를 느낄 수 없게 평이했다. 그래서였다. 섹스 한 지 얼마나 되었냐는 질문에 뭐라고 반응하지 못하고 빙구처럼 '좀 됐어…….'라고 대답해버린 것은.

"으아아아아아아아!"

다시 생각해도 미친 대답이었다. 하지만 그 대답도 이수현만큼 미치지는 않았다. 도대체 무슨 생각을 하면 그런 질문을 할 수가 있는 거지? 아무리 시대가 달라졌다지만 십년지기라도 이성이면 이런 이야기 잘 안 하지 않나? ……아닌가? 요즘 추세는 다른가?

당장 전화기를 들고 이 사실을 '더 헬퍼'에 알린 후 이수현을 잘라버리는 것이 옳을지도 모른다. 아니, 그것이 옳다. 분명히 그렇다. 설사 그가 너무나도 갓 잡아 올린 참치가 퍼덕이는 것처럼 싱그러운 목소리로 '최근에 섹스 한 게 언제예요?'라고 물었다고 해도, 그것이 성희롱이라는 사실은 변하지 않는다.

……성희롱? 성희롱은 보통 권력구조의 편중 상태에서 일어나는 거라고 했을 때, 이 집에서 굳이 권력구조를 형성한다

면 지수가 고용주고 수현이 고용인이니 성희롱은 받아들여지지 않을지도 모르겠다. 지수가 무얼 하든 수현이 꿈쩍도 않는 것은 사실이지만, 반말하는 것도 지수고 소리 지르는 것도 지수다.

사실 문제가 되는 것은 경찰에서 그 발언을 성희롱으로 받아들이느냐 아니냐가 아니었다. 권지수가 문제였다. 그날 이후 매일매일 이수현이 올 때마다 묘한 기대감으로 흥분하는 권지수 말이다.

처음 이수현이 그렇게 물었을 때는 멍했고, 그래서 '좀 됐어…….'라고 머저리처럼 대답했는데 그다음이 문제였다. 수현은 아무렇지 않게 '그래요? 한번 생각해봐요.'라고 한 것이다. 심지어 그다음에는 '자, 그럼 이제 밥 먹죠.'라고도 했다. 얼떨결에 가서 밥을 먹고 말았지만 사실 그 순간 했어야 하는 일은 밥을 먹는 일이 아니다. 의문점을 규명했어야 하는 거다. 무슨 의문점이냐고? 지수가 뭘 생각해야 하는 건지 말이다. 뭘 생각해야 하는 걸까? 생각을 하면 어떻게 되는 걸까?

물론 이수현은 단 한 마디도 '그' 섹스를 자기와 하자고 한 적은 없다. 하지만 어감상, 느낌상 진짜 그랬다. 곰곰이 복기해보면 그냥 '다른 남자와 섹스해요.'라고 들을 수도 있겠지만 그때는 정말 느낌이 그게 아니었단 말이다.

완전히 휘말리고 말았다. 하지만 그보다 더 큰 문제는 그러고 나서 그다음 날들이 정말 아무렇지도 않게 흘러갔다는 거다.

혼란스러웠다.

지수는 아무렇지도 않게 글을 쓰는 척하면서 온통 수현만 생각하는데 정작 그는 아무 이야기도 하지 않았다는 듯 태연했다. 마치 그녀가 밥만 먹으면 다른 건 아무 상관없는 사람 같았다.

하지만 지수의 입장은 달랐다. 그가 미친 듯이 글에만 몰입하는 지수의 신경을 자신에게로 돌리려고 했었다면 대성공이었다. 지수는 머릿속에 달라붙어 있는 수현을 떼어낼 수가 없었으니까. 도대체 그 밑도 끝도 없는 쏘 쿨한 행동의 이면에 숨어 있는 의도는 무엇일까? 그 여상한 미소와 이상한 나라의 한복판에 떨어진 것 같은 행동의 저의는 무엇일까?

잠들기만 하면 꿈에서 수현은 후후 낮게 웃으면서 '지수 씨가 밥을 먹어야 나와 오래오래 볼 수 있죠. 그래야 나와 오래오래 섹스 할 수 있지 않겠어요?'라며 요망하게 허리를 놀렸다. 그러다 눈을 뜨면 실제로 심장이 쿵쾅대고 온몸이 저릿저릿하게 이상했다.

이상한 나라의 앨리스.

맞다. 이건 이상한 나라의 앨리스다. 최고의 가정부가 느닷없이 최고의 팬으로 변신하더니 그다음에는 섹스를 암시했다. 카드로 된 병정이 등장하고 여왕님이 나타나 사형선고를 내려도 조금도 이상하지 않을 지경이다.

……그런데 이 흥분은 뭐지?

지수는 벌떡 일어나서 서성이기 시작했다. 자판을 때려

이상한 나라의 가정부

부술 정도로 절망적이었던 파도는 지나가고 지금 지수가 타고 있는 것은 완전히 새로운 파도였다. 무언가 설레고 흥분되는 것이 그녀를 흔들고 있었다. 더 이상 은채를 이해하지 못한다는 것은 중요하지 않았다. 아니, 적어도 한 가지 면에서는 은채를 이해했다. 사랑에 빠지면 지혜로울 수 없다는 파트 말이다. 사랑? 오, 맙소사. 사랑은 아니다. 여기서는 굳이 말하자면, 욕정 쪽에 가까울 것이다.

이수현은 아주 효과적으로 권지수 안의 여자에게 불을 켰다.

"안 돼!"

지수가 머리를 쥐어뜯었다. 무슨 짓인가? 여자에게 불을 켜다니. 가정부를 상대로 별생각을 다 한다. 이건 남자들의 포르노가 아니던가? 가정부와 눈이 맞아서 질펀하게 한판 벌이는……. 가장 싫고 짜증나고 마초적이라고 생각했던 바로 그 스토리 말이다. 그럼에도 불구하고, 머릿속에서는 그 건장한 어깨와 단단한 팔뚝, 굵고 두꺼운 손가락과 두툼한 손바닥이 계속 둥둥 떠다녔다.

"진짜 나 왜 이러는 거지?"

결국 지수는 견디지 못하고 운동화를 꺼내 신고 밖으로 나섰다. 그녀는 왜 10대 청소년들이 미친 듯이 농구를 하고 축구를 하는지 알 것 같았다. 그러지 않으면 몸이 너무 뜨거워지니까. 아무래도 달리기라도 좀 해야 할 것 같은 기분이 든다.

엘리베이터를 이용하지 않고 계단을 통해 단숨에 아파트 정문으로 나서자 나흘 만에 보는 태양이 서쪽으로 넘어가며 붉은빛을 뿌려대고 있었다.

"밥 먹어요."

문을 열고 들어섰을 때는 7시가 조금 넘었을 때였고, 어김없이 수현이 밥을 먹으라며 지수를 불렀다. 저놈의 밥 귀신, 하고 지수는 속으로 한숨을 쉬었다.

"넌 도대체 왜 이렇게 밥에 집착해?"

"밥을 안 먹으면 사람은 살 수가 없거든요."

지수는 수현의 재주 하나를 발견했다. 그는 엄청나게 당연한 이야기를 하나도 당연하지 않게 하는 재주가 있다.

"밥만 먹으면 사람은 어떻게든 살기도 하고요."

역시 비슷한 이야기. 하지만 좀 다른 이야기.

지수는 수현을 빤히 쳐다보았다.

처음부터 평범하다는 생각은 안 했지만 보면 볼수록 그랬다. 그에게는 뭔가 예술적인 것이 있었다. 예술의 핵심은 뻔한 사실에서 뻔하지 않은 부분을 발견해내는 것이다.

이수현은 설거지를 예술로 승화하고 청소를 경건함으로 치환하며 식사를 의무로 규정한다.

보통 사람들은 이렇게 생각하지 않는다. 그가 가정부라는 직업에도 불구하고 반짝반짝 빛나는 것은 그래서일까? 그와 있으면 보통 사람들이 생각하지 않는 걸 생각하게 된다는 것 때문에?

"나 뛰었더니 땀났는데 샤워하고 밥 먹을래."

"맘대로 해요."

수현이 상냥하게 웃었다. 그 얼굴에는 전혀 음흉한 구석이 없었다. 흥얼흥얼 가볍게 콧노래를 부르며 찌개를 떠서 맛을 보고, 가볍게 간을 하는 손놀림은 자연스럽고 편안했다. 완전히 휘말리고 있다. 그런 그를 보고 있자니 섹스라는 단어를 입에 담은 것이 지수인지 수현인지조차 알 수 없을 지경이다.

직업상 연애를 따로 하지 않으면 남자와 만날 일은 거의 없다. 좀 활동적인 사람들은 동호회니 모임이니 만들어 부지런히 돌아다닐 테지만 지수는 그런 스타일도 아니었다. 그래도 지금 이날까지 딱히 연애나 섹스를 갈구해본 적은 없었다. 솔직히 지금까지 지수가 경험했던 스킨십은 남자가 너무 좋아하니까 '그렇게 원한다면' 이런 기분으로 '하사' 해주는 성격의 것이 많았다. 이런 기분은 정말 처음이다. 무언가 계속 간질간질하고 몽글몽글하고 신경이 쓰인다. 이게 바로……, 하고 싶다는 기분인가? 그런데 왜 대상이 저 남자지? 지금 눈앞에 저 남자밖에 없으니까?

"안 씻어요? 찌개 맛볼래요?"

멍하게 서 있는 지수가 이상한지 수현이 그 날렵한 눈매를 찡그러뜨리며 물었다.

"어, 아니……. 씻고 나와서."

빤히 보고 있다가 걸린 스토커의 심정으로 고개를 숙인 지수는 얼른 욕실로 들어갔다. 미치겠다. 정말.

욕실에서 옷을 훌훌 벗던 지수는 인상을 찡그렸다. 가만, 그럼 여태까지 저 남자가 빨래를 다 한 거면 속옷 빨래도 한 건가? 속옷은 어떻게 빨았지? 설마 손빨래 한 건 아니겠지?

지수는 벗던 속옷을 뚫어져라 쳐다보았다. 남자친구와 헤어진 지 오래되어서 속옷에 관심을 끊은 지 한참이다. 위아래가 다른 것은 물론이고 해진 속옷도 있다. 오늘 입은 건 톰과 제리 속옷이다! 맙소사! 맙소사! 맙소사!

머리가 아찔해져서 지수는 이마를 짚고 비틀거리다가 욕조에 주저앉았다.

그대로 머리를 감싼 채 한참동안 숨을 들이마시고 내쉬는 일만을 반복하던 지수는 다시 욕조 밖으로 나왔다. 그러고는 빨래통을 뒤집어 열심히 빨래를 하기 시작했다. 하다 보니 속옷과 양말을 무신경하게 같이 넣는 자신의 센스가 싫어졌다. 반성, 또 반성.

미쳤나 봐.

지수는 밥알을 세면서 속으로 절규했다. 눈이 계속해서 수현의 사타구니 쪽으로 가는 통에 미치고 팔짝 뛸 지경이었다.

자리가 나빴다. 지수는 식탁에 앉아서 밥을 먹고 있었고, 수현은 선 채로 이런저런 반찬을 챙겨주며 돌아다니고 있었으니 지수가 시선을 조금만 내리면 수현의 사타구니가 아주 잘 보이는 위치였던 것이다. 날렵한 엉덩이 선과 쭉 빠진 다리선, 그리고, 그리고, 그냥 척 봐도 커 보이는 이수현의 남성.

크면 기분 좋다던데…….

무심코 생각하던 지수가 얼른 고개를 저었다. 인터넷을 끊어야겠다. 인터넷에 별별 이야기가 다 떠도니까 자꾸 쓸데없는 생각을 하게 된다. 그나저나 인터넷에 떠도는 이야기는 진짜일까? 코가 크면 그것도 크다거나, 그게 크면 기분이 좋다거나, 아니, 그만. 이런 생각 그만.

자기 자신이 제어가 안 되는 묘한 경험에 절규하며 지수가 한탄했다. 그리고 수현을 원망스럽게 노려보았다.

자의식이 강한 작가들은 고집 세고 어린애 같지만, 그만큼 다루기도 쉽다. 누군가 자기를 이해해준다는 생각이 들면 엄청 약해지고 마는 거다. 이수현은 그 부분을 너무나 효과적으로 파고들어 왔다. 절망으로 바닥을 칠 때 울 수 있도록 뺨을 때려줬고, 울린 다음 다정하게 어루만져주었다.

"뉴욕에서 점심을'의 여자 주인공의 감정에 대한 묘사가 엄청 섬세했어요. 마치 꼭 정말 있는 사람을 보는 것 같았거든요."

"반전도 나는 예측 못 했어요. 뭔가 반전이 있을 거라고 생각하긴 했는데, 기대 이상이었어요. 이런 말은 좀 그렇지만 나 추리

소설을 꽤 많이 봐서 어지간한 건 범인 다 맞히고 반전에도 놀라지 않는데 대단했다고요."

"'나쁜 사랑'에서의 그 텐션! 이야기를 시종일관 긴장감 있게 끌어가는 건 아무나 할 수 있는 게 아니에요."

이수현은 권지수의 글을 보았다. 그리고 그 글에서 지수가 가장 이야기하고 싶었던 게 무엇인지를 정확히 얘기했다. 게다가 지수가 가장 망작이라고 생각하는 '기억 속의 비밀'에 관한 부분은 살짝 피하는 센스도 보여주었다.

"어차피 모든 사람을 만족시킬 수는 없는 거니까 됐어요."

게다가 작가로서의 한계에 대한 의견도 같았다. 모두를 만족시킬 수 없다. 그것은 작가로서 인정할 수밖에 없는 슬픈 한계였다. 어렸을 때는 모두가 좋아할 만한 글을 쓰고 싶었던 야심도 있었지만, 글을 쓰면 쓸수록 대중이 얼마나 변덕스럽고 납득시키기 어려운지 깨달을 뿐이었다.

암만 그래도 이건 너무 금세 사랑에 빠진 게 아닐까? 아니, 사랑은 무슨. 차라리 사랑이었으면 좋겠는데 욕정에 가깝지 않은가? 그를 안고 싶고 만지고 싶고 입 맞추고 싶고. 그가 그녀를 안아줬으면 싶고 만져줬으면 싶고 입 맞춰줬으면 싶고.

하지만……, 그럼 사랑은 뭐지?

"찌개 더 줘요?"

귓가를 간질이는 수현의 목소리에 고개를 들자 아주 가까운 곳에서 수현이 그녀를 들여다보고 있었다. 생각보다 너무 가까운 그 거리에 지수의 심장이 쿵 내려앉았다.

"으……응?"

"찌개. 엄청 잘 먹는데 입에 맞는 거 아니에요?"

아래를 내려다보자 찌개 그릇이 텅 비어 있었다. 밥은 반도 먹지 않은 상태였는데 정신없이 찌개만 퍼먹었나 보다. 수현의 표정이 뿌듯했다.

"내가 그랬잖아요. 찌개가 괜찮게 끓여진 것 같다고. 잘 먹어주니 기쁘네요."

"아니야. 나야말로 맛있는 음식을 만들어줘서 고맙지."

새로 찌개를 떠주면서 수현이 환하게 웃었다.

"제 일이잖아요."

마치 꽃이 개화하는 것 같은 그 화사한 웃음에 지수는 아찔함을 느꼈다.

일을 해야겠다면서 방문을 닫고 들어왔지만, 일을 할 수 있을 리가 없었다. 아찔함이 지나간 머릿속에는 온통 죄책감이 똬리를 틀고 있었다. 수현은 자기 일을 한 것뿐이다. 섹스 어쩌고 한 것도 섹스를 제의한 게 아니라 성인이니 '그런 관계가 창작활동에 도움이 되기도 한다더라.'라고 들은 내용을 전달한 것뿐이었다. 실제로 그런 이야기는 이 바닥이 아니라도 많이 돌아다니는 이야기다. 예술가들이 문란하다는 이야기가 왜 나왔겠는가? 몇몇 도덕주의자들은 인정하고 싶지 않겠지만, 적절한 섹스와 오르가즘은 창작활동과 불가분의 관계가 있다. 굳이 창작을 하지 않는 인간이라도 적절한 섹스를 해야 건강에 좋다는 건 의학적으로도 밝혀진 거다.

"맙소사! 어떡해!"

책상에 얼굴을 묻은 채 지수는 주먹으로 머리를 쿵쿵 두드렸다. 상호적인 것이 아니라 일방적인 거라면 더 부끄러워지는 건 지수였다. 남자도 아니고 여자가 이런 식으로 망상을 펼친다는 건 들도 보도 못했다. 여자들은 섹스에 쿨한 거 아니었나? 권지수는 왜 이러지? 분명히 얼마 전까지는 쿨했는데 지금은 왜 이러지? 발정기인 걸까? 정말 차려입고 나가서 원나잇 상대라도 구해야 하는 걸까? 여자도 성생활이 끊기면 이런 식으로 부작용이 일어날까? 남자는 규칙적인 성생활을 하지 않으면 몸이나 정신에 문제가 온다고 들은 것 같은데 여자는……, 모르겠다.

자기 자신의 몸인데 이렇게 모르고 있었다니. 남자들의 성에 대해 알려져 있는 건 많은데 여자들은……, 수동적이라는 것 외에는 잘 모르겠는 거다. 남자와 달리 성욕이 강하지 않다는 것 외엔 모르겠다. 아니, 남자와 달리 성욕이 강하지 않다고 생각했는데 이제는 그나마도 잘 모르겠다.

아는 게 없다. 심지어 지금 그녀는 자신이 무슨 생각을 하는지도 몰랐다.

지수는 포털 검색창을 켜고 '여자의 성생활'을 입력했다. 19금이라 실명인증을 해야 한다고 해서 심지어 실명인증까지 했다.

[여자의 성생활]

뭘 바라고 넣은 문구인지 애매했다. 뭘 찾고 싶은지도 모르니 검색어를 정할 수도 없었다. 마치 처음 포르노를 접한 중학생 남자아이처럼 지수는 완벽한 혼돈 상태였다.

"연애를 너무 오래 쉬었어."

지수가 한탄했다. 감각이 없어져버렸다.

스스로를 바보 같다 여기며 백스페이스를 누르는데 자동완성 기능에 의해 아래에 글이 떴다. 질문은 '좋아하지 않는 남자와 자고 싶은 이유가 뭔가요?' 다. 클릭.

[nada****님의 질문]

저희 회사에 인턴으로 들어온 남자가 있습니다. 저와 나이차이가 여섯 살이나 나는 남자입니다. 머릿속으로는 이게 옳지 않다는 걸 아는데 계속 이 남자와 자는 생각을 합니다. 처음 보는 순간부터 그랬습니다. 좋아하는 것 같진 않은데 이상해요. 보고 있자면 자꾸 안절부절못하게 됩니다. 저 밝히는 여자 아니고요. 비난은 사양하겠어요. 제가 궁금한 건 이겁니다. 여자에게도 이런 일이 있나요? 사귀고 싶은 스타일은 절대 아니라서 고민스럽습니다.

- akpul**님의 답변 : 좋아하는 거네.
- byunsin**** 님의 답변 : 하겠네. 곧 하겠어.
- sarang**님의 답변 : 제 생각에 님은 그 인턴 남자 분을 좋아하는 게 아닌가 싶습니다. 다만 나이 차이라든지 직위 차(글로 짐작해보면 님은 정직원일 텐데 남자는 인턴) 때문에 망설이시는 거겠지요.
- heburye**님의 답변 : 전통적으로 억압된 성교육으로 인해 우리나라 여자들은 먼저 성적인 욕구를 드러내는 것이 죄라고 생각하지만 실상은 그렇지 않습니다. 남자들만큼 여자에게도 욕구가 있습니다. 그 욕구는 유전적으로 봤을 때는 우리가 사랑이라고 부르는 감정에 가깝습니다. 사랑에 대한 해석은 사람마다 다르겠지만요. 님이 사귀고 싶지는 않다니 그럴 경우에는 정중히 의사를 묻고 앞으로 나아갈 바를 정하는 것도 나쁘지 않을 것 같습니다. 안 그래도 스트레스 받을 것 많은 세상에 욕구를 참으면서 살 게 있나요?
- manihaza******님의 답변 : 여성의 성생활은 남성의 성생활만큼이나 활발하고 비(非)목적적일 수 있습니다. 임신이나 사랑 때문이 아닌 행위에서 느껴지는 쾌락만을 목적으로 한다는 뜻입니다. 아직까지 가부장적인 한국사회에서는 잘 받아들여지고 있지 않습니다만 사실 여성은 쾌락을 위해 굉장히 발

달된 육체를 가지고 있습니다. 그것을 남자들이 헤게모니를
쥐기 위해 억압한 것이 과거의 성윤리지요.

– hamyunjoa****님의 답변 : 여섯 살차면 딱 좋습니다. 하세
요. 인턴이면 고과에 영향을 주겠다고 협박해 덮치세요. 여성
상위 추천.

– jyungui***님의 답변 : 위에 너님 신고.

전통적으로 억압된 성교육이라. 그럴까?

확실히 그렇기도 하다. 하지만 지수의 판단으로 거기에는
이유가 있다. 여자에게 있어서 섹스는 어디까지나 임신의 위
험이 있는 쾌락이기 때문이다. 혼전 섹스가 위험하다고 하는
이유는 사랑해서 같이 잤던 남자가 육아의 책임을 나누지 않
을 경우 생기는 위험 때문이다. 즉 여자를 보호하기 위해 억
압된 성교육을 시도한 것……일 수도 있다. 하지만 세상이 바
뀌었으니까 욕구를 참으며 사는 건 좀 그러려나? 사실 지수
만 해도 남자가 부양의 의무를 지지 않더라도 아이 하나 키울
정도의 재력은 있었다. 하지만 같이 즐겨(?)놓고 저 혼자 쏙
빠져나가면 기분 나쁠 것 같기도 하고, 지수가 문제가 아니라
아빠 없이 자라야 할 아이는 불쌍하기도 하고. 그런데 피임을
하면 되지 않나?

"아웃! 나 왜 이런 생각까지 하고 있지?"

머리를 감싸 쥐며 지수가 몸부림쳤다. 머릿속이 제대로
미쳤나 보다. 두서없고 뜬금없다. 지금 왜 이런 생각을 하고

있나?

"하아……."

깜빡이는 하얀 모니터를 노려보던 지수가 의자에 길게 늘어졌다. A4지 위의 강은채는 순결하다 못해 멍청하게 사랑을 생각하고, 그 강은채의 창조자 권지수는 알 수 없는 욕정에 휩싸여 음란하게 불타오르고 있다.

그때였다.

똑똑.

노크 소리가 나더니 문이 열렸다.

"아, 저기……."

멋쩍은 표정으로 수현이 헛기침을 했다.

"무슨?"

무너져서 비비고 있던 지수도 자세를 바로 하고 수현을 쳐다보았다.

"아직 작업 시작 안 한 것 같아서요. 방해해도 괜찮아요?"

"응. 아직 시작 안 했어. 할 말 있어?"

"차 마실래요? 제가 엄청 좋은 차를 구해서 가지고 왔거든요."

"엄청 좋은 차?"

"다르질링 첫물차인데 연하고 괜찮아요. ……이쪽으로 갖다 줄까요?"

"아니, 아니야. 나갈게. 안 그래도 기분전환 좀 할까 생각 중이었어."

이상한 나라의 가정부

수현이 안심했다는 표정으로 웃었다.

"난 또 내가 방해할까 봐 걱정했죠. 나오세요. 준비할게요."

문이 다시 닫혔다. 하지만 여전히 지수의 심장은 두근두근 뛰고 있었다. 저렇게 자꾸 웃지 말라고 이야기해야 하는 걸까? 웃을 때마다 심장이 아주 쿵쾅쿵쾅 난리가 난다. 심장 뛰는 소리 때문에 머리가 다 아플 지경이다. 지금은 이사를 간 윗층의 쌍둥이 꼬마들이 한꺼번에 뛰어댈 때도 이렇게까지 머리가 아프지는 않았다.

거실 소파에 앉아서 수현이 움직이는 걸 가만히 보고 있자니 무슨 영화를 보는 기분이었다. 법랑 주전자에 물을 팔팔 끓여 티를 넣은 티 포트에 물을 따르는 모습은 고대의 제사장이 제를 지내는 듯 경건했다. 차가 우려지는 동안 뜨거운 물을 부어 데워놓았던 찻잔을 비우는 것은 마치 수술을 앞둔 의사가 소독을 하는 것처럼 엄숙하고.

"다르질링……, 첫물차라고? 첫물? 그건 또 뭐야?"

"저도 차에 대해서는 잘 몰라요. 주변에 차를 좋아하는 분이 계신데 좀 얻었어요. 좋은 거라기에 같이 맛보려고요."

"이건 뭐가 좀 다른 거야?"

"음, 설명하긴 어렵지만 좋은 거래요."

수현도 잘 모르는 듯 그냥 어깨만 으쓱하고 말았다. 하지만 지수도 궁금해서 물어본 건 아니었다.

어차피 지수는 차에 대해서는 문외한이었다. 언젠가 간단한 에세이를 의뢰받았을 때 자료집을 좀 본 적이 있는데 그 방대한 세계에 질려버렸다. 지수에게 있어서 차란 뜨거운 물 붓고 우려먹으면 맹물보다 좀 맛있게 먹을 수 있다는 것 정도였다. 그 이상은 잘 모르겠고, 알고 싶지도 않았다. 지금도 수현이 저렇게 우아하게 찻잔을 다루는 것도 경이롭기만 했다.

그저 멍하니 수현을 구경하던 지수의 머리에 빨간불이 켜진 것은 수현이 찻잔을 내려놓으며 난감하게 물었을 때였다.

"저기, 나한테 할 말 있어요?"

"응?"

"오늘 하루 종일 시선이 엄청 신경 쓰여서요. 꼭 하고 싶은 말 있는 것 같은데, 있으면 해요."

지수는 침을 꿀꺽 삼켰다. 그러고 보니 찻잔이 두 잔이었다. 오늘까지는 언제나 지수의 것만 준비했던 수현이다. 밥을 먹을 때도 그랬고 차를 마실 때도 그랬다. 수현도 밥을 먹고 차를 마시겠지만, 함께한 적은 없었다. 심지어 그가 무언가를 먹는 걸 본 적도 없었다. 한번 물어봐야지 싶을 정도로 수현은 철저하게 업무와 개인적인 일을 분리했다.

"아, 그게……."

뭐라고 해야 좋을지 알 수가 없었다. 그날 네가 그 말을 하고 나서부터 제대로 못 잤다거나, 너와의 섹스를 상상했다거나, 네 말을 오해해서 나와 자자는 말로 들었다거나…….

말도 안 되지 않나?

"그냥……. 우리가 너무 소원하지 않았나 싶어서."

"네?"

"하필 우리 집에서 일하기로 하고 나서 바로 마감에 돌입해서 말이야. 우리 대화가 없었던 것 같지?"

"음, 대화요? 저에게 궁금한 게 있으세요?"

"많지."

"뭔데요?"

"이 일 하기 전에는 뭘 했어?"

"그냥 평범했어요. 대학 졸업하고 잠깐은 취업했어요. 그러다가 제가 뭘 제일 잘할 수 있을까 생각했는데 이거더라고요."

별로 거리끼는 기색도 없이 대답하는 수현의 얼굴은 읽을 수가 없었다. 처음으로 지수는 수현이 의외로 표정이 없는 타입이라는 것을 깨달았다. 상냥한 얼굴이라고 생각했지만 그건 말투 때문이었던 듯 의외로 웃는 상은 아니었다. 하얀 얼굴과 대비되는 짙은 눈썹은 반듯하기만 했다. 무슨 생각을 하는지 전혀 알 수가 없다.

"저기, 전에는 미안해."

"네?"

"성질부린 거."

"아…….."

수현이 빙그레 웃었다.

"처음부터 참을성 있는 성격이라고는 생각 안 했어요."

왜 그러냐고 물으려다가 자판을 부쉈던 것과 소리를 질렀던 것과 고집을 세웠던 것이 생각나 지수는 입을 다물었다. 생각해보면 수현에게는 처음부터 못 보여줄 것을 너무 많이 보여줬다.

그래서인지도 모른다. 친한 친구보다 더 가깝게 느껴지는 것은. 보통 십 년을 알고 지내면서 겪을 만한 감정의 기복을 수현과는 요 몇 주간 다 겪은 느낌이었다. 바닥을 보이면서 화를 내고, 미안하다 느끼고, 용서받고―아마도, 그리고 좀 더 친해지는 것이다.

"내가 못 볼 꼴 많이 보였지."

"작가잖아요."

"넌 작가를 무슨 면죄부의 대명사로 쓴다?"

"작가뿐 아니라 모든 예술가는 어느 정도 면죄부를 받아야 한다고 생각해요."

"왜?"

"그냥, 지수 씨 힘들어하는 거 봐도 그렇고 뭐 주변에서 보니까 이게 보통 일이 아니더라고요. 지수 씨도 그랬잖아요. 이 일은 머리 쓰는 일이라서 제가 하는 일과는 다르다고."

아니, 그건……. 못된 말을 한 건데. 그러면 안 되는데, 못되게 행동한 건데.

참 이상한 일이었다. 말해놓고 자기 입이 미울 정도로 못된 말을 아무렇지도 않게 이해해주는 수현을 보니 마치 그와는 뭘 해도 괜찮을 것 같다는 생각이 들었다.

아니, 이건 비겁한 변명이다. 처음부터 지수는 원하는 것이 분명했다. 그리고 상대가 오냐오냐 하는데 하고 싶은 것을 참을 정도로 지수는 소심한 성격이 아니었다. 소심하지만, 소심하지 않다.

이수현이 만약 이런 식으로 유혹하는 거라면, 그는 천재다.

지수는 소파 위로 다리를 올렸다. 긴장했을 때의 그녀의 버릇이었다.

"저번에 말한 거 말이야."

"네?"

처음에는 양반다리였다. 하지만 이내 저도 모르게 지수는 무릎을 꿇고 앉았다. 그러는 그녀를 바라보는 수현의 얼굴이 쌩뚱맞아졌다.

"저기…… 그때 나한테 말한 거……. 세……으……. 그거. 수현 씨도 해본 적 있어?"

"세……으……?"

수현의 미간 사이에 주름이 잡혔다. 못 알아듣는 눈치다.

"왜 내가……. 막 울고 그랬더니 수현 씨가……."

"아, 그거요."

별거 아니라는 듯이 수현이 상큼하게 미소 지었다.

"뭘 묻고 싶은데요? 정말로 섹스하면 머리가 좀 뚫리는 거 같냐고요?"

"응……. 진짜야?"

"내 경험상으로는 그렇던데요."

"뭐어?"

경험해봤단 말이야? 지수의 호흡이 거칠어졌다. 심장이 괜스레 쿵쾅거렸다.

"사랑의 행위라고 해도 본질적으로는 운동이니까요. 10킬로미터 정도 조깅하고 나서 머릿속이 개운해지는 거랑 큰 차이 없어요. 아니, 오히려 더 좋은 거 같아요. 묘한 충족감이 있으니까."

"하지만 그런 건……. 정말 사랑하는 사이에만 해야 하는 거잖아! 그건 정말……!"

말을 하다가 멈춘 건 양심 때문이었다. 세상 어딘가에는 섹스를 사랑의 정수(精髓)라고 생각하는 사람도 있겠지만 지수는 아니었다. 게다가 방금 전까지 눈으로는 수현을 더듬었던 주제에 이런 이야기하는 거 좀 웃기다. 교육이란, 그리고 사회적인 가면이란 이렇게 대단한 힘을 발휘하나 보다. 가증스럽기 그지없다.

하지만 수현은 꿈쩍도 안 했다.

"사랑의 행위지만 기본적으로는 테크닉이잖아요. 그런데 난 테크닉이 좋은 편이에요."

수현은 씩 웃었지만 지수는 도저히 웃을 수가 없었다. 테크닉까지 좋다고? 지금 이거 유혹하는 건가?

하지만 수현의 표정은 여상했고, 태도는 진지했으며, 질문은 학구적이기까지 했다. 아, 그래 학구적이다. 순간 지수는 어째서 수현의 느낌이 이렇게까지 담백한지 알 수 있었다. 그의 태도가 시종일관 학구적이고 논리적이기 때문이다. 아무것도 읽을 수 없이. 그저 있는 사실을 말하는 것처럼. 감정 한 점 안 섞이고.

"사실 성욕이라는 건 수면욕이나 식욕과 마찬가지로 결핍되면 당연히 일어나는 거예요. 교육과 상식으로 컨트롤하는 거죠."

수현의 말을 듣고 있다 보면 맞는 것 같다.

"성욕을 다른 범주라고 분리하는 게 이상한 거예요. 식욕을 특정 음식에서 더 강하게 느끼는 것처럼 성욕 역시 어떤 사람에게 특별히 더 강하게 끌리는 그런 종류의 것이죠."

"그, 그래?"

"그래본 적 없어요? 잘 모르는 사람인데, 보는 순간 이 사람이랑 자고 싶다고 생각하게 되는 거요."

없다.

아니, 어쩌면 있을지도.

"어제까지는 아무렇지도 않았던 사람인데 무슨 스위치가 눌린 것처럼 오늘은 그 사람과 자고 싶다고 미친 듯이 원하는 거……. 정말 그런 적이 단 한 번도 없어요?"

지그시 지수를 바라보고 있는 수현의 입술과 갸웃한 고개, 그리고 진지한 눈빛은 소름끼칠 만큼 섹시했다.

지금.

그러니까 권지수가 누군가와 미칠 듯이 자고 싶은 순간이 있다면 지금. 바로 지금. 이수현과.

지수는 숨을 크게 들이마셨다. 아무도 듣지 못할 그녀 자신만의 인정이었지만, 충격이었다. 이수현과 자고 싶다. 수현의 언어로 표현하자면 그녀는 지금 교육과 상식으로 컨트롤되고 있던 이성을 놓아버린 셈이다.

하지만 수현은 지수의 반응을 부정으로 받아들인 모양이었다.

"정말 그쪽으로는 발달이 안 된 모양인데."

수현은 믿기지 않다는 표정으로 턱을 쓸면서 잠깐 동안 지수의 얼굴을 바라보고 있었다. 그 표정이 너무나 단정하고 학구적이라 지금 섹스에 관해서 대화를 나누고 있다고 믿기 어려울 정도였다.

미동도 않던 수현의 고개가 기울어졌다. 표정은 여전히 변함이 없었다.

"잠시만요."

수현이 벌떡 일어나더니 욕실로 들어갔다. 무슨 일인가 하고 바라보았는데 수현은 문을 닫지도 않고 손을 씻었다. 그리고 돌아와서는……, 지수의 옆에 앉았다. 어깨와 어깨가 마주 닿고, 지수의 등 뒤로 수현의 단단한 손이 감아들었다.

"뭐, 뭐하는 거야?"

"싫으면 싫다고 해요."

"뭐?"

"하지만 좋은데 싫다고 말하는 것과 내가 구별하기 힘들 수 있으니까 진짜 싫으면……. 그러니까 내가 멈춰야 할 것 같다고 느끼면 음……."

휘휘 주변을 둘러보던 수현의 시선이 지수가 읽으려고 꺼내놓았던 '이상한 나라의 앨리스' 위에 닿았다. 장난스러운 미소가 수현의 얼굴 위로 떠올랐다.

"'이상한 나라의 앨리스'라고 말해요."

한 번도 못 본 표정이 수현의 얼굴에 떠올랐다. 그동안의 단정하고 정중한 표정, 차가운 표정, 상냥한 표정, 다정한 표정과는 무척이나 다른 표정이다.

"이, 이상한 나라의 앨리스?"

"예. 그렇게 말하면 멈출게요."

수현이 손등으로 지수의 뺨을 쓸었다. 너무 놀라 지수는 뻣뻣하게 굳은 채 아무 반응도 못 했다. 수현의 말이 아직 100퍼센트 이해가 된 상태가 아니었다. '멈춰야 할 것 같다고 느끼면 이상한 나라의 앨리스라고 말하라'니. 멈춰야 할 것 같은 상황이 뭔데? 뭘 멈추는데?

알 것 같으면서도 모르겠는 공황 상태에 멍해져 있는데 수현이 손으로 지수의 뺨을 쓸고 내려가 목덜미를 간질였다.

"으악! 뭐 하는 거야?"

"정말 싫으면 무슨 말을 해야 할지 알고 있는 거죠?"

"이, 이건……."

"작가는 다양한 경험을 해야 하는 거라고 알아요. 안 그래요?"

이수현은 작가에 대해서 잘 알고 있다. 취재에 환장하고 경험에 취약한 작가의 약점. 모르던 세계를 알 수 있다면, 거기서 좋은 소재나 주제를 뽑아낼 수 있다면, 손이라도 잘라주고 싶은 마음. 그리고 이 모든 것을 이용해 지수의 양심에 면죄부를 준다.

수현의 손이 다시 목 뒤로 감아들어 가 머리카락 사이로 거슬러 올라가 귓바퀴를 어루만지고 귓불을 쓸어내렸다. 압력은 거의 느껴지지 않을 정도였다. 마치 스치듯이 건드리듯이 지수의 얼굴과 목덜미, 귓가를 날아다녔다. 마치 나비 한 마리가 그녀의 주변에서 파닥거리는 느낌이었다.

마침내 나비가 가슴께로 내려앉았을 때도 상황은 비슷했다.

"아!"

왼손으로 지수의 양팔을 붙잡아 등 뒤에서 고정시킨 수현의 손이 그녀의 셔츠를 올리고 브래지어 위로 가슴을 건드렸을 때 지수는 진저리를 쳤지만 '이상한 나라의 앨리스'라고 외치진 않았다. 사실 '이상한 나라의 앨리스'라는 단어 자체가 지수의 머릿속에 있지 않았다. 이상한 나라에 앨리스가 사는지, 아니면 가정부가 사는지는 궁금해 해본 적도 없고, 앞으로도 안 궁금해 할 것 같다. 그녀의 머릿속에는 온통 그녀를 간질이고 있는 나비 생각뿐이었다.

그녀를 품에 안은 채 수현은 정말이지 나비 날개가 파닥이는 딱 그 정도의 압력으로만 지수를 괴롭혔다. 브래지어를 마저 올리고 천천히 가슴께를 돌다가 정점을 스치고, 둥글게 유륜을 쓰다듬다가 손톱으로 가슴 끝을 긁어내렸다. 그러고는 배의 말캉한 둔덕을 지나 볼록하게 튀어나온 골반을 건드렸다. 불룩 튀어나온 뼈 위를 위아래로 쓰다듬다가 원을 그려 끝을 어루만졌다.

지수의 호흡은 이미 거칠었고, 숨결은 온도를 더할 수 없을 정도로 뜨거웠다. 골반을 만지면 이런 기분이 드는 줄 그녀는 상상도 못 했다.

"피부가 뜨거워요."

조용히 지적해주는 수현의 목소리에도 열기가 느껴졌다.

"다리를 테이블 위에 올려요."

머릿속이 텅 빈 채, 지수는 거부할 수 없는 무언가가 느껴지는 수현의 말대로 무릎을 세운 채 다리를 테이블 위에 올렸다.

수현의 손이 천천히 바지의 버클을 풀고 지퍼를 내렸다. 지수는 자신의 가슴이 지나치게 빠른 빠르기로 오르내리고 있다는 것을 알고 있었지만 속수무책이었다. 코로 숨 쉬는 것만으로는 부족해 입술을 벌린 채 그녀는 있는 힘껏 공기를 들이마셨지만, 그래도 숨은 막혔다.

"수, 수현 씨 그만……."

지수는 애원했지만 수현은 들은 척도 하지 않았다. 그가 어째서 들은 척하지 않는지는 지수도 알고 있었다. 하지만 그녀는 그냥 눈을 질끈 감았다.

수현의 손이 천천히 팬티 속을 파고들었다가 다시 빠져나
왔다. 그러고는 팬티 위로 슬금슬금 아래로 내려가기 시작했
다. 수현의 손가락 두 개가 천천히 아래로 아래로 내려갔다.
그리고 나비는 마치 숨을 고르듯이 한 자리에 오래 머물러 있
었다.

"하아……."

지수가 길게 숨을 내쉬었다. 뭐라 말할 수 없는 관능이 온
몸에서 꿈틀대고 있었다. 이런 일이 현실에서, 그것도 그녀
자신의 집에서 일어날 것이라고는 생각하지 못했다.

옷도 다 벗지 않은 채였다. 브래지어와 셔츠는 목 끝까지
말아 올려져 있었고, 바지는 종아리에 걸려 있었다. 팬티는
펑 젖어 있었고 이제 나비는 팬티의 젖은 부위에서 머무르고
있었다.

천천히, 숨이 막힐 정도로 느리게 나비가 팬티 사이로 파
고들었다.

"아!"

잔뜩 예민해져 있던 온몸의 신경세포가 모두 수현의 손가
락 끝으로 달리는 것처럼 저릿한 감각이 순식간에 온몸으로
뻗쳤다. 온몸의 솜털이 꼿꼿하게 일어서며 파르르 떨었다.

"수현 씨, 안 돼. 그만."

"규칙을 알잖아요."

안됐다는 듯이 수현이 고개를 저었다. 그러면서도 그는

이상한 나라의 가정부

손을 움직여 이미 미끈하게 젖어 있는 지수의 여성을 건드렸다. 그의 손가락이 어렵지 않게 그녀의 여성 안으로 파고드는 것이 느껴졌다.

몸서리를 치며 지수가 자신을 지탱하고 있는 수현의 팔을 붙잡았다. 거의 끌어안다시피 그의 팔에 매달린 채, 그녀는 숨을 헐떡였다. 저도 모르게 허리를 조금씩 움직이고 있었다. 아무 생각도 나지 않았다. 모든 감각은 한 점에 모여 있었다. 식은땀이 이마에 맺혔다.

"아!"

지수가 허리를 들썩였다. 수현의 손가락이 그녀의 안에서 느리게 움직였다. 구부러졌다가 내벽을 긁듯이 만지다가 다시 쓰다듬다가, 그녀의 안을 마음껏 유린했다가 달래고 다시 유린했다.

짧지 않은 시간, 이수현은 자신은 소매조차 걷지 않은 채 단정하게 지수를 매혹시켰다.

한밤, 집중 조명이 비추고 있는 모니터 위로 커서가 미친 듯한 속도로 날아가고 있었다. 다다다다 자판을 두드리는 소리가 밤의 정적을 가르고 요란하다.

얼굴이 잔뜩 빨개져서 지수는 손가락을 움직이는 중이었다.

수현의 말이 맞았다. 수현의 손안에서 오르가즘을 세 번쯤 느끼는 순간 마치 머릿속에 고속도로가 뚫리기라도 한 것처럼 이야기가 펼쳐지기 시작했다. 남녀 주인공들이 살아 있는 듯이 춤을 췄다.

　마치 분홍색 나비 떼의 군무처럼, 머릿속에서 이야기들이 이합집산을 했다.

　숨이 막힐 정도로 매혹적이었던 그 나비처럼, 매혹적인 이야기다.

이상한 나라의 가정부

04. 서툰 유혹

    사람이 많은 멀티플렉스 영화관, 지수는 영화 상영시간을 알리는 표를 심각한 표정으로 들여다보고 있었다. 한 손으로는 머스터드를 잔뜩 뿌린 핫도그를 들고 있었다. 시선은 표에 둔 채 고개만 약간 움직여 핫도그를 한입 베어 문 지수의 얼굴이 일그러졌다. 이게 핫도그여, 고무줄이여? 소시지는 그렇다 치고 어떻게 빵이 질길 수 있는지 대단하다.

    얼마 전에 수현이 간식으로 핫도그를 만들어준 게 문제였다. 짙은 밀 냄새가 느껴지는 유기농 빵에 짜지 않고 담백한 소시지, 탱글탱글한 피클과 양파를 넣은 핫도그를 맛본 입의 수준이 너무 올라가버린 거다.

    하지만 아쉬운 대로 이거라도 먹지 않으면 오늘 저녁은 굶어야 하는 상황이었다. 눈을 딱 감고 남은 핫도그를 몽땅 입안에 쑤셔 넣은 지수는 우물우물 콜라까지 야무지게 원샷

하고 창구로 갔다.

"제일 빠른 영화 세 장 주세요."

"아무거나 말씀이세요?"

"네. 아, 아뇨. 18세 이하 관람가로요."

"18세 이하 관람가라면…….""

"미성년자 관람가면 돼요. 애니도 좋고요."

"아, 네. ……그럼 10분 후에 '그 남자에게는 비밀이 있다' 가 있고, 15분 후에는 '이상한 나라의 앨리스'와 '나비'가 있습니다. 어떤 걸로 보시겠습니까?"

"……그 남자에게는 비밀이 있다요."

야한 생각은 한 점도 나지 않는 영화를 고르기 위해 미성년자 관람가를 택했는데 하필 지금 상영 중인 영화에 '나비'와 '이상한 나라의 앨리스'가 있는 이유는 뭘까?

표를 받은 지수는 곧장 상영관으로 들어갔다. 영화표를 세 장 산 이유는 간단했다. 양옆에 누가 앉는 게 싫으니까. 지수는 그런 성격이었다. 그래서 아무리 보고 싶은 영화가 나오더라도 꾹꾹 참았다 DVD를 구입했다. 영화관에 마지막으로 온 것이 5년 전인지 6년 전인지도 가물가물했다.

그런 그녀가 영화관에서 뭐 하는 거냐고?

이수현을 피하고 있다.

자리를 찾아 앉은 지수가 한숨을 내쉬었다. 사흘째, 그녀는 수현이 오는 저녁 시간에 밖으로 나와서 헤매는 중이었다.

첫날은 아는 작가 언니네 집에 가서 뭉갰다. 마감 끝낸 후

한참 놀고 있던 언니와 함께 수다를 떨다가 대화가 19금으로 가는 바람에 죽는 줄 알았다. 차마 자신의 경험을 이야기할 수 없는 입장에서 이어지는 19금 대화는 수현을 떠올리게 하는 것 외에는 아무것도 아니었다. 그래서 둘째 날은 노트북을 들고 나와 커피숍에서 일을 했는데, 능률이 황이었다. 결국 오늘은 혼자 영화나 봐야겠다고 영화관에 온 참이다.

"우훗훗! 이거 진짜 재미있대! 소간지가 진짜 간지라잖아."

"소간지가 간지니 오빠가 간지니?"

"아이, 물론 오빠지. 오빠 간지에 반해서 내가 독신주의를 철폐한 거잖아."

뒷자리에 앉은 커플들이 속닥속닥 놀고 있었다. 순수한 호기심에 슬쩍 뒤를 돌아보았던 지수가 웩 하고 혀를 내밀었다. 저 둘은 간지의 의미를 잘못 알고 있는 걸까? 저 간지에 반해 독신주의를 철폐한 거면……. 그래, 뭐 그동안은 취향이 특이해서 독신주의였을 수도 있겠다. 제 눈에 안경이라니까.

그때였다. 지수의 옆옆자리. 그러니까 지수가 돈 내고 산 자리 말고는 가장 가까이에 앉아 있는 커플의 자세가 심히 이상하다는 것이 보인 것은. 의자 팔걸이를 올린 채 서로에게 기대어 있는 것까지는 영화관에서 있을 수 있는 스킨십이지만 이들은 그 이상이었다. 아주 잠깐 시선이 지나갔을 뿐이지만, 그것으로 충분했다.

가방으로 가린다고 애쓰고 있었지만 남자의 손은 어둠을

틈타 여자의 셔츠 아래에 들어가 있었고, 남자의 혀는 분명 여자의 귀를 핥고 있었다.

방을 잡아!

야한 생각을 하지 않기 위해 미성년자 관람가 영화를 찾아왔더니 뒷 커플은 닭살을 떨고 있고, 옆 커플은 19금을 찍고 있다. 미치고 팔짝 뛸 노릇이었다. 왜 저렇게 대담해? 아니, 어떻게 저렇게 대담할까? 시대가 이런 걸까?

툴툴거리면서 시트에 기대서 커다란 화면에 돌아가고 있는 광고를 보자니 자신이 한심했다. 이건 우유부단한 것도 아니고, 뭔지 모르겠다. 왜 자기 집에서 도망 나와서 이렇게 떠돌아다니고 있는 건지.

이유는 안다.

첫째로는 이수현 앞에서 철저하게 무너졌던 자신을 인정할 수가 없었다. 그의 손아래서 치부를 드러내고 완전히 취해 매달렸던 자신이 믿어지지 않았다.

"젠장."

생각하는 것만으로도 다시 아래가 뜨거워지고 젖는 느낌이 있었다. 이런 게 가능하다고 생각하지 않았는데, 가능하다는 걸 몸소 겪으니 당황스러웠다.

하지만 문제는 그게 아니었다. 과거는 이미 지나갔으니 어쩔 수 없는 것이다. 지수가 이렇게 밖으로 떠도는 결정적인 이유는 다른 것이었다. 바로 이 모든 것이 당황스럽고 민망하고 부끄러운데도 더 원한다는 것이었다. 자꾸, 생각한다.

절정의 절정을 겪은 다음 느꼈던 수치심은 잠깐이었다. 곧 이어 찾아온 것은 결핍감이었다. 더 원한다는……. 흔히 말하는 색정적인 욕구는 지수를 당황스럽게 했다. 눈에 보이는 모든 것이 다 색정적으로 느껴졌다. 그 감각은 지나가지도 않고 사라지지도 않고 그녀의 안에 머물러 있었다.

표현하자면 지수는 현재 화약고 근처에서 시작된 불꽃놀이를 구경하고 있는 중이었다. 아름답고 좋지만, 언제 어떻게 폭발할지 모르는 아주 위험한 상태.

하지만 더? 어떻게?

이수현을 피해 도망 나와서 지수는 하루 종일 이수현 생각을 하고 있었다. 그가 그릇을 얼마나 우아하게 집어 드는지, 설거지를 할 때 얼마나 깔끔하고 정갈하게 하는지, 그의 손이 지나간 집 안이 얼마나 반짝거리는지 같은 것이 계속 생각난다. 물론 압도적인 것은 그녀를 단단하게 안고 있던 팔과 탄탄하던 가슴, 옷 위로도 근육이 느껴지던 허벅지 같은 거지만.

이수현의 온몸은 단단했다. 늘 상냥하게 웃는 얼굴만 봐서는 잘 상상하지 못했는데 그녀를 안고 있던 가슴도, 바르작대는 그녀의 팔을 누르는 팔뚝도, 그녀의 다리를 벌리던 다리도 전부 딱딱하게 느껴질 정도로 단단했다.

남자가 단단하다는 것이 이렇게까지 섹시한 건 줄 몰랐다. 잘 가꿔진 남자의 몸은 지수가 아는 그 무엇보다도 숨 막혔다.

이수현 생각을 하느라 먹지도 못하겠고, 자지도 못하겠고, 글도 못 쓰겠다.

지잉, 하고 주머니 속에서 휴대전화가 울었다. 슬쩍 휴대전화 액정을 확인하던 지수가 빳빳하게 굳었다. 이미 영화는 시작했지만, 허리를 굽힌 그녀는 영화관을 빠져나왔다. 출판사에서 온 전화였다.

— 자기, 어디야?

통화 버튼을 누르자마자 간드러지는 목소리가 지수를 불렀다. 데뷔 때부터 같이 호흡을 맞춰온 효선은 제법 큰 출판사에서 브랜드만 세 개를 관리하는 잘나가는 편집장이었다. 그리고 화려한 싱글이었다. 결혼할 생각이 아예 없는 그녀는 독신주의에 대한 한국사회의 편견과 맞닥뜨릴 때마다 일과 결혼했다는 고전적인 방패를 사용했다. 하지만 마흔다섯 살이라는 나이에도 불구하고 동안인 그녀가 쿨하게 즐기는 남자들만 두서너 명이라는 소문은 끈질기게 돌았다. 선망의 눈초리도 있었지만 그런 그녀를 흰 눈으로 보는 사람도 많았다. 그러거나 말거나 효선은 상관하지 않았지만.

그런 효선이 지수는 좋았다. 뭘 해도 뭔가 어설프고 어리바리한 지수와는 달리 무슨 일이든 뻔뻔할 정도로 당당한 효선이 편했다.

"어……. 일하고 있죠."

— 오, 그래? 잘되고 있어?

"좀 막혔어요."

— 아직도? 일주일 전에도 꽉 막혀 있다고 했잖아.

"아, 그게 사흘 전쯤에……. 약간 풀렸었는데……."

효과는 딱 하루였다. 야속하게도. 그 다음날부터는 떠돌아다니느라 글을 못 쓴 것도 있겠지만.

— 뭐야, 오미진 작가한테 놀러 갔다기에 일이 꽤 잘 풀렸나 했더니.

오미진 작가가 누구냐 하면 방황의 첫날 놀러 간 작가 언니다. 이럴 수가. 어디서 어떻게 노는지 벌써 정보가 들어가다니! 하여튼 이 바닥도 더럽게 좁다.

"그날 하루 머리 풀어주고 다시 일하고 있어요."

하는데 콰르릉 하고 변기에 물 내리는 소리가 났다.

"또 화장실이에요? 왜 나한테 전화할 때마다 화장실이에요?"

— 그르게. 희한한 게 난 화장실에만 앉으면 자기 생각나더라.

효선이 깔깔 웃었다. 자기는 좋을지 모르지만 전화할 때마다 물 내려가는 소리를 듣는 지수는 조금도 신나지 않았다.

— 그래, 자기는 스트레스를 풀 만한 다른 일을 하지 않으니까 가끔 수다라도 떨어줘야……. 어?

수화기 저편에서 소리가 뚝 끊겼다.

"여보세요?"

— 자기, 무슨 일을 CGV에서 하니?

딸꾹 하고 놀라서 뒤를 돌아보니 화장실에서 나오던 강효선이 빙그레 웃고 있었다. 눈이 마주치자 그녀가 너 딱 걸렸어, 라는 느낌으로 짝다리를 짚었다.

"일이 그렇게 안 돼?"

"그런 건 아니고요."

"아니긴 뭐가 아니야? 매일 앉아서 여덟 시간씩 쓰는 사람이 사흘째 헤매고 있으면 끝난 거 아니야?"

지수가 효선을 노려보았다.

"작가 생명이 끝이라는 말을 잘도 하시네요."

"왜? 내가 틀린 말 했어? 내가 왜 작가 인세를 안 깎는데? 작가는 소모품이라서 그런 거야."

"생전 첨 듣는 말인데요."

"아니라고 믿고 싶겠지만, 사람 안에 있는 이야기가 몇 개나 되겠어? 한 개, 두 개……. 사람마다 다르긴 하겠지만 한계가 있단 말이야."

"스티븐 킹 같은 사람도 있잖아요."

"그러니까 그 사람은 진짜 천재고."

"그래서 지금 뭐예요? 난 끝났다는 거예요?"

"그렇다기보다……."

효선이 어깨를 으쓱했다. 그리고 도저히 나이처럼 보이지 않는 탱탱한 얼굴로 웃었다. 몸에 딱 맞는 보라색 셔츠에 청바지는 그녀를 열 살 이상 어려 보이게 만들고 있었다. 그래서인지 저만치서 뻘쭘하게 서 있는 남자는 얼핏 보아도 20대인데 그다지 위화감이 없다.

"뭔가 수단을 강구해야 한다는 거지. 뭐 먹고 싶은 거 없어? 하고 싶은 건?"

"있으면요?"

"해줄게. 자기 정도 글 뽑아내는 작가한테 그거 못 해주겠어?"

"먹고 싶은 거 먹고 하고 싶은 거 하면 나을까요?"

"그럼. 사람은 욕구의 동물이야. 욕구 하나가 충족되면 모든 일이 술술 풀리지."

지수가 한숨을 내쉬었다. 피할 수가 없다. 피하고 피해도 결국 욕구 이야기로 돌아온다. 그녀의 머리가 잘못되었거나, 세상이 잘못되었거나 중에 하나다. 아니면 둘 다 잘못되었거나.

"진짜 그렇다고 생각해요?"

"내가 생각하는 게 아니라 실제로 그래. 욕구가 충족되면 뇌가 만족을 느끼는 호르몬을 분비하는데 그게 창작과 관련 있다는 연구가 있거든. 싫은 이야기지만, 많은 작가들이 약을 하거나 도박 중독인 것도 비슷한 이유야. 그 짜릿함과 짜릿함을 느끼게 해주는 호르몬이 창작욕에 도움이 되기 때문에."

잠깐 생각하던 효선이 말을 고쳤다.

"그렇다고 약을 하라는 소리는 아니야. 그럼 끝장인 거 알지?"

"그런 거 안 해요."

"응, 자기는 그럴 타입 아니지. 우리 뭐 맛있는 거 먹을 계획이나 세워보자. 좋을 거야."

효선이 지수의 어깨를 다독였다.

"알겠어요. 나중에 다시 연락해요. 일단은……. 데이트나 마저 하세요."

지금 풀어야 하는 욕구는 하나였다. 그리고 그건 효선이 해줄 수 있는 게 아니다.

"어머? 자기는……. 데이트 아냐. 쟤는 내 조카야."

효선이 사르르 웃으며 손을 흔들고 조카에게로 다가가 팔짱을 꼈다.

쳇. 저 눈이 조카를 보는 눈이면 내가 움베르토 에코라지.

입을 비죽거린 지수가 다시 영화관 안으로 들어갔다.

지수는 남녀관계에서는 서툰 여자였다. 정확히 말하면 능숙해야 할 필요가 없었다. 지수는 키 165센티미터에 늘씬한 팔, 늘씬한 다리를 타고 났다. 앉아서 일하는 직업 탓에 아랫배가 조금 나오긴 했지만 옷을 입으면 거의 티가 나지 않는다. 전반적으로 마른 인상인 것에 반해 가슴은 큰 편이라 남자들에게 항상 인기가 많았다. 다른 이유 때문일 수도 있지만 지수는 항상 남자들의 대시가 끊이지 않는 이유가 가슴 때문이라고 생각했다.

어쨌든 그렇기 때문에 생애 처음으로 남자를 유혹하겠다고 마음먹은 지금, 지수는 번잡스러웠다. 항상 청소할 때 외에는 그녀의 방으로 들어오지 않는 수현을 유혹하기 위해서 그녀는 일단 포스트잇을 냉장고에 붙여놓았다.

작업하느라 밤 새웠어요. 오면 깨워줘요.

침대로 유혹하기 위해 머리를 짜낸 끝에 쓴 문장이다. 도저히 침대까지 이끌 자신은 없었고, 그렇다고 긴 여름해가 환한 거실에서 뭔가를 시도할 만큼 대담하지는 못했다. 준비를 한 것은 이것만이 아니었다. 혹시나 싶어 시트도 바꾸고 이불도 바꿨다. 물론 속옷 역시 새로 구입한, 도대체 누가 사나 싶었던 과감한 속옷이다. 그러고 나서는 죽어도 돈 주고 사지 않을 것 같았던 레이스 캐미솔.

자, 이제는 뭐가 남았을까?

콘돔은 준비했지만 혹시나 해서 약도 먹었다. 배란일은 아니지만 만전에 만전을 기해야지 싶었던 것이다. 그러고 나서 생각하니 좀 어이가 없기도 했다. 지수가 쓰는 소설 속에서 사랑을 나누는 연인들은 아무 준비도 없이 눈이 맞아 서로를 벽에 거칠게 밀어붙이거나 허리가 끊어지도록 끌어안았다. 이렇게 전전긍긍 준비하는 연인은 없었다.

그거야 연인이 아니니까.

지수는 홀로 납득했다. 지금 그녀가 하는 것은 제안이었다. 최대한 준비되고, 정중해야만 했다.

그때, 오토로크가 열리는 소리가 방문 밖에서 들렸다. 시계를 보자 6시였다. 수현이 온 것이다.

지수는 얼른 침대에 누워 이불을 머리끝까지 잡아 올렸다. 이불을 움켜쥐고 있는 손이 바들바들 떨렸다. 심장이 거칠게 뛰고 있었다. 힘찬 펌프질을 받은 혈액이 마치 쓰나미처럼 혈관을 휩쓸고 달렸다. 훨씬 빠르게 순환하는 혈액 때문인지 온몸이 화끈해지면서 감각이 예민해졌다. 방문은 굳게 닫힌 상태였지만 지수는 방 밖에서 움직이는 수현의 움직임을 그릴 수 있을 것처럼 선명하게 느낄 수 있었다.

평상시처럼 부엌으로 직진해서 장을 봐 온 것을 내려놓고, 앞치마를 꺼내 두르고, 그러고 나서……, 냉장고를 봤다. 약간은 무표정하게, 무심한 동작으로 포스트잇을 떼어 읽는 그의 모습이 선명했다. 잠시 사이를 두고 그는 약간 웃었다. 낮게 소리를 죽여 웃는 그의 웃음소리를 듣고 나서야 지수는 자신이 얼마나 악필인지 떠올랐다. 이 상황에도 얼굴이 화끈 달아올랐다.

그러고 나서도 수현은 감질나게 굴었다. 바로 지수의 방으로 오지 않고 식사 준비를 시작한 것이다. 뭔지 바로 알 수 있었다. 식사 준비가 되었을 때 깨우려는 것이다.

통통, 경쾌한 도마 소리와 함께 보글보글 물 끓는 소리가 났다. 곧이어 메뉴를 짐작케 하는 고소한 냄새가 풍겨왔다. 매콤한 낙지볶음밥이다. 설마 콩나물국도 끓이는 걸까? 매콤하게 볶은 낙지와 함께 먹을 콩나물도 데치고? 그러면 얼마나 걸릴까? 지수로서는 도저히 짐작할 수가 없었다.

입이 바짝바짝 말랐다. 이게 뭐 하는 짓인가 회의감과 언제 들어올 거냐는 조바심이 동시에 가슴속에서 보글보글 끓었다. 안에서는 밖의 소리가 들려도, 좀 뒤척여봤자 밖에서는 모를 텐데 지수는 꼼짝도 않고 귀만 기울이고 있었다. 뭘 하는 건지 수현은 괜스레 거실을 왔다갔다 하기도 하고, 다용도실에 들어갔다가 베란다로 가기도 하는 등 분주했다.

그리고 마침내…….

"지수 씨?"

똑똑.

발소리가 가까워질 때부터 긴장했던 지수가 식은땀이 배어 있는 손을 이불에 문질렀다.

"지수 씨, 일어나요. 6시예요."

몇 번 노크가 이어지고, 그래도 대답이 없자 방문이 열렸다. 심장소리가 너무나 커서 꽁꽁 둘러싸고 있는 이불 너머까지 들릴까 봐 겁이 났다.

"일어나서 밥 먹어요."

적당한 거리에서 몇 번 지수의 이름을 부르던 수현이 안 되겠다 싶었는지 다가와서 그녀의 어깨를 흔들었다. 그리고 그때가 찬스였다.

"지수 씨. 그만 일어나야 해요."

지수는 번개처럼 수현의 손목을 잡아서 확 당겼다. 느닷없는 기습에 수현의 몸이 중심을 잃고 기우뚱 기울어졌다.

"지수 씨!"

뭘 어떻게 했는지 모르겠지만 정신을 차리고 나니 지수는 수현의 몸에 타고 올라앉아 있었다. 수현은 키가 작은 편도 아니고 힘이 약한 편도 아니었다. 제압할 방법은 몸무게를 사용하는 것뿐이었다. 하지만 막상 계획대로 되고 나니…… 생각했던 것보다 더 어색했다. 상상했던 것처럼 끈적하게 그를 유혹하지도 못하겠고, 대담하게 그를 리드할 수도 없었다. 그저 멀뚱멀뚱 그를 내려다볼 뿐.

수현의 눈이 가늘어졌다.

"옷이…….."

당황할 법도 한데, 지수가 깔고 앉은 수현은 지수보다 더 침착해 보였다. 팔락팔락 팅커 벨 날개 같은 캐미솔을 입고 앉아 있는 지수는 얼굴이 한참 철을 만난 딸기보다 더 빨갛게 농익어 있는데, 수현의 얼굴색은 변화가 없었다.

"지금 뭐 하는 거예요?"

"그…….."

눈도 못 맞추고 웅얼거리자 수현이 눈을 가늘게 뜨며 고개를 갸웃거렸다. 당당해져야 하는데 쉽지가 않았다. 일단 이렇게 수현이 멀쩡한 것은 지수의 계획에 없었다. 당황하는 맛도 있어야 하고, 허둥대는 맛도 있어야 하는데 깔고 앉은 지수가 무안하게도 수현은 아무렇지도 않게 침착했다. 느리게 눈을 감았다 뜨는 동작에서조차, 지수는 기가 죽었다.

"그…….. 스트레스를 푸는 작업 한번 해볼까 하고."

말 그대로 젖 먹던 힘까지 짜내 한 말은 솔직히 지수 스스로도 실망이었다. 너무 직선적이라 멋이 없었다. 이렇게 말하고 싶은 것은 아니었다. 다음 말도 그랬다.

"머리를 빵 뚫게 해준다는 그……, 그거 말이야."

그에 비하면 수현의 반문은 지극히 타당했다.

"나하고요?"

"으응."

이게 아닌데……, 하고 지수는 더듬거렸다.

"왜요?"

"왜냐니…….'"

전혀 예상치 못한 반응에 지수는 혼란을 느끼다 못해 실망스러웠다. 사흘 전에는 시키지 않아도 알아서 잘(?)하더니 이제 와서 이런 이야기를 하면 어떡하란 말인가?

"난 사실, 어……. 그러니까 이런 거에 조심스러운 편인데 너는 괜찮을 거 같고…….'"

"난 괜찮을 거 같다고요? 왜요?"

"그, 그냥……. 그동안 지켜본 너의 프로페셔널함을 생각했을 때, 그러니까 너라면…….'"

지수가 필사적으로 '왜'에 대한 대답을 찾아내는 동안 수현의 눈동자는 곧게 그녀에게 향해 있었다. 반듯하다고 생각했던 콧날이, 깊다고 생각했던 검은 눈동자가 곧장 그녀에게로 향해 있었다.

"너라면 괜찮다는 느낌이 든다는 거야."

"내가 지수 씨의 헬퍼니까?"

"그, 그래! 그거야!"

웅얼대던 지수가 격렬하게 동의했다. 장난감 인형처럼 위아래로 머리를 흔드는 그녀를 수현은 잠시 빤히 쳐다보았다. 무슨 생각을 하는지 전혀 알 수 없는 눈빛이었다. 그랬기 때문에 지수는 숨이 막힐 것 같았다. 그 눈빛에 꼼짝없이 사로잡힌 채, 시선을 피할 수도 없고 딴청을 할 수도 없고……. 그저 그의 처분만을 기다렸다.

그리고 마침내 수현이 픽 웃었다. 그러고는 지수의 등을 감싸 안아 순식간에 돌려 눕혔다. 잠깐 떨어졌던 시선이 마치 빨려가듯 다시 서로 이어졌다.

"대신 약속해줘요."

"뭘?"

뭔가 이상했다. 분명히 유혹하는 쪽은 지수였는데, 단순히 자세를 바꾼 것만으로도 주객이 전도되는 느낌이 있었다. 무섭고 두려웠다. 그녀가 느낄 정도로 지수의 가슴은 거칠게 오르내리고 있었다. 하지만 여기서 그만둘 수는 없었다. 수현의 단단한 팔에 안긴 것만으로도 온몸이 녹진녹진 녹는 것 같았다. 엇갈린 다리와 다리가 닿은 부분이 뜨거웠다. 그를 좀 더 만지고, 좀 더 느끼고 싶었다.

"앞으로 밥도 잘 먹고, 잠도 잘 자고, 운동도 하고……. 자기 자신을 소중히 여기기."

"그거면……, 돼?"

"그리고 후회하지 않기."

"……뭘?"

"지금부터 나와 할 거."

정말 후회하지 않을 수 있을까? 하지만 확실한 건 하지 않아도 후회할 거라는 거다.

"물론이야. 너도……, 후회하지 않는 거지?"

"난 안 해요."

수현이 지수를 내려다보며 씩 웃었다. 그리고 천천히 고개를 내려 입을 맞췄다. 위로 훑어 올라온 수현의 손이 지수의 팔목을 잡아 침대에 눌렀다. 축축하고 뜨거운 혀가 느리게 지수의 윗입술을 훑고, 입술 사이로 가르고 들어와 혀를 건드렸다. 농염하게 혀끝이 마주 닿고, 천천히 서로를 얽어매고, 안으로 깊숙이 침입했다. 입술과 입술이 엉키는 느낌이 둔탁하고 진했다.

수현이 손을 움직여 캐미솔 아래로 손을 넣었다. 안 그래도 엉덩이를 간신히 덮는 기장의 캐미솔이 허리께까지 올라가며 팬티가 그대로 드러났다. 스스로 입은 옷이지만 지수는 갑작스러운 노출감이 부끄러웠다. 그래서 저도 모르게 캐미솔 끝을 잡아당기려 했지만 수현은 그러도록 두지 않았다.

매끈한 곡선을 그리고 있는 가슴 위의 능선에 입을 맞춘 그가 키스와는 다른 단호함으로 지수의 손을 떼어 머리 위로 고정시켰다. 여전히 입술은 그녀의 가슴 위의 능선을 더듬고 있었다. 그리고 다시 손을 넣어 가슴을 움켜쥔다.

"세상에……."

낮게 한숨을 내쉬며 수현이 브래지어를 손끝으로 밀어 올렸다. 그리고 그의 손이 닿을 때마다 오소소 소름이 돌아나고 있는 그녀의 피부를 쓸어 올리고 가장 예민한 부위를 손끝으로 건드렸다. 단박에 빳빳하게 굳은 유두에서 짜릿하게 전기가 일었다.

계속해서 어깨에, 쇄골에, 목덜미에 입을 맞추며 수현의 손은 부드럽게 그녀를 연주했다. 손끝으로 유두를 감싸 쥐고 아프지 않게 비틀고 끝을 튕긴다.

"하악!"

수현이 어떻게 솜씨 좋게 브래지어만 벗겨냈다. 그러고는 캐미솔을 지수의 목까지 끌어올렸다.

"시, 싫어."

"아……."

수현이 눈부시게 반짝이는 지수의 나신을 내려다보고 있다가 문득 생각난 것처럼 말했다.

"멈추고 싶으면 뭐라고 말해야 하는지 알죠?"

열에 달뜬 흐릿한 눈으로 지수가 수현을 쳐다보았다. 멈추고 싶으면?

하지만 다음 순간 희미하게 머릿속에 떠돌아다니던 이성이 말끔히 사라졌다. 수현의 입술이 덜컥 가슴을 삼키고, 뜨겁고 물컹이는 혀가 가슴 끝을 유린하기 시작한 것이다. 마치 드리블을 하듯 통통 튕기기도 하고, 맛있는 아이스크림을 핥는 것처럼 깊게 핥아 올리기도 하면서 수현은 지수를 어루만졌다. 커다랗고 뜨거운 손이 맨살을 훑어 내렸다. 둥근 가슴

선의 끝을, 그리고 매끈한 윗배를, 단전을……. 손이 천천히
미끄러져 내려가 팬티 선을 따라 움직였다.

관능이 정전기처럼 두 사람을 감싸고 있었다. 그리고 수
현의 입술이 손이 간 선을 그대로 따라 미끄러졌다. 손끝과는
다른 습기가 피부를 따라 흘렀다.

가쁜 숨을 몰아쉬던 지수는 수현의 입술이 팬티 끝을 무
는 순간 저도 모르게 허리를 움찔했다. 그리고 그것이 관능에
불을 지폈다.

수현의 손이 지수의 등을 감싸 쥐어 당겼다. 엉덩이가 들
린 채 순식간에 팬티가 몸에서 떨어져 나갔다. 설핏 수현이
셔츠를 벗는 것이 보였다. 지익, 하는 지퍼 소리에 소름이 오
도독 돋았다.

"쉬이, 가만있어요."

지수가 상체를 일으키려 하자 수현이 고개를 저으며 막았
다.

"아니, 프로텍터(protector)."

수현 앞에서 콘돔이라 말하기 부끄러워 돌려 말하자 수현
이 알겠다는 듯이 고개를 끄덕였다. 그리고 그녀를 다시 눕혔
다. 걱정할 거 없다는 듯이 수현이 툭 하고 장난스레 드러난
그녀의 유두를 손끝으로 건드렸다. 그것뿐인데도 자르르 전
기가 돌았다.

수현이 다시 지수의 단전께에 입술을 대었을 때는 둘 다
더 이상 뜨거워질 수 없을 만큼 온도가 올라간 다음이었다.

마주 닿는 곳이 어디든, 무섭도록 뜨거웠다. 사람의 손이 닿을 일이 없었던 허벅지의 여린 살들이 몇 번이고 쓰다듬고 어루만지는 수현의 손 아래에서 붉게 물들었다.

온몸에 키스를 퍼부으며 손을 무릎으로, 다시 허벅지 안쪽으로 쓸어내리던 수현이 마침내 그녀의 가장 예민하고 민감한 부위로 손가락을 밀어 넣었다. 충분히 열이 올라 있다고 생각했는데도 수현의 손가락이 침입한 순간 지수는 온도차를 느꼈다. 그녀의 안은 더욱 뜨거웠던 것이다.

지수 안의 길을 확인하는 동안 수현의 손은 질퍽하게 젖어들었다. 충분히 젖어 있다는 걸 알았지만 수현은 서두르지 않았다. 그의 손이 천천히 그녀의 갈라진 틈 사이를 움직였다. 위, 아래로……. 그리고 닿는 것만으로도 온몸이 저릿저릿해지는 작고 민감한 살덩이에 닿았다. 그리고 고통스럽지 않게, 그러나 충분히 강렬하게 그녀를 쓰다듬었다.

"아흑!"

지수가 크게 허리를 들썩였다. 관자놀이에서 맥이 펄떡펄떡 뛰고 있었다.

수현이 지수의 단전께에 입술을 댄 채 그녀의 양다리를 벌려 세웠다. 그의 손가락은 여전히 그녀의 클리토리스를 쓰다듬고 있었다. 둥글게 원을 그리기도 하고, 손가락 끝으로 붙잡아 비비기도 하는 손가락은 무례했다. 입술이 정중해지자 손가락이 거칠어진 것이다.

지수는 더 이상 참을 수 없을 것 같았다. 다리 사이에서 느껴지는 화끈한 열감(熱感)은 그녀만의 것은 아니었다. 그녀는 그의 분신이 검붉게 달아올라 그녀의 안으로 침입하고 싶어 한다는 것을 느낄 수 있었다.

처음에는 여상했던 수현 역시 호흡을 놓치고 있었다.

"들어갈 거야."

상체를 세우며 수현이 경고했다.

"으응."

흐릿한 눈으로 지수가 허락했다. 그녀의 무릎을 붙잡은 수현의 양손이, 상체를 세운 채 그녀를 내려다보고 있는 그의 시선이 지독하게도 야했다.

지수는 혀끝으로 입술을 훔쳤다. 갈증. 갈증이 났다. 해소될 수 있는 방법은 하나뿐이었다.

수현이 다소 성마르고 거칠게 지수 안에 그를 파묻었다.

"하홋!"

지수가 허리를 꺾으며 경련했다. 기대했던 것보다 과한 충족감이 그녀를 관통했다. 그녀를 벌리고 들어온 남자는 크고, 굵고, 단단했으며, 그녀를 쪼개버릴 듯 단호했다. 내장이 다 밀리는 것같이 묵중한 감각이 밀고 들어올 때마다 머리끝까지 아득해져서 지수는 입을 벌렸다. 아무리 숨을 들이마셔도 산소가 모자란 것처럼 숨을 쉴 수가 없었다.

몸이 덜컹덜컹 수현의 리듬에 맞춰 흔들렸다. 수현의 이마에 맺혀 있던 땀방울이 똑 하고 지수의 배 위로 떨어졌다.

"아앙!"

수현이 허리를 거세게 밀자 지수가 저도 모르게 고양이 같은 소리를 냈다. 수현과 연결되어 있는 부위가 아닌 온몸이 그로 가득 차 있는 것 같았다. 머리끝까지. 머리끝까지. 머리끝까지.

　"허리……. 들어봐."

　수현의 손이 지수의 엉덩이 양쪽을 잡았다. 삽입이 깊어졌다. 발끝까지 바르르 떨렸다.

　무언가 지수의 단전께에서부터 슬슬 밀고 올라와 목을 채우고, 코끝까지 찰랑찰랑 채웠다. 곧 그것이 터져버릴 것이라는 것을 지수는 알았다.

　"하악! 아흐악!"

　지수는 고개를 뒤로 꺾으며 시트를 움켜쥐었다. 무언가 짜릿한 것이 머릿속에서 폭죽처럼 터지는 순간, 수현은 지수의 턱을 움켜잡고 입을 맞췄다.

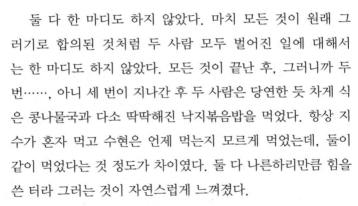

05. 사육 혹은 조련

  둘 다 한 마디도 하지 않았다. 마치 모든 것이 원래 그러기로 합의된 것처럼 두 사람 모두 벌어진 일에 대해서는 한 마디도 하지 않았다. 모든 것이 끝난 후, 그러니까 두 번……, 아니 세 번이 지나간 후 두 사람은 당연한 듯 차게 식은 콩나물국과 다소 딱딱해진 낙지볶음밥을 먹었다. 항상 지수가 혼자 먹고 수현은 언제 먹는지 모르게 먹었는데, 둘이 같이 먹었다는 것 정도가 차이였다. 둘 다 나른하리만큼 힘을 쓴 터라 그러는 것이 자연스럽게 느껴졌다.

  그리고 다음 날, 지수가 함께 장을 봐도 되냐고 물었을 때 수현은 그럼 지수의 집 근처 디마트를 가자며 허락했다.

  "그럼 원래는 어디서 장을 보는데?"

  카트를 밀고 앞서가는 수현의 옷자락을 잡고 두리번거리면서 지수가 대수롭지 않게 물었다.

"집 근처의 재래시장에서 봐요."

"재래시장? 애국자네."

"애국까지는 모르겠고 더 싸고 좋은 물건이 많거든요."

"그래? 내 친구는 재래시장에 가면 정찰제가 아니라 불안하다던데."

수현이 낮게 웃었다.

"모르면야 상인 분들이 약간 골려먹을 수 있기도 해요. 하지만 자주 보고 얼굴 익히면 마트보다 나아요. 정이 많은 사람들이라서."

"흠, 네가 잘 아니까 그렇게 말할 수 있는 거라는 생각이 들어."

"그럴 수도 있고요."

처음 온 건 아니지만 그동안은 정말 필요한 것만 사서 바로 집으로 돌아갔었던지라 지수는 낯선 느낌으로 마트를 구경했다. 그러다 '돈가스 대할인'이라는 플래카드를 발견하고는 손을 뻗었다.

"돈가스 싸다. 사 가면 안 돼?"

"안 싸요."

"안 싸? 세일한다던데?"

"원래 저 정도 가격해요. 원가를 조금 올려붙이고 20퍼센트 할인이라고 하는 거예요."

"뭐? 그건 사기잖아!"

"신경 쓰는 사람이 별로 없으니까. 그러니까 재래시장이

낫다고 하는 거예요."

"너와 함께면 재래시장이든 마트든 큰 차이 없을 거 같다. 대단해."

"칭찬으로 받아들일게요."

수현이 싱긋 웃었다. 그리고 덧붙였다.

"돈가스 먹고 싶어요? 그럼 돼지고기 사 가서 만들게요."

"돈가스도 만들 수가 있어?"

"그럼요. 등심 사 가지고 가서 빵가루 묻혀 만들면 되죠. 별거 아니에요."

"안 귀찮아?"

"제가 하는 일인데요."

"나도 해보고 싶어."

수현이 하하 청량하게 웃고는 따뜻하게 그녀를 쳐다보았다.

"그럼 식빵이랑 등심 좀 사 가요."

"식빵?"

"네. 보통 빵가루로 만들기도 하는데 전 식빵으로 만드는 걸 더 좋아하거든요. 기대해도 좋아요. 먹을 만하니까."

"오옹……."

지수가 살짝 눈썹을 치켜 올렸다가 내렸다.

어쩐지 수현이 반듯한 자세로 돼지고기 등심을 탐구하는 것은 웃었다. 얼굴은 무슨 연구소의 연구원같이 생겨서 엄청나게 진지한 태도로 등심을 고른다. 식빵도 같은 식빵이 아니라며 결을 보거나 불빛에 비춰보거나……. 도대체 뭘 보는지 알 수 없는데 뭔가를 본다.

지수가 마트에 왔을 때 사는 것들은 대부분 한 번에 해먹을 수 있는 것……. 라면, 치킨, 우유, 요구르트 같은 것이었는데 수현이 고르는 것들은 모두 가공을 거치지 않은 날것들이었다. 확실히 건강에는 좋겠지만 귀찮아 보였다. 어떻게 저렇게 신경을 쓰고 사나 신기했다. 그동안 별생각 없이 먹었던 음식들이 이렇게 섬세하고 정성스러운 과정을 통해 완성된 것이었다니 감동적이었다.

"여기는 생선은 별로네요. 오늘은 돈가스 만들어서 튀겨 먹고 생선은 내일 시장에서 사 올게요."

"응, 그래. 그런데 수현 씨, 너는 어떻게 요리를 배웠어?"

카트를 밀며 한 발 앞서나가던 수현이 고개를 돌려 지수를 바라보았다.

"'수현 씨'라는 호칭과 '너'라는 호칭이 안 어울린다고 생각 안 해요?"

"그렇게 생각하는데……. 부르다 보니 어떻게 그렇게 됐어."

"통일하는 거 어때요?"

"어떻게?"

"존대하라고 하면 안 할 거 같고……."

수현이 설핏 미소 지었다.

"그냥 이름 불러도 돼요."

"진짜?"

입꼬리를 당기며 만면으로 웃던 지수가 문득 의아하다는 듯 수현을 올려다보았다.

　　"그런데 왜 존대하라면 안 할 거 같아?"

　　"아, 하긴 하겠지만 이런 거 좋아하잖아요. 내가 존대하고, 지수 씨가 반말하는 거. 은근 즐기던데."

　　"어, 티나?"

　　"티 나요. 엄청 나요. 좀 마초 같아요."

　　속을 들킨 것 같은 간질간질함에 지수가 킥킥 웃었다.

　　"맞아. 그래서 남자 사귀기 어려운 건지도 몰라. 항상 뭔가 남자와 대립구도가 되거든."

　　"저런."

　　"어렸을 때는 만화책을 많이 봤어. 그중에 여왕님과 기사의 이야기를 다룬 게 있었는데 나는 언제나 그런 걸 좋아했어. 여왕님에게 정중하게 대하는 기사 말이야."

　　"뭔지 알겠어요."

　　지수가 여왕님 스타일이 아니라는 것은 문제지만.

　　"글은 많이 썼어요?"

　　부드럽고 편안하게 수현이 물었다. 보통 글에 대한 이야기는 하기 싫어하고, 특히 얼마만큼 썼냐고 쪼는 이야기는 편집자가 아니면 듣기 싫은 지수인데도 수현의 말은 조금도 거슬리지 않았다.

　　"음, 그냥그냥. 어지간히 풀리긴 했는데 뭔가 빵 뚫리진 않았어."

"야하게 들리는 건 기분 탓인가?"

수현이 슬쩍 놀리자 지수가 키득키득 어깨를 흔들며 웃었다. 스스로 말하고 나서도 뭔가 야하다는 느낌이 들었던 것이다.

"지금 쓰고 있는 건 어떤 내용이에요?"

"음, 사랑 이야기야. 난 주로 사건을 따라서 이야기를 전개시키는데, 이번에는 감정선을 살려서 쓰고 있다 보니 좀 힘들어. 여자 주인공 감정을 따라 진행하는 이야기거든."

"재미있게 들리는데요."

"모르겠어. 사랑을 믿고, 항상 진실했던 여자 이야기인데 그런 게 가능한가 싶어. 보통 평범한 연애는 3개월이 지나면 끝나지 않아? 믿음이 그렇게 오래갈까?"

"3개월이요?"

"응. 그 시간 동안에는 뿅 맞은 것처럼 다 좋지만 지나고 나면 현실이잖아. 의심하고 귀찮아지고 딴 짓하고."

"지수 씨, 엄청 시니컬한 사람이었군요."

"그래? 넌 어떻게 생각하는데?"

"난······."

수현이 잠깐 생각하는 표정을 지었다.

"믿음이나, 사랑이나, 의심이나······. 그런 건 전부 단어 같아요. 말하는 순간에 생기는 거죠. 나는 너를 사랑한다, 고 말하는 순간에 사랑이 생기고 저 사람은 의심스러워, 하는 순간에 의심이 생기고······. 정말 있는 건 현재뿐이라고 그렇게

이상한 나라의 가정부

생각해요."

지수가 눈을 동그랗게 뜨고 수현을 바라보았다. 걸음이
멈췄다. 수현도 그녀를 따라 걸음을 멈추고 뒤를 돌아보았다.

왔다 갔다 하는 마트 안의 사람들 틈에서 멈춰서 서로를
바라보는 것은 두 사람뿐이었다. 쨍하도록 밝은 마트 안의 조
명아래 수현이 조용히 미소 지었다.

"아는 작가가 해준 말인데, 어때요? 감동적이에요?"

"아⋯⋯."

지수가 그제야 납득이 간다는 듯 조그맣게 탄식했다.

"왜요, 내가 한 말인 줄 알고 놀랐어요?"

"그런 말을 하는 남자를 본 적이 없어서. 너무⋯⋯, 시적
이잖아."

"집안일하는 남자도 본 적 없잖아요. 세상에는 지수 씨가
모르는 많은 사람이 있어요."

"그런가?"

지수가 미소 지었다. 그리고 다가가 카트를 밀고 있는 수
현의 팔짱을 꼈다.

"하지만 난 네가 진짜 마음에 드는 거 같아."

"저도요."

수현이 빙긋이 웃으며 동의했다. 두 사람은 다시 움직이
기 시작했다.

디마트의 채소 코너 쪽에서 당근을 들고 살펴보는 척하던

남자의 시선이 멀어지는 수현과 지수의 뒤에 꽂혔다. 다시 봐도 확실히 이수현이었다. 큰 키와 단정한 몸가짐도 그랬지만 무엇보다 평범한 듯 하면서도 눈에 띄는 오라는 확실히 그였다.

그런데 이수현이 저렇게 사랑스럽다는 듯이 쳐다보는 여자는 누굴까?

남자는 눈살을 찌푸렸다. 이수현이 '일'을 하고 있는 중이라는 것은 알고 있었다. 사실 그것도 뭔가 이상하긴 했지만 거기까지는 그러려니 남자의 일이 아니라고 생각하고 넘어갔었다. 하지만 이건 좀 이상하다.

그는 이수현에 대해서 제법 많이 알고 있었다.

어떤 사람들은 이수현이 조용하고 매너 좋은 남자라고 생각하고, 어떤 사람들은 다혈질에 고집 센 남자라고 생각하며, 어떤 사람들은 무뚝뚝하니 제 속을 잘 드러내 보이지 않는다고 생각한다. 어느 정도 다 인정이 되는 부분이었다. 관계 없는 사람들에게는 보살이란 소리를 들을 정도로 매너 좋게 거리감을 유지하지만 도리어 친해지고 가까워지면 무뚝뚝하고 성질 있는 본연의 모습을 드러내는 것이 이수현인 것이다. 그 간극이 제법 커서, 모르는 사람들이 보기에는 헷갈릴 수도 있다.

하지만 지금 저 표정은 처음 보는 것이었다. 어떤 표정이라고 이름 붙여야 좋을지 모를 정도로 낯설었다. 그러니까 굳이 따지자면…… 연애하는 것 같은 표정?

잠깐 망설이던 남자는 휴대전화를 꺼내서 전화를 걸었다.

"예. 조 차장입니다. ……이사님 건인데 좀 이상한 게 있어서 말입니다. ……네, 그럼 지금 찾아뵙겠습니다."

전화를 끊은 남자가 채소 코너에서 나와 냉동 코너를 가로질러 수현과 지수의 진행방향 앞으로 질러갔다. 그리고 손에 쥐고 있던 휴대전화로 조심스레 사진 한 장을 찍었다. 들키지 않을 정도로 빠르게.

그리고 순식간에 남자는 사라졌다.

불을 끄고 촛불을 켜놓은 욕실은 호박색으로 물들어 있었다. 거품제 말고도 홍차 가루를 조금 넣은 물에서는 맛좋은 향이 올라왔다. 보글보글 끓어오르는 거품이 신비한 색으로 아롱진다.

"힘 빼요."

"난 이런 거 안 익숙하단 말이야."

"남자랑 한 번도 목욕 안 해봤어요?"

수현의 짓궂은 물음에 지수가 눈을 흘겼다. 해봤다고 당당히 말하고 싶지만 실은 안 해봤다. 이런 건 영화에서나 등장하는 장면인 줄 알았다.

이상한 나라의 가정부는 오늘도 기적을 행했다. 욕실 상황을 간단히 체크하더니 요술 스포츠가방에서 뚝딱뚝딱 향초를 꺼내고 홍차가루를 조금, 그리고 언제 마지막으로 썼는지 기억도 안 나는 거품제를 사용해서 욕실을 마법의 공간으로 바꾼 것이다.

"아! 거기 아파!"

"많이 뭉쳐서 그래요. 조금만 참아봐요."

"아! 아! 아! 아! 아! 아! 아아!"

"······엄살은."

등 뒤에서 수현이 고개를 젓는 걸 느끼며 지수는 나른하게 한숨을 내뱉었다. 이런 거 너무 좋다. 적당한 물의 온도도 좋고 피부를 타고 흐르는 미끈한 느낌도 좋고, 미끄러지듯 움직이며 지압점을 딱딱 찾아 뭉근하게 눌러주는 수현의 손도 좋다. 그의 손이 그녀의 피부를 연주하듯 날아다니면 자꾸 눈이 감겼다. 수현의 품에 안겨 있는 듯한 이 자세는 어쩐지 보호받는 것 같아서 기분이 묘해졌다. 수현은 보는 것보다 더 크고 탄탄했다. 키가 커서 느끼지 못했는데 어깨가 굉장히 넓다. 그 안에서 쏙 안겨 있노라면 무척이나 안온했다.

"허리에 힘 줘요. 자꾸 흐물거리지 말고."

"아까는 힘 빼라더니."

"그러니까. 너무 힘을 주고 있거나, 아니면 흐물거리거나. 적당히는 못 해요?"

수현이 지수의 허리를 붙잡아 고정시키며 어깨에 입을 맞췄다.

"안 돼. 일부러 그러는 게 아니란 말이야. 어렸을 때부터도 나는 중간이 좀 없었어. 성적도······."

하아, 하고 지수가 뜨거운 숨을 뱉어냈다. 지수가 이야기를 하는 동안에도 수현의 손은 부지런히 그녀를 어루만지고 있었다. 마치 세상에서 가장 깨지기 쉬운 달걀을 다루는 것처럼 섬세하고 예민하게.

"잘하는 건 엄청 잘하고 못하는 건 아예 안 했군요."

"······으응. 네가 만지면······, 기분이 좋······아."

지수의 목덜미에서 수현이 가볍게 웃음을 터트렸다. 가물가물 온몸으로 느끼는 지수가 사랑스러운 거다.

"예뻐서 자꾸 만지고 싶어요."

"으응. 이왕 만지는 거······. 좀······더."

수현의 팔이 지수의 앞으로 돌아와 가슴 바로 아래서 교차해 꽉 끌어안았다. 등에 닿는 수현의 가슴이 탄탄하게 기분이 좋다. 온몸에서 느껴지는 압력과 엉킨 다리와 다리가 닿는 느낌이 뭐라 말할 수 없이 농염했다. 물이 찰랑거릴 때마다 몸이 흐물흐물 녹는 것 같다.

"진짜······, 좋아."

수현은 조금 웃었다. 그러는 동안에도 그의 손은 계속해서 수현의 가슴 위로, 어깨로, 팔을 따라 부드럽게 내려가서 손가락 끝을 하나하나 매만지고 다시 배 위로, 골반뼈로 둥그런 엉덩이로 종횡무진 지수의 몸을 누비고 다녔다. 그의 손이 지나간 자리 위로 거품이 뭉쳤고, 물결의 흐름이 마치 번지듯 피부를 간질였다.

자꾸 뒤로 눕는 지수를 보다 못한 수현이 아예 지수의 머리를 자신의 어깨에 기대게 만들었다. 그러고는 관자놀이에 입을 맞췄다.

"정말⋯⋯."

못 말리겠다는 듯 미소 짓는 수현을 향해 지수는 헤헤 웃어 보였다.

"넌 어떻게 이렇게 뭐든지 잘해?"

"뭐든지요?"

"요리도 잘하고 청소도 잘하고 마사지도 잘하고⋯⋯."

"내가 정말 잘하는 건 다른 건데. 경험해놓고도 말 안 하네."

목소리에서 느껴지는 색기에 지수의 얼굴에 홍조가 떠올랐다. 맞다. 애당초 '넌 어떻게 이렇게 뭐든지 잘해?'라고 물었을 때 가장 먼저 생각난 건 결국 섹스였다. 수현의 리드는 항상 너무나 훌륭했다. 처음에는 부끄러웠고, 저항감도 있었는데 결국에는 아무것도 남지 않았다. 정신을 차릴 수가 없었다. 지금만 해도 이렇게 맨몸을 서로 붙이고 있는 거 충분히 불편한 일인데, 어쩐지 수현과 함께라면 괜찮은 것이다.

"그 정도는 아니었어."

"이런. 동영상이라도 찍었어야 그때 지수 씨가 어떤 표정을 지었는지 보여줄 수 있을 텐데."

수현이 지수의 귀에 대고 속삭였다. 그의 뜨거운 숨결이 귓바퀴의 솜털을 건드리고 흩어졌다. 그러면서 다리께를 움직이던 수현의 손이 지수의 삼각지대로 다가왔다. 손가락을 밀어 넣었다거나 한 것은 아니었다. 그냥 그는 가만히 그녀의

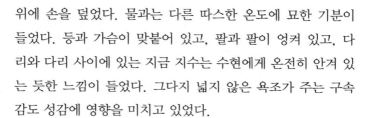

위에 손을 덮었다. 물과는 다른 따스한 온도에 묘한 기분이 들었다. 등과 가슴이 맞붙어 있고, 팔과 팔이 엉켜 있고, 다리와 다리 사이에 있는 지금 지수는 수현에게 온전히 안겨 있는 듯한 느낌이 들었다. 그다지 넓지 않은 욕조가 주는 구속감도 성감에 영향을 미치고 있었다.

성감······. 이게 온전히 성적인 느낌일까? 물론 맨살과 맨살이 닿아 있으니 이 순간이 성적이지 않다고는 할 수 없었다. 하지만 뭔가 달랐다. 무언가 좀 더 안온하고, 편안하고, 다정했다. 그걸 아는 이유는 그렇지 않은 순간, 그러니까 좀 더 관능적이고 자극적인 순간을 지수가 알고 있기 때문이었다.

지금처럼.

수현의 손이 천천히 올라와 지수의 단전을 어루만졌다. 그리고 윗배에 맺혀 있던 물방울을 터트리고는 가슴으로 올라왔다. 명백히 아까와는 다른 움직임이었다. 아까 몸을 누비고 다니던 손가락은 전혀 성적인 의도가 느껴지지 않는 담백한 움직이었지만 지금은 속도도 느렸거니와 움직이는 순간순간 관능이 담뿍 묻어 있는 움직임이었다. 보는 것만으로도 숨이 막힐 것 같다.

"으응······."

지수가 몸을 움직이자 욕조의 물이 흔들렸다.

"쉬이, 가만있어요. 움직이면 안 돼요."

수현이 고개를 저으면서 지수를 끌어당겼다. 그러면서도

127

그의 손은 지수의 가슴 끝을 건드렸다. 미끄러운 거품이 맺혀 있는 가슴 끝에서 거품을 걷어내고 그의 손가락이 꼿꼿하게 서 있는 가슴 끝을 매만지기 시작했다. 빠르게 느리게 마치 피아노를 연주하듯 손가락이 통통 튀며 둥그런 가슴 위를 연주했다.

지수의 호흡이 빨라졌다.

수현의 다른 손이 지수의 배와 골반, 그리고 허벅지를 쓰다듬는 동안 한 손은 부지런히 가슴을 연주했다. 미끈미끈한 물속에서 어루만져지는 것은, 그냥 침대 위에서 만져지는 것과는 차원이 달랐다. 물에 젖었던 가슴이 공기 중으로 드러나자 바르르 떨렸다.

수현이 지수의 자세를 바꾼 것은 그때였다. 같은 방향을 보게 하고 있던 수현은 지수의 다리를 벌려 자신을 보도록 자세를 바꾸었다. 지수가 헉 하고 숨을 내쉬는 사이, 수현의 입술 사이로 지수의 가슴 끝이 사라졌다. 지수가 격렬하게 움직이지 못하도록 수현이 지수의 허리를 꽉 잡은 채였다.

"아!"

저도 모르게 지수가 손을 뻗어 수현의 머리통을 끌어안았다.

손과는 명백히 다른 느낌의 혀가 지수의 가슴을 핥고 쓸고 튕겨냈다. 혀끝이 마구 가슴 끝을 드리블 하다 날카로운 이를 들이댔을 때는 짜릿한 통증이 쾌락에 뒤섞여 온몸으로 번졌다. 진저리치듯 몸을 떤 지수의 서슬에 물이 넘쳤다.

이상한 나라의 가정부

그가 입술을 가슴 끝에서부터 쭉 밀어 올리더니 목덜미에 뜨거운 키스를 퍼부었다. 피부가 그의 뜨거운 입술 사이로 빨려들어 갔다가 튕겨 나왔다.

"수, 수현."

가랑이 사이가 화끈해지는 걸 느끼면서 지수는 어깨를 긴장시켰다. 수현이 간신히 풀어놓은 어깨 근육이 다시 뭉칠 것만 같았다. 엉덩이 아래에서 느껴지는 수현의 단단한 다리가 섹시해서 견딜 수가 없었다. 지척에 늠름하게 서 있는 수현의 남성을 만지고 싶은 충동을 지수는 간신히 억제하고 있었다.

지수의 양 가슴을 억세게 움켜잡은 손가락 끝으로 수현이 지수의 가슴 끝을 어루만지며 뜨거운 숨을 토해냈다.

시선이 습기어린 공기 사이로 마주쳤다.

느리게……, 아주 느리게 다가온 수현이 지수의 입술 위에 입을 맞췄다. 처음에는 입술과 입술이 닿았고, 그다음에는 천천히 혀가 아랫입술을 핥았다. 뜨겁고 부드러운 혀가 그녀의 까칠한 입술을 천천히 쓰다듬다가 입술 사이로 들어왔다. 마치 녹아버릴 것 같아서 지수는 숨도 쉴 수가 없었다. 어째서 키스하다가 숨을 놓치는지 이해할 수 있을 것 같았다. 머리끝이 아득하게 멀어지더니 머릿속에서 우주가 생성되고 성장하여 소멸하였다.

타월로 꼭꼭 싼 지수를 안아서 침대로 옮긴 수현이 타월을 벗겨내자 지수가 질겁을 하며 이불을 끌어당겼다.

"보지 마."

"이미 봤고, 만지기까지 했는데요."

"그래도 그거랑은 달라."

수현이 또다시 낮게 웃었다. 지수는 그가 그렇게 웃는 것이 무척이나 좋았다. 마치 자신이 재롱부리는 귀여운 강아지라도 된 것 같은 느낌이 들었다. 나쁜 느낌은 아니었고, 사랑스러운 느낌이었다. 이런 건 생전 처음이라 낯설었다. 부끄러운데 다른 때와는 조금 다른 느낌의 부끄러움이었다.

"냄새가 엄청 좋아요."

몸을 구부려 지수의 귓가에 대고 수현이 속삭였다. 별다를 것 없는 말인데도 지수는 얼굴이 뜨거워졌다. 수현은 그대로 지수의 양쪽에 팔을 짚은 채 입을 맞춰 왔다. 지그시 누르는 듯한 압력감이 느껴지는 키스였다.

몸이 뒤로 자연스럽게 밀렸다. 등 뒤에 시트가 닿는가 했더니 수현의 손이 이불을 치워내고 지수의 위로 몸을 겹쳤다. 지수를 바라보는 수현의 입꼬리가 올라가 있었다. 반짝반짝 빛나는 눈동자 안에는 두 손을 모아 가슴을 가린 지수가 담겨 있었다.

"내숭쟁이."

수현이 지수의 손 위에 입을 맞췄다. 한 번, 두 번, 세 번. 그러고는 손을 치우고 가슴에 입을 맞췄다. 한 번, 두 번, 세 번. 마지막 키스 때는 혀끝이 살짝 피부를 간질였다.

수현은 지수를 품에 안고 온몸에 키스를 퍼부었다. 마치

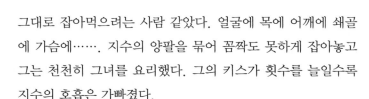

그대로 잡아먹으려는 사람 같았다. 얼굴에 목에 어깨에 쇄골에 가슴에……. 지수의 양팔을 묶어 꼼짝도 못하게 잡아놓고 그는 천천히 그녀를 요리했다. 그의 키스가 횟수를 늘일수록 지수의 호흡은 가빠졌다.

수현의 머리가 천천히 아래로 내려가는 걸 느끼며 지수는 허리를 뒤로 꺾었다. 그의 입술이 배꼽 주변을 맴돌다가 입을 맞추고, 뜨거운 숨을 불어넣었다가 혀로 길게 핥은 후 아래로 내려갔다.

"아!"

지수의 다리를 세워 벌리고는 그 사이에 자리를 잡은 수현은 지수의 양 엉덩이를 손으로 쥐었다. 그다지 세지 않은 압력이었으나 그러느라 엉덩이가 들려 지수는 소리를 내고 말았다. 수현의 위치와 시선상 그렇게 하면 그녀의 부끄러운 부분을 수현이 적나라하게 볼 수밖에 없는 위치였다.

"싫어!"

싫다고 몸을 비틀어보았으나 소용이 없었다. 수현은 그녀를 놓아주는 대신 입을 맞췄다. 지금까지 입을 맞추지 않은 곳에.

"아흑!"

온몸을 타고 흐르는 저릿한 감각에 지수가 숨을 들이마셨다. 수현이 지수의 그곳에다가 뜨거운 숨을 불어넣고 그 축축한 숨결이 사라지기 전에 혀끝으로 문지른 다음, 다시 숨을 불어넣었다.

"싫, 싫어. 그건 싫어!"

"진짜 싫으면 뭐라고 하라고 했는지 기억하죠?"

말하라고 하는 말이 아니었다. 수현은 짧게 내뱉고는 다시 혀로 지수의 예민한 살을 핥아 내렸다. 부드럽고 미끄덩거리고 힘 있고……, 이중적인 감각이 예민해진 살덩이를 자극하는 동안 온몸의 근육이 움찔거렸다. 그 놀라운 감각을 이기지 못한 지수는 한쪽 다리를 허공에 쳐들었다가 수현의 등으로 감았다. 그 순간 수현이 웃었다. 그곳에서, 수현의 옅은 웃음이 분명히 느껴졌다.

지수는 몇 번이나 느낄 뻔했지만 수현은 그녀가 그러도록 놓아두지 않았다. 기가 막히게 수현은 지수가 느끼는 것을 알아차렸다. 그리고 딱 그전에 움직임을 멈췄다. 그러고 다시 시작하는 것이다. 지수는 갈망으로 거의 정신을 놓아버릴 지경이었다. 만약 수현이 한 번 더 멈춘다면, 수현을 때려눕히고 그 위에 올라가서 강간을 할 위기였다.

"하악! 수현……."

고개를 한껏 꺾은 채 지수는 온몸을 자글거리며 돌아다니고 있는 낯선 감각을 이겨내기 위해 노력 중이었다. 갈망이 작은 불씨가 되어 온몸에서 타닥거리며 타고 있는 느낌이었다. 머릿속에는 온통 want라는 붉은 글자만 자글거렸다.

그때였다. 더 이상 못 참겠다고 생각했을 때, 수현이 마침내 몸을 일으키고는 지수의 양다리를 붙잡았다. 그가 다리를 벌려 자신의 어깨 위로 올려놓았지만 지수는 부끄러움을 느낄 여력도 없었다. 숨은 턱에 차 있었고 온몸은 땀에 젖어 있었다. 그를 원했다. 태어나서 그 무엇도 이렇게 간절히 원해 본 적이 없을 정도로, 그를 원했다.

그리고 아무 말도 없이 눈을 맞췄던 수현이 그녀의 안으로 밀고 들어왔다. 처음에도 그랬지만 그의 남성은 이렇게 머리끝까지 흥분한 지금도 받아들이기 어려울 정도로 크고 두툼했다.

"아흑! 아흑! 아흑!"

수현이 밀고 들어올 때마다 온몸이 터져버릴 것 같은 압박감이 지수를 채웠다. 그러나 오호라, 사람의 몸이란 어쩌면 이리도 간사하단 말인가. 부담스러웠던 그 감각이 사라진 다음 순간에는 허전함이 느껴졌다. 다시 채워 왔을 때는 만족스러웠다. 둔탁한 그 감각이 너무나 폭풍 같아 지수는 차라리 그 안에서 휘날리는 낙엽이고 싶었다.

빠른 속도로 지수는 첫 번째 오르가즘을 맞았다.

"아아……."

지수의 눈이 커지면서 호흡이 멈췄다. 오래 자제했던 오르가즘은 생각보다 훨씬 더 파괴적으로 그녀를 덮쳤다. 그녀가 끝나지 않을 것 같은 격렬한 수축과 이완을 반복하는 동안 수현 역시 무거운 신음을 흘리며 숨을 토해냈다.

"좋았어요?"

축 늘어져 있는 지수의 이마 위에 입을 맞추며 수현이 빙그레 웃었다. 아직도 그의 일부는 그녀의 안에 있는 채였다.

"으응……."

청각이 멀어서 제대로 들리지도 않는 상황에서 지수는 대답도 아니고 신음소리도 아닌 말을 흘렸다. 이런 건 정말 처음이다. 아직까지도 온몸에서 미약한 전기가 흐르고 있는 것 같다. 그때 수현이 일시에 모든 감각이 쭈뼛 서는 소리를 했다.

"그런데 끝 아닌데……. 어떻게 하지?"

"뭐?"

수현이 몸이 결합되어 있는 채로 지수의 몸을 뒤집었다.

"학!"

지수가 저도 모르게 밭은 숨을 내뱉으며 침대를 양손으로 짚었다. 그녀의 안에서 그가 커지는 것이 느껴졌다.

"자, 잠깐만. 이건!"

"가만히 있어요."

수현이 지수의 등줄기를 따라 뜨겁게 키스를 퍼부었다. 하나로 연결되어 있는 부위가 움찔거렸다. 뭐라 말할 수 없는 열기가 피부를 따라 한곳으로 집중되었다. 하지만…….

"나 방금……."

"쉬잇!"

경고를 하듯 수현이 지수의 가슴 끝을 꼬집었다. 약간의 쓰라림, 그리고 같은 부위에서 느껴지는 다른 종류의 감각, 그가 그녀의 피부를 건드릴 때마다 예민한 성감대를 스칠 때마다 지수는 수현의 남성이 그녀의 안에서 반응하는 것을 느낄 수 있었다. 그리고 그것은 다시 지수 자신의 반응을 이끌어냈다.

나른하게 이완하려던 근육들이 다시 팽팽히 당겨지면서 혈류가 빨라지기 시작했다.

수현이 자신의 무릎으로 지수의 다리 위치를 조종하고 그녀의 엉덩이를 잡아 고정시켰다. 지수는 묘한 수치감과 쾌감을 느꼈다. 그녀는 한 번도 이런 자세로 관계를 가져본 적이 없었다. 만화에서는 본 적이 있었지만 그것과는 다른 느낌이다. 조금 더 본능적이고 섹시한 느낌이 있다. 조금 더……, 굴종하는 느낌이 있다. 마치 이수현이 그녀의 지배자인 것처럼 느껴진다. 지수가 가장 싫어하는, 지배당하고 있다는 느낌이 든다. 그런데도 나쁘지 않다. 아니, 좋았다. 수현은 아직 본격적으로 움직이지 않았는데도 평소와는 다른 자극이 느껴졌다.

"아흑!"

수현이 거칠게 밀고 들어온 순간 지수는 자지러지며 허리를 꺾었다. 정상위와는 깊이감이 달랐다. 그가 그녀의 가장 깊숙한 곳까지 들어오는 느낌이었다.

"안 돼. 가만히……."

수현이 지수를 달래듯 등허리를 다독이고는 허리를 굽히게 만들었다. 그러자 그의 남성의 존재가 좀 더 선명하게 안에서 느껴졌다. 그 느낌을 뭐라고 표현해야 좋을지 몰라 지수는 신음만 흘렸다.

"천천히…….."

수현이 자기 자신에게 하는 말인지 아니면 지수에게 하는
말인지 알 수 없는 말을 속삭였다. 그러나 그의 말과는 반대
로 그의 다음번 움직임은 거침없었다. 그가 그녀를 가르고 들
어올 때마다 지수의 눈이 커졌다. 뱃가죽을 뚫고 나올 것 같
은 거대한 남성이 그녀를 휘젓고 있었다. 몸이 앞으로 앞으로
쏠리는 것을 이겨내지 못하고 결국 그녀가 무너졌다. 얼굴이
베개에 묻히고 팔이 힘없이 몇 번이나 바닥을 헛짚었다. 매
순간 정신없이 몰아치는 감각이 그녀의 안에서 차올랐다.

"아흥! 아흥! 아흐으!"

뱃속의 어디쯤 작고 날카로운 은빛 결정체가 빛나고 있었
다. 곧 그것은 그녀를 가르고 나올 듯했다. 잔인하고도 흉폭
한 그것을 그녀는 미칠 듯이 원했다.

그리고 그 순간이었다. 그녀가 주먹을 꽉 쥐며 신음했다.

"아앗!"

수현이 가장 깊숙이 자기 자신을 지수에게 밀어 넣는 순
간, 결정체가 그녀를 가르고 머리끝으로 솟구쳤다. 척추를 중
심으로 온몸이, 가장 극의 말초신경까지 짜릿하게 전기가 스
치고 지나갔다. 아니, 지나가지 않았다. 전기가 머물렀다. 온
몸이 부들부들 떨리면서 눈앞이 하얗게 변했다.

수현이 뒤처리를 하는 동안 지수는 죽은 것처럼 늘어졌
다. 어쩌면 잠깐은 죽었었을지도 모른다. 잠은 죽는 연습이라

고 하니, 짧은 시간 죽는 연습을 했었을지도 모른다.

그렇게 늘어져 있는데 침대로 쑥 들어온 수현이 팔을 뻗고는 지수를 당겨 팔베개를 해주었다. 불을 붙인 듯 뜨거웠던 몸은 이제 딱 좋게 식어 있었다. 그 팔에 기대는 것이 꽤 기분이 좋았다.

수현의 입술이 이마 위에 와 닿는 것이 느껴졌다. 그의 손가락이 젖은 이마 위에 붙어 있는 머리카락을 떼어내더니 다시 한 번 입술이 이마에 닿았다.

"은채가……, 왜 그 남자를 떠나지 못했는지 알 것 같아."

"은채요?"

"내 글의 주인공."

순간 수현의 얼굴이 이상하게 변했다.

"설마……, 잘해서라고 말할 건 아니죠?"

그가 아주 조심스럽게 되물었다. 그런 그를 흘겨보고는 지수는 다시 눈을 감았다.

"왜 아니겠어?"

수현이 큰 소리로 청량하게 웃었다. 그녀를 끌어당기는 손이 따뜻해서, 지수는 저도 모르게 조금 웃었다.

"밝히긴."

수현이 다시 지수의 이마에 입을 맞췄다. 그리고 코에, 입술에, 뺨에……. 자꾸 지분거리는 수현이 귀찮아져 지수는 몸을 비틀었다. 밝히는 게 누군데? 온몸에 기운이 하나도 없다. 마지막 한 방울까지 수현이 빨아 간 느낌이었다.

"넌 날 고갈시켰어. 난 이제 좀비나 다름없어. 빈껍데기라고."

"무슨 소리예요?"

터무니없다는 듯이 수현이 고개를 저었다.

"물리학적으로도 날 고갈시킨 건 지수 씨예요."

"물리학 따위 엿이나 먹으라지. 난 꼼짝도 못 하겠어."

수현은 다시 클클 웃었다.

"운동 좀 해야겠어요. 어떻게 이렇게 온몸에 근육이 하나도 없어요?"

"거짓말. 근육이 없는 사람이 어디 있어?"

"만져봤으니 알아요. 권지수 씨는 근육 없어요. 다 지방이에요."

"나 살쪘어?"

놀라서 지수가 수현을 쳐다보았다. 그런 지수를 바라보며 수현이 묘하게 웃었다. 그러더니 말을 돌렸다.

"그거 알아요?"

"뭘?"

"하고 나서 차 마시면 엄청 깨운한데……."

"깨운?"

개운한 것도 아니고 깨운이라니 지수의 귀가 번쩍 뜨였다. 안 그래도 혼자서 뜨거운 물에 담가먹는 티백과는 비교할 수 없는 홍차를 우려다가 갖다 주는 수현이다. 하고 나서 마시는 홍차의 맛이 특별하다면……. 정말 끝내줄 거다.

"홍차 마실래요?"

　"……응."

　어쩐지 사육 혹은 조련당하는 느낌도 들지만, 이라고 지수는 셔츠를 당겨 머리에 끼우는 수현을 보면서 생각했다. 하지만……. 관계의 이름이 뭐든 무슨 상관이겠는가? 이렇게 좋은데.

06. 연애보다 더한 관계

　한여름, 작열하는 태양……. 하지만 지수는 사실 여름을 여름답게 느껴본 적이 거의 없었다. 어렸을 때야 멋모르고 뛰어다녔지만, 철이 들고 독립한 이후에는 햇빛이 쨍해지고 날씨가 무더워지면 집에 콕 박혀서 에어컨과 제습기를 틀어놓은 채 여름을 피해왔기 때문이다.

　그렇기 때문에 수현이 지수를 끌고 '포 시즌즈'의 풀장으로 왔을 때는 당혹스러웠다. 일단 이런 게 서울에 있다는 것도 몰랐을뿐더러 마치 남국의 여름을 그대로 가져다 놓은 듯한 분위기가 낯설었다. 유난히도 푸른 물도 그랬고, 푸른 타월지로 감싼 럭셔리한 비치베드도 그랬고, 비치베드에 그늘을 드리워주고 있는 미색의 커다란 파라솔도 그랬다.

　"여기 회원제라는데?"

　어쩐지 한참 성수기인 이때 사람이 많지도 않고, 특히 이런 수영장의 주인이라고 할 수 있는 아이들이 없다 싶었더니 포 시즌즈의 호텔 풀 중에서도 VVIP에게만 개방된 풀이라고 했다.

"누가 그래요?"

물에 들어갔다 나와 타월로 머리를 털어내던 수현이 손을 멈추고 물었다. 하얗다고만 생각했는데 벗겨서 태양 아래에 갖다 놓으니 묘하게 그을린 피부 위로 물방울이 알알이 맺혀 반짝이고 있었다.

"휴대전화로 검색해봤지."

수현이 엄한 표정을 짓더니 지수의 손에서 휴대전화를 빼앗아 가방에 넣고 지퍼를 잠가버렸다.

"여기까지 와서도 인터넷 검색질이라니. 다시 말하지만 작가는 여러 가지 경험이 많아야 하고, 그런 의미에서 지수 씨는 포 시즌즈가 올해부터 우리나라에 리조트를 개장했다는 걸 모른다는 것부터 반성해야 해요."

포 시즌즈는 해외서는 유명한 호텔·리조트 체인이다. 하지만 우리나라의 날씨와 환경상 들어오지 않는다고 알고 있었는데 언제 이렇게 럭셔리한 리조트를 건설했단 말인가? 집에 틀어박혀 글만 쓰는 직업의 단점이 나오는 순간이었다.

"간접경험으로 충분해."

반항하는 지수의 말에 수현이 피식 웃고는 소파베드에 걸터앉았다. 그리고 타월을 어깨에 걸치고 익숙하게 샴페인을 잔에 따라 지수에게 건넸다. 쨍 하고 잔을 부딪치고 입안에

샴페인을 털어 넣는 수현을 쳐다보던 지수는 살짝 잔을 기울여 샴페인을 맛봤다. 혀끝에 닿는 톡 쏘는 달콤한 느낌은 고급스러웠다. 샴페인에 대해서는 잘 모르지만 상당히 비싼 샴페인임에 틀림없었다. 함께 먹으라고 나온 딸기도 여름 것답지 않게 크고 싱싱했다.

"진짜 여기에 어떻게 온 거야?"

"회원권을 빌려주신 분이 있어요. ……그나저나 정말 물에 안 들어갈 거예요?"

비키니를 입긴 입었지만 그 위에 셔츠를 걸친 채 고집스럽게 타월로 둘둘 말고 있는 지수를 보며 수현이 눈썹을 치켜올렸다.

"안 들어가. 누가 이런 좋은 회원권을 빌려줘?"

"들어가요. 좋을 거예요."

"난 수영 못해."

"내가 잡아줄게요."

"미안한데 아직 너에게 생명을 맡길 정도는 아니야."

수현의 눈썹이 꿈틀했다. 그는 잠시 지수를 빤히 쳐다보더니 갑자기 냉랭해져서는 일어섰다.

"그러면 더더욱 물에 집어넣어야겠네요."

"뭐?"

다음 순간 몸이 붕 떴다. 꽉 붙들고 있던 타월이 바닥으로 툭 떨어졌다.

"하, 하지 마!"

이상한 나라의 가정부

허공에 대고 손을 허우적거렸지만 항상 그렇듯 힘으로는 이수현을 당할 수가 없었다. 지수의 팔을 붙잡아 고정시킨 수현이 그녀를 안은 채 풀장에 뛰어들었다. 아차 하는 사이에 푸른 물속에 잠기고 뽀글뽀글 거품이 일었다. 바둥거려보았지만 소용없었다. 수현은 그녀를 단단히 안고 있었다.

　"푸하!"

　수현이 수면으로 치솟는 순간에야 함께 치솟아 오른 지수가 길게 숨을 내뱉었다. 그리고 수현에게 주먹을 날렸다.

　"이게 무슨 짓이야!"

　"어어!"

　수현이 손을 놓았다. 풍덩, 하고 지수의 몸이 수면 아래로 가라앉았다. 풀장은 생각보다 깊었고 바닥에 발이 닿지 않았다. 공포감과 함께 지수가 손을 뻗어 필사적으로 수현에게 몸을 붙였다.

　"것 봐요. 위험하게."

　수현이 싱글벙글 웃으면서 지수의 다리를 잡아 자신의 허리에 감았다. 그리고 그녀의 허리에는 그의 팔을 감았다.

　"얕은 데로 가. 얼른!"

　"싫어요. 그러면 때릴 거잖아요."

　수현이 느리게 발장구를 쳐 부력을 만들고 있는 것이 느껴졌다. 수현의 발도 바닥에 안 닿는다는 뜻이다.

　"안 때릴게! 안 때릴 테니까 제발 얕은 데로 가."

　"싫어요. 여기에 있으면 지수 씨가 이렇게 매달리는데 내

143

가 왜 얕은 데로 가요?"

"깨물 거야!"

"그럼 난 또 지수 씨를 놓칠 건데?"

끙, 하고 지수가 신음하자 수현이 껄껄 웃었다. 마주 닿은
가슴과 가슴을 통해 그의 울림이 느껴졌다.

"지수 씨 정말 재미있는 거 알아요?"

"네가 내 생명을 위협하고 있다는 건 알아."

"누르면 바로 반응이 와요."

"참을성이 없다는 이야기면 그만해도 돼. 평생 그랬으니
까."

"난 부러워요."

부드럽게 뒤로 헤엄치면서 수현이 코알라처럼 붙어 있는
지수의 팔을 잡고 눈을 맞췄다. 그래봤자 더 깊은 곳으로 가
고 있다는 생각밖에 지수는 할 수 없었다.

"어떻게 그렇게 표현력이 좋죠?"

"내가?"

"난 좀 무뚝뚝하다고 해야 하나……. 내 감정을 잘 표현
못 하겠거든요. 그래서 좋아요. 지수 씨 생각이나 기분은 바
로바로 알 수가 있어서."

"네가? 감정을 표현 못 한다고?"

그러면 그 은근한 행동들은 뭘까? 온몸에 키스를 퍼붓고,
미끈하게 어루만지고, 농염하게 사랑하던 그 모든 건 뭘까?
지금 이 눈웃음은? 그녀를 다정하게 바라보는 눈빛은?

아니, 어쩌면 그럴지도 몰랐다. 언제나 수현은 덤덤하다 싶을 정도로 침착했다. 그럼 그게 침착한 게 아니라 감정을 표현하지 못한 거였단 말인가?

"그래서 작가인가 싶기도 하고."

"작가가 여기서 무슨 상관이야?"

"작가는 자기 자신을 표현하는 사람이잖아요. 자기 안으로 수렴하는 사람은 글을 쓰기 어렵죠."

지수가 수현을 빤히 쳐다보았다. 어느새 그녀는 그에게 온전히 몸을 의탁한 채 차가운 물속을 유영하고 있다는 사실을 잊어버리고 있었다.

"처음부터 생각한 건데 넌 작가에 대해서 잘 아는 거 같아."

"말했잖아요. 아는 분이 있다고."

"누군데?"

"음, 그건 그쪽의 프라이버시니까 이야기 안 할래요."

"유명한 사람이야? 말하면 내가 알 정도로?"

"아마?"

수현이 지수를 고정하고 있던 팔을 풀고 그녀의 셔츠를 벗겼다.

"꺅! 무슨 짓이야?"

지수가 허둥대며 수현이 낚아챈 셔츠를 빼앗기 위해 손을 휘휘 저었다. 하지만 그는 풀장 밖으로 셔츠를 던져버렸다.

"여기서 이런 거 입고 있는 사람 지수 씨밖에 없어요."

145

수현이 지수의 어깨에 입을 맞췄다. 그제야 차가운 물과는 다른 뜨거운 수현의 체온이 느껴졌다. 순간 무언가 부끄러워 지수가 수현을 바짝 끌어안았다. 유난히도 큰 가슴 때문에 비키니를 입으면 가슴골이 선명했다. 가능한 가슴을 많이 가리는 비키니로 골랐는데도 그렇다.

지수가 수현에게 바짝 몸을 붙이자 반쯤 드러난 지수의 가슴이 수현의 가슴 위에 물컹 뭉개졌다.

"음, 실수했어요."

지수를 당겨 안으며 수현이 중얼거렸다. 그의 손이 자연스럽게 그녀의 등허리에서 엉덩이로 이어지는 선을 쓰다듬는다.

"뭐가?"

"셔츠를 벗기는 게 아닌데."

딱하다는 듯 혀를 찬 수현이 지수의 귓가에 숨을 후 하고 불어넣었다.

"물에 있는 거 안 좋으면 나갈래요?"

우연인 것처럼 수현의 혀가 지수의 귓바퀴를 쓸었다. 무슨 의미인지 모를 수가 없었다.

어쩐지 야하고 어쩐지 흥분되었다. 손을 잡고 젖은 머리 그대로 홀을 지나 방으로 달려가면서 지수는 마치 10대로 돌아간 것처럼 큰 소리로 웃었다.

"엘리베이터!"

이상한 나라의 가정부

마침 문이 열린 엘리베이터를 손가락으로 가리킨 지수가 수현의 손을 잡아끌었다. 하지만 일단 뛰기 시작하면 수현이 지수보다 느릴 이유가 없었다. 곧 지수를 앞질렀던 수현이 안 되겠다는 듯 한 손으로 지수를 번쩍 들었다. 그러고는 아슬아슬하게 세이프……. 간신히 문이 닫히기 직전에 엘리베이터 문을 붙잡고 탈 수 있었다.

큰 소리로 웃음을 터트렸던 지수가 엘리베이터 안에 사람이 있는 걸 보고 '쉿!' 하고 손가락을 세워 입 앞에 갖다 대었다. 하지만 그래도 목을 끓어오르는 웃음은 어쩔 수 없었다. 참으려고 하면 할수록 입술을 비집고 웃음이 새어나왔다. 얼떨결에 지수를 따라 뛰고, 그러다가 지수를 들고 뛰기까지 하는 바람에 숨이 차올라 무릎을 짚고 숨을 고르던 수현도 큭큭 낮게 웃었다.

"……이수현?"

한쪽에서 그들을 유심히 보고 있던 남자가 수현의 이름을 부른 건 그때였다. 지수 쪽으로 몸을 돌린 채 웃고 있던 수현의 표정이 얼어붙었다. 그리고 허리를 펴고 지수에게 등을 돌린 순간의 수현의 표정은 알 수가 없었다. 상대가 이렇게 말했다는 것 외에는.

"아, 죄송. 사람을 잘못 보았군요."

땡 하는 차임벨 소리와 함께 엘리베이터가 멈추자 남자는 서둘러 엘리베이터에서 내렸다. 어쩌면 그저 실수라고 넘길 수 있었던 남자의 거짓말은 엘리베이터에서 멀어지면서 저도

147

모르게 흘깃 뒤를 돌아보는 바람에 실패했다.

"누구야?"

"사람 잘못 봤다잖아요."

"네 이름을 정확히 불렀는데?"

"우연이에요. 이씨도 흔하고 수현이라는 이름도 흔하니까."

지수가 뾰로통해졌다. 이런 빤히 보이는 거짓말에 속을 정도로 그녀는 바보가 아니었다. 들떴던 기분이 순식간에 가라앉았다.

"뭔데? 누군데 그래?"

"아무도 아니라니까요."

"그럼 여기 리조트를 쓰게 해줬다는 아는 분은 누구야?"

지수가 아까 흐지부지되었던 화제를 다시 끄집어내 따졌다.

"그게 뭐 그렇게 중요해요?"

"나도 같이 공짜로 이용했는데 고맙다는 인사라도 해야 하지 않겠어?"

"나보고 빌려준 거니까 안 해도 돼요."

"하지만……. 읍!"

수현이 지수를 엘리베이터의 벽으로 밀면서 입을 맞췄다. 그녀를 가두듯 양손으로 벽을 짚고 입을 맞추기 시작한 그는 그대로 그녀의 숨결을 모두 들이마시려는 것처럼, 손을 내려 허리를 꺾어 안았다.

이상한 나라의 가정부

"의심 많은 작가님이시네."

"난……."

뭔가 말하려던 그녀의 언어가 그의 입술 사이로 사라졌다. 젖은 머리카락을 쓸어 올렸던 수현의 손이 그녀의 이마를 어루만지고, 뺨을, 귓불을, 목덜미를 쓸어내렸다. 그러는 동안에도 키스는 이어졌다. 손이 아직도 젖어 있는 가슴골에 닿을 때까지. 물기가 그대로 남아 있던 가슴 위를 미끄러진 손가락이 슬쩍 유두를 짓이기고 다시 제자리로 돌아갔다.

"그만."

지수의 뺨이 일그러지도록 입을 맞추며 수현이 명령했다. 도저히 거부할 수 없는 무언가가 느껴지는 목소리였다. 피부 위로 소름이 오소소 돋았다. 비로소 느끼지 못했던 한기가 느껴졌다.

"추워요?"

수현이 다시 지수의 뺨에 입을 맞추며 속삭였다.

다시 차임벨이 열리며 엘리베이터의 문이 열렸다.

방 안으로 들어오자마자, 오토로크가 채 닫히기 전에, 수현은 지수를 거울로 밀어붙이며 옷을 벗겨냈다. 그의 입술이 거칠게 그녀의 어깨에 파묻혔다. 자근자근 이빨이 아프지 않을 정도로 그녀의 쇄골을 따라 씹었다. 전염된 열기에 휩싸여 지수가 그의 목을 끌어안고 허리에 다리를 감았다.

부푼 가슴이 수현의 큰 손안에 딱 맞게 잡혔다. 손가락 사이로 도드라진 유두가 바르르 떨렸다. 그것이 부름이라도 되는 것처럼, 수현은 꼿꼿이 일어선 유두를 문지르고 비비고 짓이겼다.

"하악!"

유난히도 거친 그의 동작에 지수는 어째서인지 머리끝까지 흥분했다. 다리가 그녀의 것이 아닌 것처럼 낯설었다. 수현의 손이 지수의 허리를 움켜쥐어 고정시키지 않았다면 그녀는 그대로 주저앉아버렸을지도 몰랐다. 엉덩이를 움켜쥐는 수현의 손은 자극적이다. 맞붙은 하반신도. 등 뒤에 닿아 있는 거울에 뽀얗게 김이 서리는 것이 느껴졌다. 몸이 뜨거워지고 있었다.

키스를 퍼부으면서 허벅지를 슬슬 문지르며 자극하던 수현이 그녀의 다리 사이로 손을 넣어 입구를 확인했다. 굵은 손가락이 다녀갔던 그 자리에는 이내 수현의 남성이 파묻혔다.

"헉!"

퍽퍽 사정을 보지 않고 밀어 올리는 수현의 힘에 지수가 자지러지며 그의 어깨를 끌어안았다. 거칠게 들어온 그는 사정을 보아주지 않고 지수를 몰아붙였다. 그가 그녀 안으로 들어올 때마다 몸이 들썩이며 숨이 막혔다. 퍽, 퍽, 퍽, 퍽, 허벅지 위로 애액이 뜨겁게 흘러내리는 것이 느껴졌다. 그녀의 온도였다. 그리고 지금 그녀가 끌어안고 있는 것은 그의 온도.

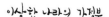
이상한 나라의 가정부

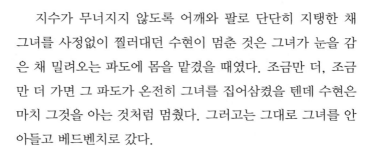

지수가 무너지지 않도록 어깨와 팔로 단단히 지탱한 채 그녀를 사정없이 찔러대던 수현이 멈춘 것은 그녀가 눈을 감은 채 밀려오는 파도에 몸을 맡겼을 때였다. 조금만 더, 조금만 더 가면 그 파도가 온전히 그녀를 집어삼켰을 텐데 수현은 마치 그것을 아는 것처럼 멈췄다. 그러고는 그대로 그녀를 안아들고 베드벤치로 갔다.

"계, 계속해줘."

안타까움에 지수가 혀로 입술을 축이는데 수현이 그녀를 내려놓고 팔을 베드벤치에 짚게 했다. 몸이 ㄱ자로 구부러졌다.

"계속할 거예요."

뭔가 말하려던 지수가 수현의 침입에 입술을 다물고 허리를 꺾었다. 엉덩이를 잡은 그의 손은 음란했고, 찔러 오는 그의 분신은 무자비했다. 퍽퍽, 살과 살이 부딪치는 소리와 질 걱거리는 애액 소리에 머릿속이 텅 비어갔다. 수현의 가슴과 지수의 등이 겹쳐지며 그는 그의 리듬에 맞춰 흔들리던 가슴을 움켜쥐었다. 그리고 손이 배를 쓸고, 여자의 삼각지대를 어루만진 다음 클리토리스를 자극했다.

"하아악!"

지수가 몸부림쳤다. 다리가 풀리고 무릎이 베드벤치에 부딪쳤다. 몸이 앞으로 수그려지면서 중심을 완전히 잃은 그녀가 팔꿈치로 간신히 베드벤치를 짚었다. 수현이 손을 뻗어 지수의 고개를 잡아 돌려 입을 맞추며 재차 진입했다. 아까보다 더 깊고, 선명하게 그녀의 안에 들어온 수현이 느껴졌다.

그 순간 절정이 찾아왔다. 지수의 안쪽이 거침없이 수축하며 수현을 조였다.

"아흑!"

처음으로, 수현이 지수를 안기 시작한 이후 처음으로 수현이 걷잡을 수 없는 신음소리를 내뱉으며 지수의 등을 끌어안았다. 두 사람의 몸이 겹쳐진 채 바닥으로 뒹굴었다. 흥분이 온몸에서 자글자글 터져나갔다.

포 시즌즈의 스위트룸에는 프라이빗 사우나 시설이 되어 있었다. 나란히 앉으면 네 명 정도 앉을 수 있는 공간에 측백나무를 두른 친환경적이고 럭셔리한 시설이었다. 둘 다 베드 벤치 아래에 쓰러진 채 한참동안 숨을 골랐지만 먼저 회복한 것은 물론 수현이었다. 그는 그녀를 안아들고 사우나로 들어와 스팀을 틀었다. 이내 뽀얀 증기가 일어났다.

"매일 집에만 있다가 밖에 나와서 그런가……."

수현의 무릎 위에 앉아 그의 어깨에 얼굴을 기댄 채 오르가즘이 지나간 후의 나른한 감각을 즐기던 지수가 중얼거렸다.

"네가 낯설어."

"기분 탓이에요."

지수의 이마에 입술을 누르며 수현이 속삭였다. 증기가 점점 짙어지고 있었다. 그리고 몸에는 아직 오르가즘이 남긴

저릿한 감각이 사라지기 이전이었다.

"나도 낯설어. 내가 아닌 것 같아."

"더 낯선 거 해볼래요?"

은밀한 속삭임에 지수가 고개를 들어 수현의 얼굴을 바라보았다. 항상 읽기 어려운 그의 눈동자가 장난스러운 빛을 발하고 있었다.

"더 낯선 거?"

"동의해요?"

지수가 눈을 굴렸다.

"뭔데?"

"그건 말하면 재미없죠."

기분 탓인지 목소리가 무척이나 유혹적이었다. 인간의 다리를 얻기 위해 마녀를 찾아간 인어공주를 유혹하는 마녀의 목소리가 이랬을까? 습기 어린 공기 사이로 감아드는 수현의 목소리는 뭔가 평소와는 다른 느낌이 났다.

"뭐, 뭔데?"

바보같이 똑같은 질문을 하고 만 지수가 입을 압 다물었다. 수현이 클클 웃고는 그녀의 이마에 입술을 누른 다음 일어서 사우나실을 빠져나갔다. 완전 나신인 그의 뒷모습을 보고 있자니 심장이 두근거렸다. 그것이 매끈한 힙선 때문인지 아니면 그가 무얼 하려는지 전혀 예측할 수 없기 때문인지는 알 수가 없었다.

"야아."

잠시 후 돌아온 수현의 손에 들려 있는 것을 본 지수가 신음소리를 냈다. 넥타이와 타월. 무얼 하려는 건지 바로 알아차렸다.

"해본 적 있어요?"

"내가?"

수현이 지수의 손을 앞으로 모으게 하고 넥타이로 묶었다. 단단하게, 하지만 아프지는 않게 묶이자 벌써 기분이 이상해졌다.

"이, 이거 꼭 해야 해?"

"싫으면 안 해도 돼요. 싫으면 뭐라고 말해야 하는지 알죠?"

지수가 수현을 노려보았다. 클클 웃으며 수현이 그녀의 눈 위에 입을 맞췄다. 그리고 눈이 타월로 가려졌다.

타월이니 그래도 좀 느슨하거나 뭔가 보일 거라고 생각했는데 오산이었다. 어찌나 타월을 탁탁 잘 접어 가렸는지 금세 시야가 깜깜해진다. 전직이 심히 의심스럽다고 생각하며 지수가 투덜거렸다.

"수현 씨?"

갑자기 겁이 더럭 났다. 왜 이렇게 조용할까?

슉슉 하고 수증기가 뿜어져 나오는 소리 외에 사방이 죽은 듯 조용했다. 아무리 그래도 그렇지 방금까지 키득거리며 눈을 가렸는데 이렇게 조용해질 수가 있나? 설마 그녀만 혼자 두고 나가버린 건 아니겠지?

"이런 장난 치지 마. 싫어."

인기척을 숨기고 지켜보는 거라면, 이수현 진짜 악취미다.

기다리다 못한 지수가 움직여보려고 묶인 손을 앞으로 내밀었다. 그러는데 무언가 팔을 툭 쳐서 깜짝 놀랐다. 꼭 뱀처럼 길고 미끄덩한 것이었다.

"아악! 수, 수현 씨!"

"괜찮아요. 넥타이가 젖어서 그런 거예요."

"어, 어딨어?"

목소리가 들리는 방향으로 손을 내밀었다. 마음이 급해졌다. 보이지가 않으니까 괜히 두렵다.

지수는 할 수 있는 한 가장 불쌍한 표정을 지으며 손을 내밀었다.

"손 좀 잡아줘. 수현 씨, 어딨어? 이런 장난 그만해."

그러는데 커다란 손이 지수의 손을 잡았다. 그것만으로도 너무 기뻐 그녀는 꼬리가 있다면 살랑살랑 흔들고 싶은 기분이 되었다.

"수현 씨."

"착한 아이가 되었네."

수현의 손이 지수의 머리카락을 쓰다듬고 내려와 목덜미를 만지작거렸다. 그리고 어깨 선을 따라 움직이다 쇄골 뼈를 쓸고 다시 목을 손으로 둥글게 쥐어본다. 보이지 않으니 그가 어떻게 움직일지 예측이 되지 않았다. 그래서 그의 손이 움직

155

일 때마다 지수는 파르르 떨었다.

이상하게 긴장되고 이상하게 예민해진다.

"앗!"

지수를 번쩍 안아 올린 수현이 그녀를 무릎에 앉혔다. 엉덩이 아래로 튼실한 수현의 허벅지가 느껴졌다. 오른쪽 허벅지 옆에 그의 남성이 우람하게 서 있는 것이 뜨겁게 닿았다. 만지고 싶었지만 묶인 손이 앞에 있어 움직임이 불편했다.

"수현 씨……."

"쉬이."

수현이 그녀의 가슴께에서 속삭였다. 수증기와는 다른 그의 호흡이 가슴으로 퍼졌다. 그의 혀가 부드럽게 그녀의 피부에 닿는 순간 지수가 몸을 긴장시켰다.

이, 이런 느낌이었나? 원래도 이런 느낌인가?

입술인가? 혀인가? 아니면 뭔가 다른 건가?

뜨겁고 축축했다. 그리고 가늘었다. 아닌가? 알 수가 없다. 감각만으로는 알 수가 없었다. 다만 가슴 위를 쓸어내리고 둥근 능선을 따라 내려간 뜨거움이 정점을 삼키는 순간만이 선명했다. 평소보다 훨씬 위험한 느낌이었다.

"헉!"

숨을 들이마시며 지수가 허리를 뒤로 꺾었다. 저도 모르게 주먹을 꽉 쥐고 있었다. 아플 정도로 짜릿한 통증이 가슴 위의 한 점에서 일어났다. 정확히 유두인지 아니면 그 위의 여린 살인지도 알 수가 없었다. 그가 물어뜯은 것인지 강하게 빨아들인 것인지도 알 수 없었다. 감각이란 이렇게 모호했던 건가? 확실한 것은 무언가 엄청나게 자극적이라는 것뿐이었다.

수현의 팔에 온전히 몸을 기댄 채 지수가 밭은 숨을 내뱉었다. 어느새 다리를 벌리고 있었다. 그것조차도 자극적이었다. 보이지 않는데 다 벗고 다리를 벌리고 있다는 것, 그녀는 볼 수 없지만 그는 볼 수 있다는 것, 그의 시선이 어디에 닿아 있는지 모른다는 것이 말초신경을 자극한다.

이번에는 손가락인가? 무언가 축축한 것이 지수의 배를 스치고 지나갔다. 아니, 미끄러운 느낌이 난다. 비누인가? 아니면 비누칠을 한 손가락?

"수, 수현 씨 그거 뭐야?"

"맞혀봐요."

감각이 배 위를 둥글게 원을 그리며 돌기 시작하자 맞히는 거고 뭐고 없었다. 생각을 할 수 있어야 맞힐 수 있지 단전께가 뜨거워지고 다리가 절로 바르작거렸다. 손이 묶여 있지 않았다면 자위라도 하고 싶었다. 움찔움찔 지수의 여성이 숨을 토해내고 있었다.

"그, 그만……."

지수가 아무리 애원해도 수현은 멈추지 않았다. 이제 미끄럽게 배 위를 맴돌던 감각은 골반을 지나 여성의 삼각지 위에 잠시 머물렀다가 허벅지로 내려갔다. 무릎까지 긴 여정을 단숨에 흘러내려갔다가 벌린 다리 사이, 아주 예민하고 여린

157

살까지 단숨에 내려오고 엉덩이 사이를 누비고 지나갔다가 도톰한 살을 움켜쥐기도 했다.

점점 더 참을 수가 없었다. 지수는 몸을 비틀었다.

"나……, 아흑!"

갑작스레 여성의 숲을 가르고 들어온 감각 때문에 지수가 허리를 튕겼다. 온 정신이 가랑이 사이의 한 점에 모인 것 같을 정도로 강렬한 자극이었다.

등을 단단히 받치고 있던 수현의 손이 사라졌다. 지수의 등을 바닥에 눕히고, 수현이 괜찮다는 듯 그녀의 배를 쓸었다. 하지만 상체가 허전해지자 어쩐지 겁이 났다. 반듯하게 누운 채 다리를 벌린 채로 지수는 숨을 헐떡였다.

또다시 잠깐 동안 혼자였다.

"수, 수현 씨."

그러는데 발가락 끝에 무언가 닿았다. 아주 집중하지 않으면 느끼지 못할 정도로……. 의외로 발가락이란 예민하지 않구나 지수는 생각했다. 처음에는 잘 모르겠다는 생각이 들었는데 점점 감각의 범위가 넓어지며 뜨거움이 느껴졌다. 수현이, 빨고 있는 걸까? 이 감촉은 그의 입술의 감촉일까?

"으응……."

지수는 몸을 비틀었다. 간지러운 것 같기도 하고 뜨거운 것 같기도 하고 무언가 이상했다. 수현이 다리를 잡아 올렸을 때도 발가락을 물고 있는 감각은 사라지지 않았다.

"이, 이거 뭐야?"

이상한 나라의 가정부

감각이 발바닥을 쑥 가로질렀다.

"꺄악!"

간지러움이 반, 놀람이 반으로 지수가 소리를 질렀다. 수현이 클클 웃는 게 느껴졌다.

"장난치지 마."

"장난친 적 없는데."

다시 손이, 아니면 입술이 지수의 무릎 위로 움직였다. 동시에 다른 무언가가 허벅지 안쪽을 슬슬 쓸었다. 감각이 분산되자 더 견디기 어려워졌다. 눈으로 확인할 수 없는 감각이 동시에 일어나자 뇌가 혼란을 느끼는 것처럼 자극이 강렬하게 느껴졌다.

쏴아아아……. 물이 틀어지는 소리에 지수가 이맛살을 찡그렸다.

"하, 하악!"

물줄기가 지수의 여성 쪽으로 향했다. 다소 뜨거운, 아니면 뜨거운 것은 기분 탓일지도 모르는 물줄기의 자극이 거뭇한 삼각지를 훑어 내리고 갈라진 틈 사이로 스며든다.

"시, 싫어. 싫어. 싫어."

마구 몸부림을 치자 수현이 그녀의 다리를 잡아 눌렀다. 꼼짝도 할 수 없었다.

지수가 숨을 멈췄다. 물줄기가 클리토리스를 건드리기 시작했다. 그러면서 수현의 손가락이 그녀의 여성 앞으로 진입했다. 몸이 덜커덕거렸다.

159

자극이 온몸에도 동시다발적으로 터졌다. 무서울 정도였다. 피부 위에서 마치 화약이 터지는 것처럼 전기가 일었다.

"아악! 이, 이상한 나라의 앨리스!"

허리를 활처럼 꺾으면서 지수가 비명을 질렀다. 그러자 물줄기가 사라졌다. 자극하던 수현의 손도 사라졌다. 그녀의 다리를 속박하던 손이 다가와 그녀를 안아 무릎 위에 앉혔다. 눈을 가리고 있던 타월이 사라졌다. 눈물이 그렁그렁해서 지수가 수현을 노려보았다.

"싫었어요?"

아니, 싫은 게 아니다. 싫은 것과는 좀 다르다.

"흑!"

눈물을 터트리며 지수가 수현을 끌어안았다. 그가 그녀의 팔을 풀어주고 뺨을 붙잡아 얼굴을 살폈다.

"미안해요. 싫었어요?"

"아니. 그런데 이상해."

수현의 얼굴을 볼 수가 없어서 지수는 자꾸 고개를 숙였다. 방금 뭐였을까? 진짜 많이 이상했는데. 세상에, 이상하다는 말 외에는 다른 표현을 찾을 수가 없다는 게 놀랍다. 이걸 다른 사람은 뭐라고 부를까?

수현은 한참동안 말없이 지수의 등을 쓸어주었다. 그런 그에게 몸을 기댄 채 지수는 흑흑 눈물을 흘렸다.

한참을 그렇게 눈물을 흘리던 지수가 다리 사이로 느껴지는 뜨거움을 의식한 것은 잠시 후였다. 아직도 수현의 남성은 굳건하게 서 있었다. 몇 번이나 몸을 섞었지만 이렇게 노골적으로 본 것은 처음인 듯하여 지수가 눈을 동그랗게 떴다.

"뭐 해요?"

그런 지수의 시선을 의식한 수현이 겸연쩍게 물었다.

눈빛이 너무 노골적이었나 하고 고개를 돌렸지만, 잠깐뿐이었다. 마치 자석에 이끌려가듯 시선이 다시 수현의 남성에게로 향했다.

"이봐요. 권지수 씨."

"기다려봐."

턱을 잡아 고개를 돌리는 수현의 손을 치우고 지수가 다시 수현의 남성을 바라보았다.

"나 참, 방금까지 울더니."

기가 막힌다는 듯 수현이 고개를 절레절레 저었다. 하지만 눈물이 나니까 울었고, 지금은 눈물이 안 난다. 눈물도 안 나는데 우는 척할 수는 없었다.

"아!"

지수가 손을 뻗어 남성을 쥐자 수현이 살짝 인상을 찡그렸다. 그러고는 경고한다.

"자극하면 나도 책임 못 져요."

하지만 손안에 움켜쥔 남성의 감촉이 너무나 신기해 수현의 경고는 들리지 않았다. 지수는 힘줄이 불툭 튀어나와 있는 남성을 양손으로 쥐어보았다. 이렇게 큰가? 이렇게 큰 게 지수의 안으로 들어와 헤집었던 건가? 배를 뚫고 나오는 거 아니야?

권지수는 해맑게 남성을 탐구(?) 중이었지만 수현의 입장은 달랐다. 방금까지 흑흑 흐느끼며 울었던 여자니 화를 낼 수도 없고 아주 미칠 지경이었다.

"책임 못 진다고 했어요."

두 손으로 잡고 조물조물, 테크닉과는 거리가 멀지만 수현에게는 충분했던 자극을 주던 지수가 고개를 들었다. 수현이 말없이 날렵한 지수의 허리선을 당겨 몸을 바짝 붙이게 하고 입을 맞췄다. 그러면서 손이 그녀의 가슴을 만지고 흘러내려 엉덩이를 붙잡는다.

"하아……."

엉덩이를 붙잡아 벌리는 손의 느낌에 지수가 자세를 바로 하고 몸을 조금 들었다. 눅진했던 감각들이 다시 살아나며 젖어 있던 아래가 다시 뜨거워졌다.

점점 짙어지는 증기 때문에 벽도 보이지 않았다. 마치 세상의 끝에 단둘만 있는 것 같았다.

"책임지지 마."

몽환적으로 중얼거리면서 지수가 그의 것을 잡아 그녀의 것에 맞추고 천천히 그의 위에 앉았다. 느리고 미끈하게 그가 그녀의 안으로 들어갔다. 이번에는 부드럽게, 마치 녹을 것처럼 매끈하고 느리고 숨 막히는 움직임이었다. 수현의 입술 사이로 억제한 신음이 새어나왔다. 마치 그 자리가 자신의 자리라는 듯 지극히도 당연하게 몸과 몸이 맞물렸다. 희미하게 느껴지는 수증기 냄새가 아득했다.

"허리……, 돌릴 수 있겠어요?"

"이렇……게?"

지수가 수현의 어깨를 끌어안으며 숨을 멈췄다. 이미 한계까지 예민해져 있는 몸은 조금만 움직여도 무섭게 온몸이 저릿해졌다. 사우나실 안을 짙게 채운 증기 탓인지, 차가운 물에 들어갔다가 뜨거운 사우나 안에 들어왔기 때문인지, 그도 아니면 조금 낯설었던 플레이 때문인지 머릿속이 자꾸만 아득해졌다.

"하!"

수현이 지수의 엉덩이를 붙잡고 있던 손을 놓치고 바닥을 짚었다. 그녀가 허리를 움직일 때마다 그녀의 안에 있던 그의 분신이 움찔거리며 움직이는 것이 느껴졌다. 약간 몸을 뗀 채 지수는 좀 더 리드미컬하게 허리를 돌렸다.

"아아!"

자신의 움직임에 따라 감각이 달라진다는 것은 또 다른 경험이었다. 그녀의 속도에 맞춰 두 사람은 절정을 향해 달려가고 있었다. 뱃속을 휘젓는 수현의 남성이 선명했다.

"천……천히."

수현이 이를 악물고 지수를 자제시켰다. 하지만 주도권을 잡은 것이 처음이라서일까? 지수는 멈추고 싶은 생각이 없었다. 눈을 게슴츠레하게 뜬 채 수현을 보자 방금까지 그녀를 한계까지 몰아붙였던 그가 처음 보는 표정을 하고 있었다. 못 견디겠다는 듯 입을 벌리고 있는 그의 얼굴이 섹시했다. 그는 그녀의 가슴을 움켜쥐었다가 배를 쓸고 클리토리스를 자극했다. 움찔하는 순간, 지수의 여성이 수현의 남성을 바짝 조였다.

"흡!"

수현이 입술을 깨물며 지수의 허리를 붙잡았다. 마치 못 움직이게 하려는 것처럼 단단히 붙잡은 그의 손아귀 안에서 지수는 조급해졌다. 조금 더 움직이고 싶었다. 이대로 그를 절정으로 몰고 가고 싶었다. 허리를……, 움직이고 싶다.

수현이 입술을 깨물고 그녀의 어깨 위에 이마를 댔다. 그리고 숨을 골랐다. 여전히 손으로는 그녀가 꼼짝도 못 하도록 허리를 움켜쥔 채였다. 거친 그의 호흡이 가슴으로 퍼져 예민할 대로 예민해져 있는 그녀의 유두를 감싸고 흩어졌다.

고개를 든 수현이 지수의 뒷목을 잡아당겨 입을 맞췄다. 입술과 입술이 마주치고, 혀가 파고들어 그녀의 혀를 얽어매어 핥아 내렸다. 질펀하고 색정적인 키스였다. 그리고 그의 손이 지수의 등을 쓸어내리고 다시 엉덩이를 붙잡았다.

"아흑!"

순식간에 몸을 돌려 지수의 등을 사우나 벤치에 눕힌 수현이 그녀의 다리를 높게 쳐들어 벌렸다. 속수무책으로 제압당한 지수의 다리가 그의 어깨 위에 얹어졌다. 잠시 허전했던 다리 사이가 다시 채워지며 몸이 들썩였다.

"미안. 지금은……. 못 참겠어."

뭘? 이라고 물으려는 순간 수현이 허리를 움직였다. 짙은 증기의 냄새, 눈을 감지 않아도 보이는 것이 없었다. 모든 신경이 오롯이 결합되어 있는 부위로만 내달렸다. 마치 마리오네트처럼 단단히 다리를 붙잡힌 채, 지수는 그녀에게로 침입하는 그를 온전히 받아들였다. 이미 여유라고는 완전히 사라진 거친 부딪침 속에서 지수는 마지막 순간 손을 뻗어 그의 상체를 당겨 키스했다.

신음은 서로의 입술 사이로 사라졌다.

여전히 서로에게 서로를 묻은 채, 길고 긴 오르가즘이 그들을 덮치는 동안 두 사람은 내내 서로를 포옹하고 있었다.

07. 그 여자의 착각

    이용화 여사는 문단의 큰 별로 불리는 여류 시인이다. '그믐'으로 등단하여 '소설(小雪)', '약수(弱水)', '메뚜기 소리' 등 자연을 소재로 삼은 시들은 세대를 넘나드는 큰 반향을 일으켰다. 자연주의파 시인으로 평생을 범박하게 살았다고 알려져 있는 그녀의 삶을 존경하는 팬덤이 적잖이 형성된 현대시인 중 하나다.

    그런 이용화 여사에게 말년의 낙이 있다면 때때로 후학(後學)들과 저녁식사를 하는 것이었다. 그리고 그녀가 직접 지었다는 서울 근교의 집에 초대받는 것은 글을 쓰는 사람이라면 누구에게나 대단한 영광이었다.

    "어머? 자기?"

    지수가 미진과 함께 주뼛대며 이용화 여사의 거실로 들어서자 먼저 와 자리하고 있던 효선이 눈을 동그랗게 뜨며 그녀를 반겼다.

"여긴 웬일이래?"

일없이도 사람들이 오고 싶어 하는 집이지만, 권지수는 그런 스타일이 아니었다.

"선생님께서 절 특별히 부르셨다고 해서요."

"자기를?"

효선이 놀란 표정을 지었다.

지수가 글판에서 놀고 있긴 했으나 사실 이용화 여사와 권지수 사이에는 만리장성과 비슷한 장벽이 세워져 있었다. 이용화 여사는 교과서에 시가 실릴 정도로, 그리고 우리나라에서 노벨문학상이 나온다면 그녀일 거라고 말할 정도로 문단의 인정을 받고 있는 정통파 시인이었고, 권지수는 좋게 말해 인기작가, 나쁘게 말하면 저속한 글을 쓰는 대중작가였다. 두 사람의 접점은 아예 없는 듯이 보였다.

"응, 내가 불렀어."

"어머! 선생님! 직접!"

번개같이 쫓아가 이용화 여사가 들고 나오는 다구를 받아든 효선이 이용화 여사의 뒤에서 지수에게 눈짓했다. 얼른 인사하라는 뜻이다.

"아, 안녕하세요."

어설프게 지수가 인사하자 옆에 있던 미진이 방글방글 웃으며 이용화 여사의 비위를 맞췄다.

"선생님께서 하도 지수를 궁금해하시기에 제가 데리고 왔

167

어요."

"내가 불렀다고 방금 고백했는데 달리 말할 건 또 뭐야?"

무뚝뚝하게 미진의 말을 끊은 이용화 여사가 지수에게 앉으라는 시늉을 했다. 약간 긴장하여 서 있던 지수가 넵, 하고 군대식으로 짧게 끊어 대답하고 자리에 앉았다. 풋 하고 웃었던 효선이 큼큼 헛기침을 하며 찻잔에 차를 따랐다.

"우리 지수 씨가 올해부터 운수 대통하려나 보다. 이 시인님의 눈에 다 띄고."

효선이 지수의 긴장을 풀어주려 슬쩍 농을 던졌다.

"글 쓰는 재주가 있으니 언제 대통해도 대통하겠지."

효선이 밀어놓은 찻잔을 집어 들고 한 바퀴 돌려 차향을 음미하며 이용화 여사가 무뚝뚝하게 말했다. 그리고 지수를 빤히 쳐다보았다. 자연스럽게 효선과 미진의 시선도 지수에게로 향했다. 지수가 뭔가를 대답해야 하는 타이밍인 것이다. 하지만 이런 것에 영 서툰 지수는 눈만 깜빡이다가 이렇게 말했다.

"감……사합니다?"

이용화 여사가 픽 웃었다. 효선과 미진도 안 되겠다는 듯 몰래 혀를 찼다. 지수도 자신이 한심했다. 감사합니다면 감사합니다지, 감사합니다? 는 뭐냐 말이냐. 이렇게 서툴게 반응할 줄밖에 모르는 자신이 한심했다.

이용화 작가가 퉁하게 반응했다.

"권 작가가 글 쓰는 재주가 있는데 왜 나한테 감사하누."

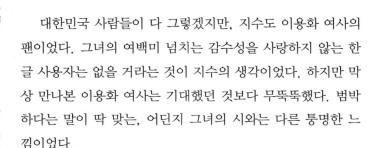

　대한민국 사람들이 다 그렇겠지만, 지수도 이용화 여사의 팬이었다. 그녀의 여백미 넘치는 감수성을 사랑하지 않는 한글 사용자는 없을 거라는 것이 지수의 생각이었다. 하지만 막상 만나본 이용화 여사는 기대했던 것보다 무뚝뚝했다. 범박하다는 말이 딱 맞는, 어딘지 그녀의 시와는 다른 퉁명한 느낌이었다.

　"그래, 요즘은 글 좀 잘 쓰고?"

　그리고 시선도 날카로웠다. 시가 예민하여 무난한 성격의 사람은 아니라고 생각했지만 생각보다 눈초리가 더 매서웠다. 퉁퉁하게 사람 좋게 생긴 반백 역시도 이용화 여사의 예기를 누그러뜨리기에는 부족했다.

　"그냥 열심히 쓰는데 잘은 모르겠어요."

　"그러고 보니까 전에 슬럼프라더니 그건 넘어갔어?"

　어설픈 지수의 말을 가로막으며 효선이 발랄하게 물었다. 효선이 이용화 여사의 말투를 신경 쓰지 않는 걸로 보아 원래 저런 말투인 것이 분명했다.

　만약 이용화 여사가 지수를 못마땅해하는 기색을 효선이 느꼈다면 무슨 핑계를 대서든 지수를 이 자리에서 끌어냈을 것이다.

　"그럭저럭 넘어간 거 같아요."

　지수는 자신의 앞에 놓인 찻잔을 집어 들다가 앗, 뜨거! 하고 내려놓았다. 꽤 두툼한 도기 찻잔인데도 손을 델 정도로 뜨거웠다. 어쩐지 왜 효선과 미진은 찻잔을 잡을 생각을 하지 않았나 알 만했다.

클클 낮게 웃고는 이용화 여사가 찻잔을 내려놓았다.

"아직 글을 덜 썼네."

"예?"

얼떨떨해서 묻는 지수에게 이용화 여사 대신 대답을 준 것은 옆에서 소리 죽여 웃고 있던 미진이었다.

"예전에는 원고지에 글을 썼잖아. 그때 선생님께서는 너무 연필을 오래 쥐고 있고, 종이를 많이 문질러서 손 감각이 둔해지셨대."

"아……."

지수가 멋쩍게 고개를 끄덕였다.

"뭐 나는 요즘도 종이에다 글을 쓰니까. 옮겨 적느라 편집자들만 고생이지."

"그 고생하고 싶어 몸살 나는 사람밖에 없잖아요."

효선이 생글생글 웃으며 비위를 맞췄다. 항상 쿨한 효선이 아부를 날리는 것을 보면서 지수는 이것이 위대한 작가의 위엄인가 생각했다.

"몇 살이지?"

"서른한 살입니다."

이용화 여사가 희미하게 웃었다.

"아직 쓸 날이 많구먼."

"많죠. 나이에 비해서는 글이 괜찮죠?"

효선이 또 나서서 인사치레를 했다. 그것이 고마웠다. 이

용화 여사가 보이는 호의인지 관심인지 알 수 없는 것에 지수
는 어떻게 대응해야 좋을지 알 수가 없었으니까. 대화가 그녀
에게로 향할 때마다 묘하게 이야기가 끊기는 느낌이 나는 것
이 불편했다.

"바보!"

이용화 여사의 집을 나서자마자 미진이 깔깔 웃으며 지수
를 놀렸다.

"왜?"

툴툴대면서 지수가 안전벨트를 맸다. 운전대는 오너드라
이버 효선이 잡고, 조수석에는 지수가, 뒷자리에는 미진이 자
리 잡았다. 세 사람은 잘 시간이 넘은 이용화 여사를 두고 맥
주 한잔을 하자며 나온 참이었다.

"왜긴, 기회도 이런 기회가 없는데 빳빳하게 굳어서 아무
것도 못 하고 버벅이고만 있었으니까 그렇지."

효선도 웃는 낯으로 지수를 타박했다.

"이용화 시인이 자기를 예쁘게 본 거라고. 한마디만 해
주면 문단이 자기를 주목할 텐데 어쩜 그렇게 아무 말도 못
해?"

"난 원래 그런 거 못 해요."

미진이 혀를 찼다.

"그래도 정도가 있지. 아부를 하라는 건 아니지만 그냥 좋
은 이야기 있잖아. 젊어 보이신다거나, 팬이라거나……. 이

171

용화라고! 다른 작가들은 없는 이야기를 지어내서라도 감동을 주려고 애쓰는데 그냥 뚱하게 앉아가지고서는. 나 하는 거 봐라. 목소리도 다르잖아? 큰일이다, 진짜 넌 글이나 써야겠어."

"그러게. 정치를 조금만 더 하면 권지수 작가, 탑 오브 탑이 될 만한 재목인데 늘 그게 아쉽단 말이야. 그래도 어떻게 이번에는 쫓아왔다? 전에 조형평 작가가 만나고 싶다고 할 때는 아예 거절하더니."

그런 지수의 성격을 좋아하면서도 한편으로는 늘 아쉬워하는 효선이 슬쩍 이야기를 돌렸다. 지수가 입맛을 다셨다.

"이용화 시인은 팬이니까요."

"그러니까 자기가 보고 싶어서 왔다는 거구나?"

효선이 깔깔 웃었다.

"자기답다. 글 잘 쓰니 다행이지, 글 못 썼으면 어쩔 뻔했어? 그나저나 진짜 요즘은 글 좀 써지는 거야? 진도 좀 나갔어?"

"네."

꾸준히 써진다는 건 정말 힘든 일인데, 요즘 바로 그 힘든 나날들을 맞이한 참이었다. 수현과의 관계가 시작된 이후부터 생활이 묘하게 안정적이 되면서 글도 막힘없이 술술 풀리고 있었다.

"처음 시놉과는 좀 다른 느낌이긴 한데……. 어쨌든 일단은 잘 나가고 있어요. 끝까지 이 느낌 안 놓치고 가려고 노력 중이에요."

"스트레스 받던 문제는?"

가만있던 미진이 톡 자르고 들어왔다.

"스트레스?"

"전에 나한테 왔을 때 뭔가 있다고 그랬잖아. 그래서 글도 안 끝났는데 떠돌아다닌 거 아니었어?"

"아아, 그거."

지수가 어깨를 으쓱였다.

"별거 아니었어."

효선의 시선이 의심을 품고 슬쩍 지수의 얼굴 위로 다녀갔다.

지수는 입술을 깨물었다. 이 저주받은 솔직함! 수현은 표현이 직설적이고 풍부하다며 칭찬했지만 실상은 이런 거다. 권지수가 생각하는 것은 뭐든 얼굴에 그대로 드러난다.

"뭐야? 별거 아닌 게 아니잖아. 뭔가 있는데?"

"글쎄요. 뭔지는 몰라도 머리를 꽉 막고 있는 것과 그것을 뚫는 방법에 대해서 고민했는데……."

사정도 모르면서 미진이 마구 지수를 놀렸다.

"아무것도 아니라니까요. 진짜 아니에요."

"두 번의 부정은 긍정이지."

"아, 진짜 아니라니까!"

"너 설마……."

미진이 눈썹을 의미심장하게 올렸다 내렸다 했다.

"너도 베터달링을 알게 된 건 아니겠지?"

"베터달링?"

"베터달링?"

효선과 지수가 동시에 물었다. 다른 반응이었다. 지수는 정말 몰라서 물은 거지만 효선은 경악의 반응이었다. 효선이 거칠게 핸들을 꺾어 차를 갓길에 세웠다.

"오미진 작가."

효선이 몸을 돌려 미진을 쳐다보았다. 표정이 경직되어 있었다.

"내가 한다는 건 아니고요……."

미진이 찔끔해서 변명을 했지만 이미 늦었다. 대강 속이고 넘어갈 수 있는 사람이 있고—예를 들자면 권지수—아닌 사람이 있다. 예를 들자면 강효선.

"그런데 그거 불법 아니에요."

미진이 변명했다.

"불법이 아니면 엑스터시나 스피드 같은 것도 불법이 아니게?"

"에엑? 그거 마약류잖아."

"야! 그렇게 말하면 심각하게 들리잖아!"

엄하게 말하는 효선에게는 대꾸도 못 하고 미진이 괜스레 지수를 타박했다. 그러고는 효선을 향해 억울하다는 표정을 지었다.

"우리나라에는 아직 안 들어와서 마약류로 분류가 안

이상한 나라의 가정부

되어 있거든요. 전 미국에서 사는 친구가 조금 가져다줘
서……."

"아우, 이 미친 인간아!"

효선이 팔을 뻗어 미진을 때리려다가 손이 안 닿자 안전
벨트를 풀고 몸을 반 넘어 뒷좌석 쪽으로 뺀 채 미진의 팔을
퍽퍽 때렸다.

"내가 그런 짓하면 진짜 작가 생활 쫑 난댔지?"

"불법으로 지정되면 딱 끊을 거예요."

"이게 그래도!"

"하지만 안 써지는데 어떻게 해요? 한 알만 먹으면 뭔가
머릿속에 빵 뚫리는 거 같은데. 저도 미치겠다고요."

우스운 이야기지만, 지수는 미진의 마음을 이해했다. 안
써지는 것……. 작가에게 그것만큼 괴로운 일이 있을까? 가
끔은 차라리 죽는 게 낫겠다는 생각이 들 정도다.

"그래도 안 돼! 한 권만 쓰고 말 거야? 절대 안 돼!"

"조심할게요."

미진이 싹싹 비는 시늉을 했다. 진짜 마음에 안 드는 표정
이었지만 효선은 편집자일 뿐이었다. 몇 번이나 다짐을 받을
뿐 미진의 머리카락을 휘잡을 수는 없는 노릇이었다.

"자기는 아예 생각도 마."

도로 자리에 앉아 안전벨트를 매면서 효선이 지수를 을렀
다.

"알겠어요."

미진을 이해하지만, 효선도 이해한다.

"자기도 끊어!"

룸미러로 효선이 미진을 노려보았다.

"아잉, 편집장니이이임!"

미진이 애교를 부렸다.

"애교면 다 되나! 안 돼! 절대 안 돼! 안 되겠다. 내가 자기 집에 한번 가서 싹 다 뒤져서 버려버려야지!"

"악! 아니라니까요! 에이, 프라이버시가 있지이!"

투덕이는 두 사람의 목소리를 건너들으면서 지수는 수현의 존재에 감사함을 느꼈다. '베터달링'이라는 약이 어떤 식의 작용을 하는지 몰라도 수현보다 더 좋을 것 같진 않았다.

어두운 방 안에는 장미꽃 향이 자욱했다. 방향제 따위가 아니었다. 실제 장미향이었다. 지수가 움직일 때마다 짓이겨진 장미꽃잎이 더욱 진한 장미향을 뿜어냈다.

"하윽……."

눈을 감은 채 지수는 수현의 허벅지 위에 앉아 허리를 꼿꼿이 세운 채 신음을 흘리고 있었다. 수현이 그녀의 가슴을 덥석 물자 빈틈없이 단단히 결합되어 있던 부위가 움찔거렸다. 지수의 목 안에서 신음소리가 끊었다. 언젠가부터 움직이지 않아도, 이렇게 하나가 되어 있는 것만으로도 지수와 수현은 위험하리만큼 예민해지곤 했다.

깊게 숨을 내쉰 채 스스로를 자제시킨 수현은 이내 안 되겠다는 듯 인정사정없이 가슴을 빨기 시작했다.

"아흑!"

지수가 수현의 어깨를 잡으며 허리를 비틀었다.

"아, 잠깐."

수현이 입을 떼며 지수의 몸을 살짝 들어 그의 분신을 빼냈다. 그러고는 잔뜩 성이 나 있는 가슴 끝을 달래듯 혀로 살살 쓰다듬기 시작했다. 이미 붉어질 대로 붉어져 있는 피부와 피가 맺힐 정도로 자극당한 유두는 딱딱하게 굳어 있었다.

"모, 못 참겠어."

지수가 안절부절 그를 다시 자신의 안에 넣고 싶어 안달을 내었다. 이런 건 싫었다. 미칠 듯이 조바심이 났다. 수현은 느리게 여러 번 즐기고 싶어 했지만 그가 템포를 늦출 때마다 지수는 숨이 다 막혔다.

"성급하게 굴지 마요."

지수의 눈 위에 키스하며 수현이 그녀를 달랬다.

"싫어."

어리광부리듯 지수가 보챘다. 그러자 수현이 어쩔 수 없다는 듯 웃었다.

"날 죽일 셈이군요."

그러고는 지수를 자신의 위에 도로 앉혔다. 제자리로 돌아가는 것처럼, 육체가 매끄럽게 결합되자 지수는 비로소 길게 만족의 한숨을 토해냈다. 그것만으로도 불안했던 마음이 가라앉았다.

확실히 이상하기는 했다. 처음에는 이 정도가 아니었는데, 몸을 섞는 횟수가 늘어나면서 두 사람은 무서울 정도로 민감해졌다. 손끝과 손끝이 닿는 것만으로도 불이 당겨졌고, 일단 시작되면 아주 빠른 속도로 오르가즘이 찾아왔다. 이러다가 숨만 쉬어도 오르가즘을 느끼는 게 아니냐며 서로 웃을 정도였다.

"느리게 움직여봐요."

지수가 허리를 조금 돌렸다. 수현에게서 배운 동작이었다. 처음에는 조금 어설펐지만, 지금은 그녀 스스로가 생각하기에도 잘했다. 게다가 이 자세가 마음에 들기도 했다. 몸과 몸이 밀착되어 있는 것도 좋았고, 그녀가 수현을 끌어안을 수 있는 것도 좋았으며, 무엇보다 그녀가 상황을 통제할 수 있다는 것이 좋았다.

지수는 손을 뻗어 단단한 수현의 등 근육을 더듬었다.

그 순간 위기가 찾아왔다.

"아흡!"

지수가 수현의 목을 끌어안으며 숨을 멈췄다. 이마에서, 등줄기로, 손바닥까지……. 땀구멍이 있는 모든 부위에 땀이 흥건했다.

수현 역시 숨을 멈춘 채 꼼짝도 하지 않았다. 여기서 둘 중 하나가 숨만 쉬어도, 지수는 네 번째 오르가즘을 느낄 거고 녹초가 되어버릴 거다. 오늘은 여기서 끝내야만 하는 거다. 이렇게 좋은데, 그냥 끝낼 수는 없었다.

팔이 빳빳해질 정도로 온 힘을 다해 수현을 끌어안고 있던 지수가 느리게 숨을 들이마셨다.

"됐어."

"잘했어요."

칭찬을 하듯 수현이 지수에게 키스했다. 그러고는 슬쩍 허벅지를 움직였다. 마찰감에 이어 쾌감이 따라왔다. 다시 간질거리는 느낌이 반짝반짝 불을 켜기 시작했다.

"내가 할 거야."

지수가 자세를 약간 바꾸고는 수현을 똑바로 바라보았다.

"그래요."

수현이 웃으면서 고개를 끄덕였다. 지수는 그를 똑바로 바라보다 눈을 감고 입을 약간 벌린 다음 몸을 움직이기 시작했다. 앞으로 뒤로, 허리를 부드럽게 돌리면서. 질컥거리는 느낌과 함께 다른 생각이 사라졌다.

장미꽃에 최음 효과라도 있는 걸까? 처음 수현이 장미꽃을 잔뜩 사 가지고 왔을 때는 무얼 위한 건지 알 수가 없었다. 하지만 그가 장미꽃잎을 뜯어서 방과 침대 위에 뿌리고 그녀를 그 위에 눕혔을 때, 그녀는 바로 이것이 무엇인지를 알 수 있었다.

피부에 닿는 매끈한 장미꽃잎은 뭐라고 말할 수 없이 자극이었다. 예상치 못한 순간 피부에 붙어 있는 장미꽃잎을 발견하는 것은 숨이 막힐 것처럼 매혹적이었다.

처음 수현이 장미꽃을 사 왔을 때 지수는 오늘이 자신의 생일이었던가 의심했다. 하지만 그러기엔 장미의 수가 너무 많았다. 그래서 다음 순간은 그가 자신이 태어난 날의 수만큼 장미꽃을…….

"아!"

수현의 검은 머리카락 속으로 손을 밀어 넣던 지수가 눈을 반짝 뜨더니 몸을 뺐다. 숨도 쉬지 못하고 그녀가 주는 감각을 만끽하고 있던 수현이 놀라서 그녀를 바라보았다.

"잠깐. 나, 문장이 떠올랐어!"

옷을 입을 생각도 못 하고 그대로 책상에 앉은 지수는 마우스를 흔들어 휴면상태로 죽어 있던 컴퓨터를 깨웠다. 그러고는 이내 한글 파일을 불러 일 속에 침잠되기 시작했다.

잠깐 동안 얼떨떨해서 그런 지수의 뒷모습을 보고 있던 수현은 피식 웃고 일어나서 벗어던진 옷가지를 주워들었다. 그는 나가기 전 홀랑 벗고 일에 돌입한 지수를 위해 보일러를 올렸다. 어느새 가을이었다. 이제는 옷 벗고 일하기 조금 썰렁할 수도 있다.

겨우 장미 한 송이를 받았을 뿐이지만 은채는 마치 그녀가 살아온 모든 날들에 장미꽃잎을 붙인 느낌이었다. 그 평이했던 하루하루가 특별해지는 순간이었다. 오직 그가 그녀에게 장미꽃을 건넴으로써 이런 기적이 일어났다는 것은 놀랍지 않았다. 그였으니까 가능하다고, 그녀는 그렇게 받아들이고 있었다. 그는 그녀를 '이상한 나라'로 데려가는 재주가 있었다. '이상한 나라'에서 은채는 두려워

할 필요도 고민할 필요도 의심할 필요도 없었다. 그녀는 그곳에서
온전히 행복할 수 있었다. 거짓말처럼.

거의 숨도 쉬지 않고 타자를 쳐 내린 지수가 허리를 편 것
은 거의 A4지 10페이지 넘는 분량을 쓰고 나서였다. 하루에
10페이지이라니, 보통 지수가 하루에 대여섯 페이지 정도를
쓰면 잘 썼다고 하는 것을 감안했을 때 기적적인 분량이었다.

"에? 벌써 새벽 3시?"

시계를 보면서 지수는 눈을 의심했다. 이 시간이면 수현
은 퇴근해서 벌써 집에 가고도 남을 시간이었다. 하루 이틀
일은 아니니 당황하지는 않겠지만, 매번 이럴 때마다 조금 미
안해진다.

"어머! 나 옷도 안 입고 썼잖아?"

부끄러움 반, 놀람 반으로 지수가 일어섰을 때 장미꽃잎
으로 엉망이어야만 하는 방은 깨끗했다. 이상한 나라의 가정
부의 작품이었다. 이건 둘 중의 하나였다. 수현이 훌륭한 헬
퍼가 되기 위해 기척을 죽이는 법을 배웠거나 아니면 지수가
지독하게도 둔감한 거다. 대개 지수는 예민하다는 평을 듣는
다는 걸 감안한다면, 아무래도 수현에게 어느 무술 고수에게
서 사사 받았냐고 물어봐야 할 것 같다.

수현과 '이런 관계'가 된 것이 석 달을 넘어서고 있었다.
여름의 초입에 그를 헬퍼로 고용했는데 어느새 가을이 되어
있었다.

    수현은 정말이지 완벽한 헬퍼였다. 집안일은 더 바랄 것 없을 정도로 완벽했고, '그쪽'도 그랬다. 차거나 넘치지 않게, 그러나 부족하지도 않게 그녀를 리드하는 그의 기술은 신기하다고까지 할 수 있을 정도였다. 그는 단 한 번도 기대에 어긋난 적이 없었다. 그의 말대로 그와 시간을 보내고 나면 스트레스 따위는 더 이상 없었고, 완전히 새로 태어난 사람인 것처럼 글이 술술 풀렸다.

    그렇다고 그들의 관계가 선을 넘었냐 하면, 전혀 그렇지 않았다.

    여전히 수현은 정중했고, 헬퍼로서의 위치를 성실히 지켰다. 몸을 섞을 때를 제외하고는 지수가 일하는 걸 방해하지도 않았고, 과하게 관심을 갖지도 않았다. 처음에는 좀 서운할 정도였다. 하지만 이내 지수는 그것이 얼마나 편리한 방식인지를 깨달았다. 정확히 그녀가 원하던 것이었다.

    좋은 감정 외에는 생길 일이 없는 사이라는 것은 바로 이런 관계를 말하는 것이 분명했다. 손을 뻗으면 언제나 닿을 수 있는 곳에 있지만 가깝지는 않다. 지나치게 가까워지면 사람 사이에는 불편한 감정이 샘솟는다. 하지만 수현과 지수는 그럴 정도로 가깝지 않았다. 그러면서 가까운 사이에서만 나눌 수 있는 친밀감은 충분히 나누고 있었다. 이 어찌 기적 같은 관계가 아닐 수 있겠는가.

    그뿐이 아니었다.

    수현의 헬퍼로서의 역할은 거의 100점 만점에 300점에 가까웠다. 엄마와 함께 살 때도 지수는 이런 밥상을 받아본 적이 없었다. 건강을 생각해 영양소 균형을 맞춰서 짠 식단이라는데도 버릴 음식이 없었다. 그녀가 잘 안 먹는 음식은 귀신같이 캐치해 '먹을 만한 방식'으로 조리했다. 게다가 살이 찌지 않도록 부담스럽지 않을 정도로 칼로리를 소비시켰다. 물론 달리기 같은 걸 시켰다는 뜻은 아니다. 가장 즐겁고 좋은 방식으로 칼로리를 소비시켰다.

이걸 두고 일석삼조라 한다면서 수현은 청량하게 웃었다.

이렇게 되자 수현이 오지 않는 낮 시간이 아쉬워졌다. 저녁 밥상은 제대로 먹는다 해도 낮에는 수현이 차려놓고 간 것을 대강 먹는 수밖에 없었다. 입맛이 고급스러워지자 그것조차 불만족스러워진 상황이다.

아니, 솔직히 말하자. 수현과 함께 있는 시간을 늘리고 싶었다. 그와 있는 것은 정말 빠짐없이 즐거웠다. 버릴 것이 하나도 없다는 말은 정확히 수현을 위해서 존재했다.

"금액이 좀 부담되기는 하겠지만⋯⋯."

지수가 계산기를 두드렸다. 안 그래도 적잖은 돈을 주고 있는데 두 배가 되는 건 '조금' 부담되는 정도는 아니었다. 하지만 처음 생각했던 부담은 수현으로 인해 일 능률이 올라가면서 커버가 된 상황이었다. 수현과 하루 종일 함께 있으면 일 능률이 더 올라갈 것이 분명했다.

편집자와 몇몇 친한 동료들 아니면 울릴 일이 없는 휴대전화가 울린 건 그때였다. 휴대전화가 울 시간이 아니라 인상을 찡그렸던 지수는 액정 위에 떠 있는 이름을 보고 눈이 휘둥그레져서 전화를 받았다.

"여보세요? 엄마?"

— 지수야!

"이 시간에 웬일이야? 무슨 일 있어?"

— 아냐. 일이 아니라……. 잤어?

"난 아직 안 잤는데 엄마는 10시 드라마 시작하기 전에 벌써 꼬박꼬박 조는 사람이잖아. 정말 무슨 일 있는 거 아니야?"

그러고 보니 엄마의 목소리가 잔뜩 잠겨 있었다.

"나 집에 갈까?"

— 아, 아냐. 오긴……. 그냥 내가 꿈을 꿨는데…….

무슨 일이 있나 싶어서 잔뜩 긴장했던 몸의 근육에 힘이 탁 풀렸다. 또 시작이다.

지수의 모친 진 여사는 점보는 걸 좋아하고, 그만큼 꿈을 믿었다. 프로이트 책을 사다줬는데 어렵다면서 두 장도 못 읽고 코를 골면서, 꿈 해석 책은 밑줄까지 그어가면서 읽는 그런 사람이다.

— 내가 꿈이 좀 맞잖아.

언제나 진 여사가 하는 주장인데 솔직히 지수는 진 여사의 꿈이 맞는지 잘 모르겠다. 매일 맞는다고 주장하니까 그런가 보다 하고 있긴 한데, 안 좋은 일이 있을 거라며 입방정을 떨었을 때는 쫄다가 안 좋은 일을 사서 불러들이는 경우가 많

앉고 뭔가 좋은 일이 있을 거라고 할 때는 별로 좋지 않은 일
인데도 좋은 일로 치부할 때가 많았다.

"무슨 꿈을 꿨는데요?"

하지만 그걸 지적하면 이야기가 길어진다. 새벽녘에 할
만한 대화는 아니다.

— 그냥 넌 어렸을 때부터 쓸데없이 자존심도 세고 고집도 세
서…….

"무슨 꿈을 꿨냐니까 괜한 소리는…….."

지수가 자존심 세고 고집도 센 거는 그녀 자신도 잘 알
고 있는 일이었다. 그녀가 망친 대부분의 일들은 '지기 싫어
서' 저지른 일들이었다. 지나고 나면 지든 아니든 별로 중요
하지도 않은 일이었는데 그때는 기를 쓰고 우기고 버텼었더
랬다.

— 꿈에 옛날에 네가 지영이랑 싸우던 모습이 나왔어.

지영이는 두 살 많은 언니다. 지수와는 달리 마냥 성격이
좋아 헤헤거리는 지영이는 사람들의 사랑을 독차지했다. 다
소 덜렁거리고 꾸밀 줄 모르는 지수에 비해 지영이는 깜찍하
게도 사람들을 챙기는 데다가 자기 앞가림에 능해 더욱 사랑
을 받았었다. 그런 주제에 공부마저 잘해 떡하니 법대를 붙어
지수를 기죽였었다.

"내가 권지영하고 싸운 게 한두 번인가?"

— 왜 그때, 지영이 기집애가 지가 꽃병 깨고 바람이 불어서 깨
진 모양이라고 거짓말 했을 때 있잖아.

"아, 그거…….."

새벽에 떠올리기에는 안 좋은 기억이 떠올랐다.

열 살 때인가 열한 살 때인가의 일이다. 지영이 엄마 칭찬 한번 받겠다고 청소를 하다가 꽃병을 깼다. 엄마가 아끼던 꽃병이라 혼날 거라 생각해 자기가 깨지 않았다고 변명한 것까지야 그럴 수도 있는 일이었는데 바람이 불어서 깨진 모양이라고 말하면서 은근히 남을 감싸주는 척한 건 좀 영악한 일이었다.

그때 열 받아 있던 엄마는 깜빡 속아서 지수를 개 패듯이 팼다. 그러고 나서야 지영이 깼다는 사실을 알게 됐지만 이미 지수는 얻어맞은 다음이었고, 다시 누군가를 패기에 엄마는 기운도 없었고 멋쩍어서 유야무야 넘어가버렸다. 최악의 상황이었다.

— 그 기집애는 어디서 그렇게 연기하는 걸 배웠을까? 나는 깜빡 속았지. 애가 설마 '누군가를 감싸주는 척' 연기할 거라고 누가 생각해?

"새삼 왜 이래? 언니가 TV에서 봤다고 해서 우리 고등학교 갈 때까지 엄마가 TV 못 보게 했잖아. 내가 얼마나 짜증났는지 알아? 그 얘기는 갑자기 왜 하는 거야?"

고등학교 갈 때까지 집에서 볼 수 있었던 TV는 교육방송밖에 없었다. 그 당시 지수는 진지하게 가출할까 생각했던 적도 있다.

— 그때 꿈을 꿨다니까……. 너 그러고 나서 두 달을 나랑 말

안 했잖아. 어쩔 수 없어서 말해야 할 때면 못된 말만 하고. 그냥 나한테 솔직하게 지영이가 깼다고 했으면 더 나았을 텐데. 설마 아직도 그러는 거 아니겠지?

다짜고짜 얻어맞았는데, 도대체 어느 타이밍에 말해야 하는 건지 궁금했지만 새삼 따지는 것도 우스워 지수는 입을 다물었다.

"지금은 누가 날 패지 않거든."

— 아니면 됐어. 너 고집부리고 그 무서운 눈 치켜뜨다가 중요한 걸 놓치는 꿈을 꿔서 걱정이 돼서 그랬어.

"중요한 거?"

— 응. 네가 복돼지를 한 마리 키우고 있었는데, 괜히 나 때문에 화났다고 옆에서 물고 빨던 복돼지를 걷어찬 거야. 그 복돼지가 엄청나게 부티나 보였는데 말이야. 몸이 황금색인데, 발에는 검은 양말을 신고 목에는 나비넥타이를…….

"어이구, 됐어요. 뭔 복돼지? 돼지가 보타이를 했어? 완전 개꿈이네."

엄마의 이야기가 길어지려 하자 지수는 말을 끊었다. 안 자고 있었기에 망정이지 자다 깼으면 짜증 엄청 날 뻔했다.

"나 일했어요. 이제 잘 거니까……. 엄마도 좀 더 주무세요. 아빠랑 다 건강하죠?"

— 그럼. 추석 때는 집에 올 거지?

"가야지. 다시 전화할게요."

— 그래. 그럼 자.

전화가 끊기고 지수는 한숨을 내쉬었다. 복돼지를 걷어찼다고 하지 않았으면 재미삼아 복권을 샀을지 모르겠다.

침대로 기어들어간 지수는 복돼지를 머리에서 내보내면서 내일은 수현에게 전일제 제의를 꼭 해야겠다고 마음먹었다.

"어이없지 않아? 꿈 얘기 하려고 새벽 3시에 전화를 했다니까? 진짜 나랑 안 맞아."

일찌감치 식탁에 나와 자리를 잡고 앉아 수다를 떠는 지수의 이야기를 들으며 수현은 웃었다.

"난 어머니와 티격태격하는 거 좋아 보이는데요. 제 어머니는 일찍 돌아가셔서, 어머니 기억이 거의 없거든요."

"어……. 그래?"

"네. 제가 세 살 때였대요. 교통사고였는데 부모님 모두 즉사하셨다고 해요."

"미안……."

지수의 말에 수현이 고개를 돌렸다. 그리고 약간 미소 지었다.

"아, 그런 의미는 아니에요. 너무 어릴 때라 진짜 기억이 없거든요. 나이 들어서 그런 일이 있었다면 역시 좀 충격이었을 거라고 생각하지만……. 할머니, 삼촌, 이모들한테 시달리느라 외롭다는 생각도 거의 안 했고."

"응, 그렇구나."

"부모님이 계시는 기분이 어떤 건지 가끔 궁금하긴 해요.

이상한 나라의 가정부

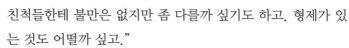

친척들한테 불만은 없지만 좀 다를까 싶기도 하고. 형제가 있는 것도 어떨까 싶고."

"난 별로 좋지 않았어. 엄마가 언니만 예뻐했거든. 다섯 손가락 깨물어 안 아픈 손가락 없다는 거 다 거짓말이야."

수현이 찌개의 간을 보고 불을 줄이면서 물었다.

"왜 어머니가 언니만 예뻐하는 거 같은데요?"

"어렸을 땐 나도 몰랐는데……."

지수가 한숨을 내쉬었다. 어렸을 때는 마냥 분했다. 뭘 해도 항상 언니 편만 드는 엄마가 미웠다. 그런데 나이가 들고 나니 좀 이해가 가는 면이 있었다.

"내가 그렇게 사랑받을 만한 애가 아니더라고."

수현이 또다시 고개를 돌려 지수를 바라보았다.

"아니, 자학이 아니라……."

지수가 고개를 저었다.

"인정하기 싫지만 얼굴도 언니가 더 예쁘거든. 뭔가 인간이 오밀조밀하게 생겼어. 아빠와 엄마의 좋은 점만 닮았다고 해야 하나? 게다가 성격이 여우란 말이야. 나쁜 의미가 아니고, 정말 예쁜 짓을 해. 그게 어렸을 때는 되게 미웠는데 나이 들고 보니까 나라도 그런 애를 사랑하겠다 싶은 거야."

아빠가 퇴근하면 지영은 달려가 목에 매달리고 뺨에 뽀뽀를 했지만, 지수는 뻘쭘해서 뒤에 서서 '다녀오셨어요.'라고 조그맣게 인사하는 게 전부였다. 선물을 받아도 지영은 당당하게 자기가 분홍색을 갖겠다고 우겼는데 지수는 어쩐지 그러지 못하고 남는 걸 갖곤 했다. 좋게 말하면 요령이 없었고 나쁘게 말하면 용기가 없었다.

"뭐 지금도 실속 있는 편이고."

"우리 지수 씨가 어디가 어때서요?"

수현이 빙긋이 웃으면서 다가와 허리를 굽혀 지수의 입술에 입을 맞췄다. 가볍게. 그리고 다시 비슷한 강도로 이마 위에 입술을 눌렀다.

"내가 보기에 권지수 씨, 최고의 여자예요."

"그렇게 말해준 거 네가 처음이야."

그러고 보면 항상 비교를 당했던 것 같다. 어렸을 때는 언니와 비교를 당했고, 항상 모자란 것은 지수 쪽이었다. 그것이 온전히 지수의 잘못인지는 잘 모르겠다. 심지어 지금은 언니보다 더 많은 돈을 버는데도 엄마는 지수를 불안해하고 못마땅해하니까. 그리고 첫 남자친구는 군대에 남자친구를 보낸 다른 여자들과 지수를 비교했었다. 뭣도 보내고, 뭣도 보내고 하는데 넌 왜 그런 게 없냐며 서운해했다. 둘째 남자친구는 친구와 비교했고, 세 번째 남자친구는 전 여자친구와 비교했다.

하지만 생각해보면……. 누군가와 비교하지 않는다는 게 가능한가?

비교하는 거 자체는 문제가 아닐지도 모른다. 항상 그 비교에서 권지수는 기울어지는 쪽이라는 게 문제다.

권지수는 모자란 사람일까?

그럴지도 몰랐다. 아니, 분명히 그랬다. 하지만 이수현과 있으면 지수는 좀 더 나은 사람이 되는 거 같기도 했다. 적어도 그는 그녀를 온전히 받아들여준다.

"내가 수저 놓을게."

"부탁해요."

지수가 일어서자 수현이 빙그레 웃으며 수저통을 밀어주었다. 따끈하게 김이 올라오는 밥을 푸는 수현의 옆모습을 훔쳐보면서 지수는 조금 가슴이 두근거렸다.

언제부터인지 수현은 지수와 함께 저녁식사를 했다. 아마도 그날부터였던 것 같다. 아무 말 없이 어색하게 수현의 솜씨 같지 않았던 낙지볶음밥과 콩나물국을 먹었던 그날. 그날은 아무 말 없이 그렇게 된 거지만 그 후 지수가 나서서 같이 먹자고 졸랐다. 그게 좋았다. 혼자 먹는 밥보다는 둘이 먹는 게 더 맛있었다.

수현의 식사매너는 깔끔했다. 편식하지도 않았고, 젓가락질도 잘했다. 음식을 흘리는 법도 없었고, 소리를 내면서 먹지도 않았다. 지수와 비슷하게 식사를 시작해서, 비슷하게 식사가 끝났다.

그리고 오늘, 같이 밥을 먹고 나서 처음으로 수현의 젓가락에서 미끄러져 내린 명란젓이 식탁 위로 떨어졌다.

"어, 전일제로요?"

좋아할 줄 알았는데 수현의 반응이 의외라 지수도 어색하게 숟가락을 멈췄다.

"응. 왜? 안 돼?"

떨어진 명란젓을 수습해 한쪽에 놓은 수현의 얼굴은 난감했다.

"보통 전일제는 잘 안 하거든요."

"왜?"

"일단 위험부담이 있어요. 고객님께 갑자기 일이 생겨서 일을 그만두게 되면 순식간에 수입이 사라지는 거니까요."

"에이, 왜 이래? 너처럼 능력 있는 헬퍼는 금방 다음 고객 구하겠지."

수현이 빙그레 미소 지었다.

"잘 봐줘서 고마워요. 하지만 내 경우에는 내 쪽에서 마음에 들지 않으면 가지 않는 데다가 아무래도 고액이다 보니 고객이 아주 많지는 않아요."

"그럼 네가 싫으면 안 가기도 한단 말이야?"

"일은 즐겁게 해야지요."

말이 길어질 것 같은지 수현이 들고 있던 젓가락을 단정히 내려놓았다. 그러는 양이 무척이나 잘 교육받은 집의 자제 같다.

지수는 엄마가 하도 변호사가 된 언니를 찬양해서 직업에 귀천이 있다는 생각을 하는 인간 자체를 아주 싫어한다. 하지만 귀천의 문제가 아니라 직업은 사람에게 영향을 미치기는 한다고 생각한다. '택시 드라이버'라는 영화에 나오는 유명한 말 'A man takes the job, and the job becomes what he is.'라는 의미로 지수는 직업은 사람을 나타내는 일이라고 생각한다.

그런데 가끔 수현은 애매했다. 수현의 정체는 헬퍼라기보다 이상한 나라의 가정부라는 쪽이 훨씬 어울렸다. 기이하리만큼 우아하고 요상하리만큼 완벽했다.

"음, 곤란하겠어요."

잠깐 동안 생각했던 수현은 고개를 저었다. 거절당할 거라고는 생각도 안 했기 때문에 지수는 좀 놀랐다.

"안 돼?"

"예. 아까 말씀드린 것처럼 전일은 부담이 있기 때문에 금액이 2배가 아니라 2.8배가 돼요. 그건 지수 씨에게 너무 부담이 될 거예요."

물론이다. 두 배를 지출하는 것도, 수현이 곁에 있음으로 해서 좀 더 작업에 탄력이 붙을 걸 감안해서 결정한 거다.

아니, 어쩌면 그 정도를 지불하고서라도 수현과 더 오래 같이 있고 싶었던 걸까?

자신의 마음을 깨닫는 순간 지수의 얼굴이 붉어졌다. 그거다. 자신은 무리해서라도 수현과 있고 싶었다. 그리고 거절당했다. 수현은 그럴 마음이 없으니까. 당연하다. 수현에게 있어서 이 일은 그냥 직업에 불과한데 무리할 이유가 없다.

"게다가 사실……."

지수의 생각이 얼굴에 드러났는지 수현이 변명을 덧붙였

193

다.

"오후 고객도 오래 함께한 고객님이시거든요. 그냥 그만 두고 그럴 입장은 아니에요, 제가. 죄송해요, 지수 씨."

"오래?"

"네. 지수 씨보다 훨씬 더 일찍부터 알았던 고객님이세요."

순간 이상한 생각이 들었다. 그럼, 이수현은 그 고객에게도 '집중할 수 있도록' 특별 서비스를 해줄까?

바보 같은 생각이다.

아마.

"설마 그 고객도 작가인 건 아니겠지."

농담처럼 던진 말에 수현의 얼굴색이 바뀌었다. 지수의 심장이 덜컥 내려앉았다.

"아, 그게……."

피가 와와 발끝으로 몰려가는 느낌이 들었다. 귀에서 쏴아 하고 피가 빠지는 소리가 실제로 들렸다. 오싹하고 한기가 느껴진다. 뭐야, 진짜야? 오후 손님도 작가라고?

"작가는 머리 쓰는 직업인데 사흘 동안 영양공급을 그따위로 하니 글줄이나 써졌겠어? 헤밍웨이였어도 일기 말고는 못 썼을 것 같은데?"

"걷는 게 뇌 운동에 미치는 영향은 알아? 똑똑하신 작가님이시

니 뇌랑 글 쓰는 거랑 중요한 상관이 있다는 건 알겠지?"

섹스 하다가 밀쳐내고 일을 해도 수현은 뭐라고 하지 않았다. 작업에 몰입하기 전까지는 예민해지고 마는 청각을 전혀 자극하지 않고도 일을 하는 재주가 있었다. 첫날, 11시까지 일에 몰두하느라 방치했을 때도 그는 익숙하다는 듯이 그냥 웃고 말았다.

처음부터 수현은 작가에 대해서 뭔가 잘 알고 있는 듯한 부분이 있었다. '작가'에 대한 모델이 확실히 정립되어 있는 사람이었다. 프로토타입(prototype)이 있는 거다.

심장이 쿵쿵 무서울 정도로 세게 가슴을 두들겨대고 있었다. 이러다가 밖으로 튀어나오면 엄청나게 그로테스크할 거라는 한가한 생각이 멍한 머릿속에 스쳐 지났다.

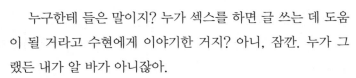

"보통은 섹스를 하면 막혔던 머리가 뚫린다고 하더라고요."

누구한테 들은 말이지? 누가 섹스를 하면 글 쓰는 데 도움이 될 거라고 수현에게 이야기한 거지? 아니, 잠깐. 누가 그랬든 내가 알 바가 아니잖아.

"지수 씨?"

"응?"

"괜찮아요? 나는 그냥 음, 그 고객님과는 의리도 있고, 제가 또 많은 걸 배우는 입장이라서……."

"고객한테 뭘 배워?"

"아니, 뭘 배운다는 건 아니지만."

만나고 나서 처음으로 지수는 수현이 당황하는 것을 보았다. 언제나 지나칠 정도로 여유만만했던 수현이었다. 그런데 지금 그의 시선은 영 불안정했다. 지수를 똑바로 보지를 못했다.

어쩐지 머리가 차가워졌다.

"미안해요."

"미안할 거 없어."

지수는 다시 젓가락을 들었다. 정갈하게 차려진 반찬들이 어쩐지 마음에 안 들었다. 아까까지는 무척이나 완벽하다고 생각했던 밥상인데 그냥……, 마음에 안 든다.

결국 지수는 젓가락 갈 데를 찾지 못하고 헤매다가 밥을 한입 떠서 먹고 젓가락을 내려놓았다. 지수의 입에 딱 맞도록 약간 되게 된 밥인데도 넘기는 데 한참이나 걸렸다.

"지수 씨, 괜찮아요?"

아까부터 수현은 안절부절못하고 있었다.

"괜찮아. 그냥 좀……. 일을 더 제의했는데 헬퍼에게 거절당할 거라고는 생각도 못 해서, 놀란 것뿐이야."

수현을 '헬퍼'라고 부른 것은 처음이었다. 그 미묘한 억양의 차이를 수현은 바로 이해했다. 그의 얼굴이 약간 굳는 것은 지수는 복잡한 기분으로 바라보았다.

"……나한테 묻고 싶은 말 있어요?"

이상한 나라의 가정부

수현이 딱딱한 표정으로 물었다.

"없어."

역시 딱딱하게 대답하면서 지수가 일어섰다. 하지만 그보다 수현이 빨랐다. 수현은 돌아서려는 그녀를 막아서고 달랬다.

"지수 씨와 전일로 일할 생각은 없어요. 하지만 그건 다른 의미는 아니에요. 나는, 그냥 오래 함께 일 해드렸던 분이라 그분도……."

"있다. 묻고 싶은 말, 있어."

지수가 수현의 말을 자르고 들어갔다. 그녀는 그의 눈을 똑바로 쳐다보았다. 무언가 화가 나고 있었다. 이건 아마도……, 실망이다. 아니면 서운함? 그런 그녀의 감정은 그녀의 얼굴에 고스란히 드러나고 있었다.

지수를 바라보는 수현의 눈이 깊어졌다.

"……말해요."

"그 사람이랑도 잤어?"

처음에 수현은 대답하지 못했다. 그것이 정곡을 찔려서 그런 것인지 너무 기가 막혀서인지는 확실하지 않았다. 지수의 눈에는 모든 것이 의심스러워 보였으나 동시에 그녀는 그를 믿고 싶기도 했다. 물론, 그녀와의 시작은 어렵지 않았다. 아니, 시작이라고 할 것도 없는 관계였을지도 몰랐다. 그냥 헬퍼일 뿐이었나? 지수가 그걸 원했던가? 아닐까? 아니, 모르겠다. 머릿속이 엉망진창이다.

"그런, 말도 안 되는…….."

수현의 목소리 끝이 갈라졌다. 말이 뚝뚝 끊겨 거의 비명처럼 들렸다.

"내가 무슨…….."

하지만 지수에게 확실한 건 단 하나뿐이었다.

"아니야?"

"아니에요."

"그럼 그건 뭐야? 섹스 하면, 머리가 뚫린다고 했던 거…….. 다른 고객이라는 사람한테서 들은 거 아니야?"

"지수 씨 그건…….. 그냥 이야기 중에 나온 말이었어요. 그건…….. 나는…….., 전혀 그런 의도가…….."

"슬프겠다."

"뭐요?"

"그 사람, 이렇게 부정당하는 거면 슬프겠다고."

순간 권지수의 심장 속에 들끓고 있던 감정이 이름을 명확히 했다. 질투다. 말이 되든 안 되든 이건 질투다.

수현의 눈이 커다래졌다. 잠깐 사이를 두고 그가 짧게 숨을 끊어내고 얼굴을 찡그렸다.

"지수 씨, 진심으로 말하는데 나는 절대로…….."

"됐어."

진심을 듣고 싶지 않다. 그 진심이 진심이 아닐까 봐 겁내게 될 테니까.

수현을 스쳐 지나가 방으로 들어오자마자 무너진 지수는

입술을 깨물며 자책했다.

무슨 말도 안 되는 비약에 말도 안 되는 비난을 하는 걸까? 그들은 연인 사이가 아니었다. 애당초 그런 이야기로 시작된 관계가 아니었다. 그러기로 한 적은 단 한 번도 없으므로, 이건 말도 안 되는 비난이다.

하지만.

하지만.

하지만.

왜 진즉 생각하지 못했을까? 그녀에게 완벽한 남자는 다른 사람에게도 완벽할 수밖에 없다. 그녀만을 위해 완벽한 게 아닌 것이 당연하지 않은가.

처음부터 이수현은 권지수를 위해 준비된 사람이 아니었다. 우연히 그의 도움을 얻어놓고 그것이 당연한 권리인 듯 굴고 있는 권지수는 정말이지 형편없는 사람이다.

똑똑.

방문을 두드리는 소리와 함께 수현의 목소리가 굳게 닫힌 방문 사이로 스며들었다.

"지수 씨, 잠깐 이야기 좀 해요."

똑똑.

"일단 얼굴을 좀 보여줘요."

똑똑.

철컥철컥 문고리 돌리는 소리가 들렸다. 하지만 소용없다. 잠가두었으니까.

지수는 몸을 잔뜩 웅크렸다. 지금은 수현을 볼 수 없었다. 분명히 형편없는 얼굴일 거다. 언제나 못생겼지만, 오늘은 아마도 더 못생긴 얼굴임이 분명했다.

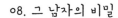

08. 그 남자의 비밀

어두운 회의실, 빔 프로젝터가 3/4분기 실적을 비추고 있었다. 보고자는 사업부의 조 차장이다. 키가 크고 마른 조 차장은 다소 허약해 보이는 외모와는 달리 인력파견회사를 사업의 경지로 끌어올리는 데 큰 몫을 한 사람이다. 좋게 말하면 처세술이 좋았고, 나쁘게 말하면 약삭빨랐다. 그래도 시류를 읽는 것만은 최고였다.

"회사의 매출은 나날이 신장하고 있습니다. 3/4분기의 매출실적은 지난 2/4분기 대비 221퍼센트로 2009년 328퍼센트 이후 최대입니다."

짧게 박수가 터져 나왔다.

"이는 최근 S클래스 헬퍼제를 도입한 것과 관련 있는 것으로 판단되고 있습니다. 이 고(高)비용 헬퍼는 상류층에서 특히 환영을 받고 있습니다. 특히 특수집단1로 분류된 예술가,

환자, 특수집단2로 분류된 강남 A구역의 주민, B구역의 주민층에서의 반응이 아주 좋습니다. 차후 20여 명의 헬퍼를 교육시켜 S클래스로 성장시킬 생각이며 더 많은 S클래스의 헬퍼를 키워내서 클래스를 세분화함을 통해 맞춤 서비스를 제공하고……."

수현은 평소와 같은 표정으로 화면을 보고 있었지만 사실 그의 눈은 아무것도 보고 있지 않았다. 머릿속에서는 계속 다른 생각이 지나가고 있었다.

진즉 계약관계를 끝냈어야 했다.

이수현은 바보가 아니었다. 몇 번이고 그가 선을 넘고 있다는 것을 생각했다. 여자가 완전히 오해하고 있다는 것을……, 예상 못 한 것도 아니었다. 그가 명확히 해두지 않은 모든 모호한 관계들이 부메랑으로 날아와 언젠가 그를 칠 거라고 생각했다.

하지만 그럼에도 불구하고 그만두지 않았던 것은 그러고 싶지 않아서였다. 지금 이 상황은 언젠가 일어날 거라고 생각했던 일이 일어난 것뿐이었다.

그럼에도 불구하고, 생각보다 더 수현은 흔들리고 있었다.

권지수와의 시간은 즐거웠다.

권지수는 상당히 독특한 여자였다. 부끄러워하면서도 대담했고, 소심하면서도 뻔뻔했다. 글쟁이라면 학을 떼는 수현이었지만, 그녀는 귀여웠다.

이상한 나라의 가정부

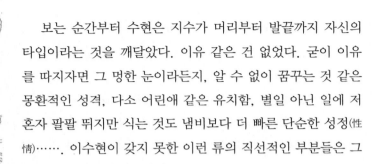

　보는 순간부터 수현은 지수가 머리부터 발끝까지 자신의 타입이라는 것을 깨달았다. 이유 같은 건 없었다. 굳이 이유를 따지자면 그 멍한 눈이라든지, 알 수 없이 꿈꾸는 것 같은 몽환적인 성격, 다소 어린애 같은 유치함, 별일 아닌 일에 저 혼자 팔팔 뛰지만 식는 것도 냄비보다 더 빠른 단순한 성정(性情)……. 이수현이 갖지 못한 이런 류의 직선적인 부분들은 그에게 상당히 매력적이었다.

　특히 성(性)적으로.

　처음부터 수현은 지수를 눕히고, 사랑하고, 그의 손아래서 울리고 싶었다. 그들을 둘러싸고 있는 저릿하고 은근한 성적 긴장감을 처음에는 여자가 몰랐다는 것이 믿어지지 않았다.

　처음부터 수현은 이르든 느리든 권지수와 이런 관계가 될 거라고 생각했다. 몰랐던 것은 지수가 생각보다 더 순진하게 수현과의 관계에 빠져들었다는 것, 그리고 수현 자신 역시 생각보다 더 깊게 지수에게 흔들린다는 것.

　글쟁이는 질색이라고 생각했는데.

　지금이라도 솔직하게 말해야 할까? 하지만 솔직하게 말한다면 뭘 말해야 할까? 수현은 거짓말을 하진 않았다. 다 말하지 않은 것뿐이었다.

　예를 들면 수현은 처음부터 지수를 알고 있다는 사실을 숨기지 않았다. 그것이 그가 그녀의 집에 간 이유라는 것을 숨겼을 뿐이다. 수현은 S클래스로 분류된 헬퍼가 맞았다. 회사 자체가 그의 소유라는 것은 말하지 않았지만.

수현은 한숨을 내쉬며 마른세수를 했다. 손끝에 닿는 이마가 뜨거웠다.

"후발 주자들이 저희의 예를 따라 S클래스를 키우려는 움직임을 보이고 있으니까 긴장을 늦추지 않는 것이 필요할 듯합니다. 저희가 선점한 시장은 견고하긴 하지만, 언제나 도전받을 수 있으니까요."

누가 봐도 딴청을 하고 있는 수현에게 시선을 둔 채 조 차장은 프레젠테이션을 끝냈다. 수현은 회의 내용의 절반 넘게 놓친 셈이다. 앞부분의 사설을 듣다가 지수의 생각으로 빠져들었으니까. 수현은 손으로 입을 가리고 헛기침을 했다.

"예, 수고하셨습니다. 제가……, 자세한 코멘트는 개인적으로 하겠습니다. 이상 3/4분기 실적 보고회를 마치겠습니다."

역사상 최대로 짧은 코멘트를 만나 웅성거리는 직원들을 두고 수현은 회의실을 나왔다.

"저, 윤 비서."

"예, 대표님."

"방금 보고 서머리 해서 올려주세요."

"알겠습니다."

"그리고."

수현이 머뭇거리자 윤 비서가 날렵하게 그린 눈썹을 치켜올렸다. 뭔데 이렇게 어렵게 이야기하냐는 표정이다.

"전에, 관심고객으로 등록된 분 중에 권지수라고, 그러니까 3274280 고객님인데……."

"예, 압니다. 대표님께서 직접 담당하고 계신 고객님 말씀이시죠?"

"그분 자료 좀 갖고 와요."

"예, 알겠습니다."

"그리고……."

답지 않게 자꾸 말을 끊는 수현을 보고 윤 비서가 고개를 갸웃거렸다.

"역시 관심고객 중에 이용화라고 1277 고객님의 자료도……."

"역시 대표님이 맡고 계신 분 말이죠?"

"그래요."

"알겠습니다. 잠시만 기다리세요."

사무실로 들어가는 수현의 뒷모습을 조 차장이 어두운 눈으로 바라보았다.

수현이 '더 헬퍼'의 대표가 된 것은, 인력파견회사의 니치 (niche)를 발견한 조 차장과 의기가 투합되면서부터였다.

부모님이 일찍 돌아가신 탓에 수현에게 집중된 가족들의 관심이 지겨워 수현이 방황하던 시기에 조 차장을 만났다. 가족 중 유일한 어린아이였으므로 어쩔 수 없는 일이었지만 사공이 워낙 많으니 배를 젓기도 싫을 지경이었다. 뭘 하고 싶

205

은지, 어떻게 살고 싶은지 정하지 못하고 가족들이 시키는 것만은 안 하겠다고 버팅기느라 한 푼도 없이 지내던 중 대기업을 다니고 있던 친구 형이 밥을 사준다기에 쫄래쫄래 따라갔었다. 그 형이 바로 조 차장이었다.

조 차장은 아이디어는 있지만 투자금이 없어 쳇바퀴 돌듯 회사생활을 하고 있었고, 수현은 그의 아이디어를 알아보는 눈과 부모님이 유산으로 남겨준 투자금을 가지고 있었다.

그날부터 시작이었다.

수현과 조 차장은 24시간 머리를 맞대고 아이디어를 발전시켰다. 수현은 창의적인 편이었고 조 차장은 현실적인 편이었다. 주거니 받거니 합이 맞았다. 가장 난관은 조 차장이 다니던 회사를 때려치우는 부분이었다. 당시에는 확신이 있는 아이템은 아니었다. 가사도우미를 차별화한다는 것이 어디까지 먹힐지 아무도 몰랐다.

젊고 잃을 게 없는 수현은 거침없었지만 처자식이 있는 조 차장은 머뭇거렸다. 설득하는 데만 1개월이 넘게 걸렸다.

그렇게 회사가 세워졌다.

결과는 상상 이상이었다. 회사는 정신없이 성장했다. 눈을 감았다 떴더니 수현은 성공한 젊은 사업가로 이름이 오르내리고 있었다.

물론 이런 수현의 성공을 다 좋게 본 것은 아니다. 대대로 예술 하는 집안, 정확히 말하자면 글쟁이들의 집안인 외가 쪽에서는 수현의 현실적인 행보가 못마땅하기 그지없는 일이었다. 그중에서도 가장 못마땅해하는 것은 외할머니, 관심고객 1277번 이용화 여사다.

수현의 외증조할아버지는 동화 작가셨다. 하지만 이용화 여사는 자신이 글을 쓸 거라고는 생각도 못 했다고 했다. 그녀는 평범했고, 시대 탓에 제대로 교육받지 못해 가끔은 평범 이하였다. 하지만 열병 같았던 사랑이 지나간 후 그녀는 시인이 되었다. 이루어지지 않았던 사랑은 상상치도 않게 이용화 여사를 시인으로 만든 것이다.

아주 오랜 시간이 지나, 자신을 향해 열병을 앓고 있는 글쟁이와 결혼한 이용화 여사는 삼남 이녀를 두었다. 행복한 결혼생활이었다. 부부(夫婦) 문인은 대한민국의 문단에 큰 획을 그었다. 두 사람뿐 아니라 자녀들을 통해서도 그랬다.

장남인 중석은 극작가가 되어 대한극작가협회를 창설하고 회장으로 재임 중이고, 차남인 호석은 현재는 행방불명이지만 한때는 문단을 주름잡는 괴짜 소설가였다. 삼남이자 막내인 재석은 종종 TV에도 얼굴을 내미는 트렌디한 유명 소설가이며, 차녀인 은녀는 시로 등단한 후 현재는 대학교 교수다. 그리고 수현의 어머니인 장녀 홍녀는 극작가로 활동하다가 젊은 나이에 교통사고로 비명에 갔다.

자식농사를 잘 지은 것인가 못 지은 것인가, 그 누구도 선뜻 판단할 수 없었다.

먼저 보낸 자식 하나와 행방불명된 자식 하나가 있다는 것은 가슴에 가시가 되는 일이었으나 남은 자식들은 하나같이 자기 분야에서는 최고로 인정받는 사람이 되었다. 하지만 자식들이 이용화 여사에게 발을 끊었다는 것은 암암리에 모두가 아는 사실이었다.

사이가 나쁜 것은 아니었다.

다들 작가라는 게 문제였다.

작가들이 세상을 보는 방식은 일반인과는 달랐다. 일반인이 그냥 그런가 보다 하고 넘기는 일도 작가들은 그리 두지 않았다. 일단 두고 보자 하는 일에도 기어이 이름을 붙이고 의미를 부여해야 만족하는 것이 그들이었다. 그리고 그것은 변하지 않았다. 그들에게 그들이 이름을 붙인 것들은 곧 그들의 세계였으므로 바뀔 수가 없었다. 그러면 그들의 세계가 무너지는 것이므로.

이런 고집과 독자적인 세계는 가정이라는 울타리를 만드는 데는 독약이었다. 만나면 누구보다 반가워하는 그들은 물에 뜬 기름처럼 서로의 세계에서 떨어진 채 독자적인 성을 쌓았다. 얼핏 그것은 더 나아 보이기도 했다. 붙어서 아옹다옹 다투느니 멀리서 서로를 응원하는 것이 더 낫지 않겠는가?

문제는 덕분에 이용화 여사의 에너지가 몽땅 손자인 수현에게 집중되어 있다는 것이다. 그것이 지겨워 집을 뛰쳐나와 전혀 다른 일을 하고 있는데도 하나뿐인 손자라는 굴레가 뭔지 수현은 이용화 여사에게서 온전히 자유로울 수는 없었다.

남들은 이용화 여사가 할머니라고 하면 부럽다고 하겠지만 당하는 수현으로서는 죽을 맛이었다. 이용화 여사는 보이는 것과 무척이나 다른 노인네이기 때문이다.

조용한 삶을 사는 소박하고 소탈한 시인. 그것이 이용화 여사가 오랜 시간 공들여 가꾼 그녀의 이미지였다. 그러나 현실은 전혀 달랐다.

이용화 여사의 취미는 간섭이요, 특기는 참견이다. 가장 즐기는 것은 소중한 외손자의 인생에 끼어드는 것이었다. 적요한 시의 분위기와 달리 실상의 이용화 여사는 수다 많고 고집 센 할망구였다. 오죽했으면 자식들이 다 '엄마, 사랑해요.' 하면서 뒷걸음질 쳤겠는가?

그리고 그런 그녀가 바라는 것은 하나뿐인 손자가 자신과 같은 문인의 길을 걷는 것이었다. 손자에게 글 쓰는 재주가 없다는 것을 죽어도 인정하지 않을 셈이었다. 그 일환으로 그녀는 하루에 12시부터 5시, 손자의 시간을 잡아먹는 중이다. 물론 헬퍼로서다.

"대표님."

그가 허공을 노려보고 있는 동안 서류를 잔뜩 껴안은 윤 비서가 노크를 하고 들어와 그의 책상 위에 서류를 올려놓았다.

"더 필요한 거 있으셔요?"

"아니요. 수고했어요."

"아닙니다. 필요하신 거 있으시면 언제든지 불러주세요."

윤 비서가 상냥하게 말하고 뒤돌아 나갔다.

수현은 잠시 서류를 노려보다가 서류를 향해 손을 뻗었다. 그러나 손이 서류 끝에 닿기도 전에 그는 마음을 바꿔 손을 거두고는 의자 깊숙이 몸을 기댔다.

권지수라는 이름을 처음 들은 건, 이용화 여사의 집에서였다. 고문의 목적으로 끊임없이 반복되는 되도 않는 문학 이야기에 부글부글 끓는 기분을 꾹꾹 눌러가면서 듣고 있는데 할망구가 지수의 이야기를 꺼냈다. 그게 처음이었다.

순문학이 대중소설을 평가절하하는 분위기 속에서 할망구는 대중문학과 아아무런 관련도 없는 사람처럼 보이지만, 기실은 그렇지 않다. 이 할망구만큼 대중문학을 사랑하는 사람은 없을 거다. 인기를 끄는 책은 물론, 소재가 독특한 것은 구조나 문장에 치명적인 단점이 있더라도 모두 읽고 마는 것이다.

"얘 좀 재주가 있어."

"누구요?"

"권지수. 모르냐?"

"몰라요. 요즘 책 읽을 시간이 없어요."

"돈 계산할 시간은 있고 책 읽을 시간은 없어?"

단박에 삼해지는 그 눈동자가 재미있기도 하고 귀엽기도 해서 수현은 한숨을 내쉬었다. 돈 번다고 야단맞는 사람은 한국에, 아니 전 지구상에 이수현 한 사람뿐일 거다.

"너보다 나은 애야."

이상한 나라의 가정부

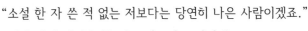

"소설 한 자 쓴 적 없는 저보다는 당연히 나은 사람이겠죠."

"얘가 가장 삽질을 할 때도 너보다는 나아."

"그러니까 저는 글을 쓴 적이 없다니까요. 당연히 쓰지도 않은 글보다는 나은 글을 써야 하는 거 아니겠어요?"

처음에는 이랬다. 그냥 이렇게 이용화 여사와 티격태격하느라 권지수를 알게 되었다.

그러다가 지수의 글을 읽게 되었다.

팬이라고 한 말은 거짓말이 아니었다.

다소 투박하지만 힘 있는 문체, 자존심 강하고 고집스러운 성격이 그대로 드러나는 이야기 전개와 그럼에도 불구하고 어딘지 약한 구석이 있는 허당 기질……. 무척이나 귀여운 글이었다. 보고 있노라면 절로 입가에 미소가 지어졌다.

한 권 한 권 지수의 글을 읽으면서, 수현은 처음으로 '어떤 작가의 출간을 기다리는 팬'의 마음이 뭔지를 알게 되었다.

3274280 고객을 알게 된 건 그다음이었다.

수현은 쌓여 있는 파일의 중간쯤에서 보라색 파일을 끄집어내 펼쳤다. 3274280 고객, 권지수의 서류다.

다른 회사에서 이미 네 명의 도우미를 해고하고 추천을 받아서 왔다는 내용과 원하는 헬퍼의 조건이 디테일하게 적혀 있었다. 후에 두 번의 컴플레인을 녹취한 걸 보면 쭈뼛거리면서도 할 말을 다하는 지수의 성격이 그대로 드러나 있었다. 마음은 약하면서 할 말은 다하고, 또 할 말은 다 하면서

211

동시에 쭈뼛거린다. 저도 모르게 수현의 입가에 엷게 미소가 드리워졌다. 말하는 방식, 잠깐 말을 끊었다가 다시 잇고, 말하지 말까 하고 망설였다가 질러버리는 그 모든 순간순간이 손에 잡힐 듯 훤했다. 사랑스러웠다.

그 '권지수'라는 것을 알게 되고 호기심이 생겼다. 그래서 직접 간 거였다. 회사 대표로서 필요한 모든 기술은 익힌 수현이다. 사실 이용화 여사에게 혹사당하느라 갈고 닦은 실력이라는 쪽이 더 맞지만, 그런 건 이 상황에서 별로 중요하지 않았다. 중요한 건 이용화 여사를 제외하고 실전에 투입되는 건 처음이지만, 실력은 충분했다는 거다.

이런 상황이다 보니 첫날 지수가 '왜 헬퍼가 됐어요?'라고 하는 물음에 제대로 대답할 수가 없었다. '네가 궁금해서.'라고 말할 수는 없는 노릇 아닌가?

하지만 그 이상의 관계가 되어버린 지금은 어떻게 해야 하는 걸까?

결정적으로……, 지금 권지수와 이수현은 무슨 관계일까?

— 대표님, 차 대기시켰습니다.

인터폰이 삐 소리를 내며 운 것은 그때였다. 젠장, 하고 수현이 혀를 찼다. 서머리를 하나도 못 봤다. 언제부턴가 이런 식이다. 권지수를 생각하고 있자면 시간이 화살에 맨 것처럼 빠르게 날아갔다.

"예. 지금 나갑니다. ……그리고."

— 예?

"서머리는 들고 나갈 겁니다. 1277 고객님 서류도요."

— 예, 알겠습니다. 대표님.

쓰게 입맛을 다신 수현은 파일을 정리하고 보고서 파일과 이용화 여사의 파일을 챙겨서 사무실을 나섰다.

"어이구? 파출부 주제에 운전기사 딸린 차를 타고 와?"

"요즘 누가 파출부라고 해요? 글 쓰는 사람이 그렇게 무식해도 돼요?"

손자가 오는 시간에 맞춰 정문까지 나와 기다리고 있다가 비아냥대는 할머니를 향해 수현 역시 비아냥으로 응수했다. 반백년의 나이 차이가 있는 조손간치고는 격의 없는 대화인데 이용화 여사는 전혀 기분 상한 얼굴이 아니다.

"작가는 신랄해야 하는 법이지. 넌 역시 작가의 씨가 있어."

"신랄'만' 한 사람도 있는 법이죠. ……들어가세요. 조 기사님, 다른 때와 같이 한남동은 택시 타고 갑니다."

차를 보내고 수현과 이 여사는 나란히 걷기 시작했다. 가을의 끝자락이지만 잘 가꾼 정원의 단풍나무들은 아직도 붉은 손바닥 같은 잎사귀를 매달고 있었다. 바람이 지나가자 우수수 마른 소리가 났다. 봄이면 봄대로, 여름이면 여름대로, 가을이면 가을대로, 겨울이면 겨울대로……. 사계절마다 다른 정취가 있는 정원이었다. 이 여사가 정성들여 가꾸라고 수현을 시킨, 오롯한 수현의 노동의 산물이다.

"내가 이번에 신춘문예에 나온 글들을 봤는데, 네 반만도 못한 것들도 작가입네 하고 글을 써내더라."

"백 스물 두 번째쯤 하는 이야기인데, 할머니는 제 글 읽어보신 적 없잖아요."

"있어."

"없어요. 전 스무 살이 넘어서는 글을 쓴 적이 없으니까 확실해요."

정문으로 들어서 돌계단을 오르느라 잠깐 대화가 끊겼다. 이용화 여사의 걸음이 현저하게 늦어져 수현은 조용히 발걸음을 늦췄다. 처음에는 뭣도 모르고 부축하는 시늉을 했다가 어디 늙은이 취급이냐며 된통 야단맞았다.

"젊었을 때……."

헉, 하고 가쁜 숨을 내뱉으며 이 여사가 힘겹게 다리를 옮겼다.

"앉아서 일만 하느라 다리가 약해."

"도와드려요?"

"글이나 써."

"그건 못 도와드리겠네요."

단호한 수현의 대답에도 이용화 여사는 꿈쩍도 안 했다. 한 걸음 한 걸음 옮기면서 중얼중얼 제 하고 싶은 말만 하는 것이 이용화 여사의 주특기였다.

"네가 열아홉 살 때까지 쓴 글은 다 봤다. 다른 놈들은 백일장이랍시고 시간을 주면 대강 써 갈겼는데, 넌 안 그랬어."

이상한 나라의 가정부

"놀라운 비밀은, 그게 바로 대강 써 갈긴 글이라는 거죠."

"그럼 넌 천재구나."

정원에는 이용화 여사의 야심작인 작은 연못이 있다. 연못에는 팔뚝만 한 잉어가 세 마리 노닐고 있는데, 역시 수현의 노동력으로 지탱되고 있는 그림이었다. 먹이도 뿌려주고 물 관리도 해주고 가끔 한 마리씩 죽어나가면 몰래 다른 애로 대체하기도 하고.

"한 학교에 천재가 열 명쯤 된다면요."

당분간은 잉어가 죽지 않겠군, 하고 수현이 무심하게 연못을 들여다봤다. 아무래도 연못의 크기에 문제가 있거나 물에 문제가 있는 것 같은데 아무리 사람을 보내도 문제점을 찾아내지 못한다. 어쨌든 오늘은 떠 있는 놈이 없는 거 보면 당분간은 걱정 없겠다.

"무슨 걱정 있냐?"

"네?"

연못을 보고 있는 수현의 얼굴을 가만히 보고 있던 이 여사가 씅뚱 물었다.

"표정이 딱 걱정 있는 얼굴인데? 네가 언제부터 내 잉어들을 그렇게 자애로운 눈빛으로 봤다고?"

"그러니까 할머니는 저에 대해 모르시는 게 많다고 하는 거예요. 전 항상 잉어들을 자애롭게 쳐다봤거든요."

대수롭지 않게 대답하고 들어가려는데 이 여사가 수현의 팔을 잡았다.

"그러지 말고 이야기해봐. 네가 보기에는 내가 곧 관에 들어갈 시체처럼 보일지 몰라도 나 이용화야. 사리분별은 정확하다고."

"바람이 너무 찬데……. 계속 정원에 계실 거예요?"

수현의 말에 이 여사가 연못가에 쪼그리고 앉았다. 안 그래도 작은 몸이 쪼그리고 앉자 한 줌도 안 되게 쫄아들었다.

"하루 종일 집에 있는데 뭐. 이제 겨울이 코앞인데 바람이 차야지. 계절이 그 계절 빛을 띠어야지 나 좋기만 바라면 못 쓰는 법이야."

"그럼 겉옷이라도 하나 더 걸치시든지요."

"괜찮대도."

이 여사의 말에 수현도 그녀의 옆에 앉았다. 그냥 편히 잔디에 엉덩이를 대고 앉은 수현을 힐끗 본 이 여사가 응차, 하더니 수현과 비슷하게 주저앉았다. 그러고 앉은 팔과 다리가 무척이나 짧아 수현은 짧게 웃음을 흘렸다.

"전 얼른 들어가서 집안 정리를 해야 하니까 오래는 못 있어드려요."

"집 안 안 어질렀어."

"담배 안 피우셨어요?"

"담배만 피웠어."

"담뱃재 여기저기 떨어뜨리고 다니시는 거 치우는 것만도 큰일이에요. 할머니 눈에 안 보인다고 없는 게 아니란 말이에요. 그러니까 이 기회에 담배를 끊으시든가."

"넌 사업 접고 글을 쓰든가."

수현이 코끝을 찡그렸다.

"그냥 전 사업하고 할머니는 담배 피우는 걸로 해요."

"불효막심한 놈. 이 할미가 폐암으로 죽으면 넌 오늘 일을 후회할 거야."

말도 안 되는 강짜에 수현이 헛웃음을 웃고는 애꿎은 잔디를 쥐어뜯었다.

잠시 조손(祖孫)은 말없이 연못을 구경했다. 어쩌면 연못 위에 내려앉은 햇살을 구경한 건지도 모르겠다. 빛 좋은 오후의 찬란한 햇살이 곧게 수면에 반사되어 짧게 빛을 산란시키고 수중으로 흩어졌다. 바람이 좀 부는 것만 빼면, 가을의 한복판이었다.

수현은 웃옷을 벗어 이용화 여사의 어깨에 걸쳐주었다. 고집스러운 그녀지만 그것까지 마다하지는 않고 순순히 손자의 호의를 받아들였다.

"할머니."

"응?"

"당분간 저 오전에 오면 안 돼요?"

"오전?"

"네."

이 여사가 고개를 돌려 수현을 빤히 쳐다보았다.

"오후에는 뭐 하려고?"

"할 일이 좀 생겨서요."

"권지수?"

꼭 뭔가 아는 것 같은 이 여사의 물음에 수현이 펄쩍 뛰어올랐다.

"그게 무슨 말씀이세요?"

이 여사가 콧방귀를 풍 꼈다.

"무슨 말은……. 하는 짓 보면 알쪼지. 생전 안 그렇던 놈이 책 표지에 작가 소개를 보면서 실실 웃지 않나."

"작가 소개가 재미있어서 그랬어요!"

"생년월일이 재미있냐! 그것만인 줄 알아? 권지수 글이 어떠냐고 나에게 묻지를 않나. 생전 글에는 관심도 없는 놈이!"

"다른 작가 글도 물어봤잖아요."

"목소리가 달라, 이놈아. 권지수를 물어보려고 앞에 그 많은 작가 얘기로 날 괴롭히고, 그 뒤에도 관심 없으면서 작가 이름 끌어다댄 거 내가 모를까 봐?"

"자리 까셔야겠네요. 또 있어요?"

"내가 권지수를 까면 얼굴이 볼만하더구나. 오른쪽 뺨이 실룩실룩……. 그 여자도 네가 열 받으면 오른쪽 뺨 근육이 제멋대로 춤을 추는 거 아냐?"

"모를걸요."

얼굴이 벌게져서 어이없다는 얼굴로 수현이 괜스레 쥐어뜯은 잔디를 연못을 향해 던졌다. 안 그래도 가을볕과 가을바람에 노랗게 색을 잃던 잔디들이 우수수 허공에 휘날렸다.

이상한 나라의 가정부

"왜? 저녁에 가는 걸로 부족해? 봐도 봐도 또 보고 싶어?"

"저녁에 가는 것도 아셨어요?"

"오전으로 시간 바꿔달라고 하는 거 보면 오전은 아닐 테고. 그게 아니라도 안 그러던 놈이 5시 되기 전에 벌써 발은 나가고 있기도 하고 끝날 시간 되면 실실 웃으면서 좋아라 하는 게 얼굴에 다 드러나는데 데이트냐 물으면 저녁 일이 잡혔다고 대답하니 뻔하지. 일하면서 데이트하는 거겠지. 아녀?"

수현은 눈을 가늘게 떴다. 할머니에게 자리를 깔아주는 것도 사업성 있는 일이 될 것 같다는 생각이 막 드는 순간이었다.

"문제는 왜 오후까지 내어줘야 하냐는 건데…….."

"아니에요. 그냥 좀 이상한 오해를 한 것 같아서 풀려고 하는 것뿐이에요."

"무슨 이상한 오해?"

"제가 헬퍼인 줄 아니까요. 뭘 좀……. 이상한 오해를 한 것 같아요."

대강 넘어간 대답이었지만 그것으로 충분했다. 이 여사는 잠깐 생각하는 것처럼 한쪽 눈을 찡그리더니 살피듯 수현의 얼굴을 훑었다.

"피임은 하는 거지?"

"할머니!"

수현이 소리를 빽 질렀다. 이건 뭐 쿨하다고 해야 할지 자유분방하다고 해야 할지 알 수가 없었다. 확실한 건 이 여사는 어떤지 몰라도 수현은 이런 이야기를 할머니랑 할 생각이 손톱만큼도 없다는 거다.

"더 하고 싶어서 그런 게 아니면 왜 시간이 더 필요해?"

"됐어요. 제가 괜한 이야기를 꺼냈어요. 저 먼저 들어갈래요."

진절머리를 내며 일어나는 수현의 바지통을 이 여사가 확 잡아당겼다.

"난 네가 다섯 살 때까지 오줌 싼 것도 알아."

"저 그런 적 없거든요!"

발끈해서 수현이 눈을 부라렸다.

"이 자식아, 다섯 살짜리 기억이 정확해, 쉰 살짜리 기억이 정확해? 내가 요즘 일은 깜빡깜빡해도 옛날 일은 다 기억해!"

"노망나면 자기가 노망난 줄도 모른다더군요."

부루퉁해져서 수현이 대꾸했다. 벌떡 일어난 이용화 여사가 그런 그의 뒤통수를 향해 호쾌하게 손을 날렸다. 물론 호쾌하게 빗나갔지만. 별로 어렵지도 않게 슬쩍 고개를 틀어 피한 수현이 앞으로 고꾸라지려는 이용화 여사를 붙잡았다.

"엇차!"

"못된 놈."

이용화 여사가 아득 이를 갈았다. 그런 그녀를 바라보며 그가 씩 웃었다.

이상한 나라의 가정부

"오후 시간 빼주실 거예요?"

"싫어."

이용화 여사가 야멸치게 거절했다. 애당초 크게 기대했던 바는 아니었으므로 수현은 그냥 어깨를 으쓱하고 말았다. 그런 수현을 쳐다보다 이 여사가 쳇, 하고 입술을 삐쭉였다. 그리고 손을 내밀어 수현의 부축을 받았다. 정확히 말하자면 수현의 의도와는 무관하게 강제로 몸을 기댔다.

"나 내일부터 중국 가."

"중국에요? 왜요?"

"몰라. 그쪽 출판사 놈들이 뭐 어쩌구 저쩌구 하는데 난 짱깨는 싫어."

"쪽발이도 싫다고 일본엔 안 갔잖아요."

"그런데 애들이 자꾸 노벨문학상을 타려면 중국이나 일본에서도 팬 관리를 해야 한다잖어. 일본은 방사능 핑계를 댔는데 중국은 딱히 할 말이 없어서 간다고 했어. 이러다가 이 늙으니 중동 사막에 보낸달까 봐 걱정이야."

"걱정 마세요. 거긴 테러 핑계 대면 되니까. 그런데 언제부터 문학상에 관심 있으셨어요?"

"흥! 나 중국 간 동안 오후 시간 뺄 생각이나 하지 말어."

수현이 인상을 찌푸렸다. 이 돗자리와 한 세트인 노인네가 그의 속을 또 그대로 들여다본 것이다. 그녀가 중국에 가 있는 동안에는 오후 시간을 좀 편하게 써야겠다 생각하고 있었는데…….

"그럼 빈집에 와서 뭐 해요?"

"은녀가 저 아래 신성 빌라인가 혜성 빌라인가에 이사 왔어. 거기 가서 일 도와줘."

"이모가요?"

"응."

잠깐 수현은 고개를 갸우뚱했다. 이 여사와 은녀가 사이가 나쁜 것은 아니지만 둘 다 서로 안 보고 사는 게 낫다고 결론내린 다음이다. 왜 새삼 이 집 근처로 이사를 온단 말인가?

"거기가 오른다는 소리 듣고 온 거야. 나랑은 안 보고 살 거야."

또 한 번 귀신같이 수현의 마음을 읽은 이 여사가 부연설명을 했다.

"아아."

"아아는 무슨! 왜 아는 척이야!"

수현이 피식 웃었다.

"그렇게 성질부리니까 나 말고 아무나 못 배겨나는 거예요. 나는 할머니 성질 참아주느라 글을 못 쓰는 거고."

"아냐. 너는 아직 사랑을 못 해봐서 그래. 사랑에 빠지게 되면 너도 글을 쓰고 싶을 거다."

"설마요."

"내기할까? 내 생각엔 이번에 권 작가가 널 글을 쓰게 만들 것 같은데."

"뭐 거실 건데요?"

"이 집하고 화천 땅."

"말고 제가 이기면 여기 일 오는 거 빼주세요. 회사 일 많아서 힘들다고요."

"그럼 넌 뭘 걸 건데?"

"뭘 원하시는데요?"

"내가 이기면 사업 접고 글 써."

글을 쓰고 싶은 마음이 들면 이용화 여사가 이기는 거고, 수현이 지면 사업을 접고 글을 써? 잠깐 생각에 잠겼던 수현이 인상을 찌푸렸다.

"제가 바본 줄 아세요?"

"잠깐 생각한 게 바보지 뭐. 내가 사람 잘못 봤나 보다. 멍청한 놈은 글을 못 쓰지."

주름이 자글자글한 얼굴로 이용화 여사가 기분 좋게 웃었다. 나란히 걷는 조손의 뒤로 마지막 가을을 붙잡고 있는 햇살이 반짝반짝 빛났다.

09. 연애보다 더한 집착

그것은 100퍼센트 우연이었다.

심란함을 견디지 못하고 미진의 집을 방문한 지수는 결국 자기 이야기는 한 마디도 하지 못하고 세 시간 내내 미진의 '베터달링' 예찬을 들어줘야 했다. 효선 앞에서는 하지 못한 이야기—그러니까 베터달링은 사실 미국에서도 아직 마약류에 포함이 되지 않았다거나, 중독성이 약하다거나, 자제하고 사용하면 커피나 다를 바 없다거나, 커피도 예전에는 금지품목이었다거나—를 늘어놓는 미진은 행복해 보였다. 권지수에게 있어서 이수현이 오미진에게 있어서 베터달링이 아닌가 생각하니 어쩐지 애잔하기도 했다.

정말 애잔한 쪽이 누군가는 생각을 좀 해봐야 하는 입장이었지만.

어쨌든 그래그래, 대단하다며 장단을 맞춰주고 나와 돌아오는 길이었다. 가슴이 답답해 창밖을 멍하게 보는데 버스가 정차했다. 정류장으로 들어가기 전의 혼잡인가 하고 있다 문득 생각하니 이용화 시인의 집 근처였다. 원래 다니던 길인데도 그동안은 몰랐던 것이 저번에 한번 방문했더니 눈에 들어오는 것이 신기해 자세를 바꿨을 때였다.

수현이 보였다.

길 건너였고, 차도 많고 사람도 많은 길이라 실제로 수현은 손가락 한 마디 정도로밖에 보이지 않았다. 하지만 마치 금테를 두르기라도 한 것처럼 눈에 확 들어왔다. 차에서 내려 뭔가를 싣고 다시 차에 올라타는 그 짧은 순간이 영원처럼 길게 보였다.

"어?"

정신을 차리고 보니 버스에서 내려 있었다.

이미 수현이 탄 차는 쭉 앞으로 나아가 빌라 입구로 들어간 참이었다. 어떡해, 어떡해하고 돌아보니 저 멀리 육교가 있긴 했다. 200미터쯤은 되어 보이는 거리였다. 그러니까 수현을 추적하려면 200미터를 걸어 육교를 건너 다시 200미터를 되걸어와서 오르막길을 올라 빌라로 들어가야 한다는 거다. 심지어 그렇게 한 다음에도 수현을 찾을 수 있을지 없을지 모르고.

바보짓이었다.

하지만 지수는 이미 버스에서 내렸다.

200미터를 빠른 걸음으로 걸어가자니 괜히 심장이 쿵쾅

거리고 마음이 조급했다. 지수는 자신이 지금 뭘 하고 있는지 너무나 잘 알고 있었다. 수현은 지금 '전 고객'을 위해 일하고 있을 시각이었다. 내린 데까지는 무심코 한 일이었지만 그녀는 이제 본격적으로 수현의 뒤를 캐고 있었다.

잠을 제대로 자지 못하고 뒤척이며 수현을 생각하고, 수현과의 관계를 생각하고 결론내린 것이 있었다. 옳지 않다는 것. 이런 마음을 품으면 안 된다는 것. 수현과 지수의 관계는 애당초 지수가 규정했던 그대로였고, 아니, 그 이상이었고, 좋았으니까.

그러니까 이런 식으로 자신의 마음을 다잡지 못하는 건 반칙이었다. 수현과 '전 고객'이 무슨 사이든지, 수현이 실제로 어떤 마음으로 지수를 안았는지를 추궁하는 건 선을 넘는 일이었다. 애당초 두 사람은 그런 약속 따위는 하지 않았다.

하지만 마음이든 몸이든 맘대로 되는 건 없다. 벌써 발은 날듯이 움직여 육교를 지나 빌라 쪽으로 가고 있었다.

지수는 간절히 기도했다. 수현의 차가 어디로 갔는지 확인할 수 없기를. 빌라로 들어가 수현을 찾을 수 없기를. 그래서 여기서 멈출 수 있기를.

하지만 빌라 쪽으로 조심히 다가가 섰을 때, 바로 수현이 보였다. 수현은 차를 주차하고 되돌아 나오고 있었다. 다만 혼자가 아니었다. 어떤 여자와 함께 나란히 걷고 있었다.

저도 모르게 지수는 바로 눈앞에 보이는 건물로 뛰어 들어갔다. 유리문 뒤에 숨어 다 보일 텐데 어쩌지 하면서 심장이 쿵쾅쿵쾅 소심해져가지고는 수현과 여자를 훔쳐보았다.

물론 수현과 여자가 그녀가 숨은 건물 쪽을 돌아보는 일 따위는 없었다. 그들은 갈 길을 가면서 서로에게 열중하고 있을 뿐이다.

수현은 평소보다 조금 더 편한 옷차림이었다. 지수도 자주 보았던 열은 회색의 티셔츠 위에 미색 점퍼를 걸치고, 오래 입어 색이 바랜 청바지를 입고 있었다. 항상 단정하기만 했던 모습인데 오늘은 좀 더 흐트러져 보이기도 했다.

그리고 옆에 있는 여자는……, 나이가 좀 들어 보였다. 40대? 50대? 어쩌면 30대 후반? 정확히 판단하기는 어려웠다. 키도 컸고 날씬했다. 무척이나 잘 꾸미는 세련된 스타일이었다. 움직이기 편한 긴 검은 저지 원피스를 입은 위로 베이지색 니트 코트를 여며 입은 것이 잘 어울렸다. 어깨 위에서 잘린 단발은 자연스럽게 컬이 져 있었다. 약간 무표정하면서도 도도한, 공부 많이 하고 돈 많은 여자 스타일이었다.

여자가 무언가를 이야기하며 수현의 팔을 잡았다. 그뿐인데 지수의 심장은 덜컥 내려앉았다.

두 사람은 메뉴에 대해 논하는 것 같았다. 점심을 먹을 시간치고는 늦은 시간인데도 두 사람 모두 근처 상가를 돌아보면서 심각한 표정이었다. 여자는 여전히 수현의 팔에 손을 올린 채 무언가를 이야기하기도 하고 수현의 말을 듣기도 했다. 그 손이 떨어진 것은 다 마음에 안 드는지 두 사람이 다시 걷기 시작한 다음이었다.

저도 모르게 건물에서 나온 지수는 두 사람을 따라갔다.

나란히 걸으면서도 두 사람은 부지런히 뭔가를 이야기했다. 대개 여자가 한마디 하면 수현이 또 한마디 하고, 그러면 다시 여자가 대꾸하는 그런 식이었다.

신기한 일이었다. 수현은 지수와 있으면 그렇게 이야기를 많이 하지 않았다. 가끔 자신의 이야기를 하긴 했지만, 그러니까 부모님이 일찍 돌아가셨다는 것과 표현력이 없다는 것 같은 이야기를 하긴 했지만 대부분은 지수의 이야기를 듣는 걸 더 좋아했다.

수현이 무슨 이야기를 했는지 여자가 빵 터졌다. 그러고는 수현의 팔을 두덕이다가 팔짱을 꼈다. 다정하게 올려다보며 미소 짓는 얼굴이 오래된 사이인 듯 편안해 보였다. 팔짱을 낀 여자의 손 위에 자신의 손을 얹으면서 수현도 부드럽게 웃었다. 그때, 포 시즌즈에서 지수에게 웃을 때와 완벽하게 똑같은 미소였다.

가슴이 찢어질 것 같았다. 설마 설마 했는데.

상가 건물을 몇 개나 지난 다음 수현과 여자가 들어간 곳은 콩쥐 부대찌개였다. 1층에 있는 가게로 바로 옆집은 치킨집이었다.

"어서 오세요. 포장하실 건가요?"

치킨 집 문을 열고 들어가자 주방에 있던 아줌마가 머리만 쏙 내밀고 지수에게 물었다. 저녁에는 술도 파는 듯 테이블이 제법 있었지만 이런 시간에 여자 혼자 왔으니 당연히 포

장이라고 생각하는 모양이었다.

"아니에요. 먹고 갈 거예요. 치킨 한 마리만 튀겨주세요."

"혼자 드시게요?"

"네."

문득 이상해 보일 것 같다는 생각이 들었지만 어쩔 수 없었다. 멈출 수가 없었다. 그들이 앉은 모습이 보이는 좌석에 앉아 계속 옆을 훔쳐보자니 점점 자신이 한심해졌지만, 그래도 그만둘 수는 없었다. 아니, 그냥 이대로 자리에 일어서서 나가면 되지만 그러기 싫었다.

수현이 웃는 얼굴을 보고, 주문을 하고, 여자에게 뭔가를 말하고, 부대찌개를 퍼주는 모습에서 눈을 뗄 수가 없었다. 하지만 기실 지수가 눈을 떼지 못했던 쪽은 여자였다. 이상한 이야기지만 여자에게서 시선을 뗄 수가 없었다.

바짝 마른 여자는 무척이나 예민한 얼굴을 하고 있었다. 이렇게 말하면 우습지만 100퍼센트 작가의 얼굴이었다. 반들반들하지만 안색이 좋지 않은 얼굴도 밤샘 작업이 많은 사람 특유의 것이었다. 심지어 지수는 그녀의 입술이 약간 터 있다는 것까지도 민감하게 발견해냈다. 피로를 몸에 달고 사는 사람인 듯했다.

무언가 화가 났다.

더럽고 화가 났다.

자꾸 속에서 무언가 끓어올랐다.

"저……."

"네?"

입술을 쥐어뜯으면서 콩쥐 부대찌개 쪽을 넋 놓고 보고 있는데 주인이 치킨을 앞으로 놓아주며 지수의 얼굴을 보았다.

"콜라 드릴까요? 아니면 맥주?"

"아, 생맥으로 500 주세요."

"네."

돌아서면서 주인은 흘깃 콩쥐 부대찌개 쪽을 보았다. 지수가 뭘 보나 궁금해하는 눈치였다. 하지만 이상한 게 보일 리가 없었다. 이상한 일은 일어나지 않았다. 지금 보이는 것은 오직 권지수의 눈에만 이상한 것이었다.

깨달음은 무언가 가슴을 치는 것처럼 강하게 다가왔다.

이수현을 좋아한다.

단순히 쿨하게 필요하니까가 아니라 그냥 좋아한다. 그가 다른 여자에게 웃어주는 것이 싫었다. 그가 다른 여자의 기분을 맞춰주는 것이 싫었다. 그가 무덤덤하면서도 다정한 얼굴로 다른 여자를 바라보는 것이 싫었다.

이수현이 '그런' 사람이라는 게 싫다.

말도 안 돼.

지수는 머리를 감싸 쥐었다.

수현이 다른 여자와 있다는 사실이 너무나 괴로웠다. 인정할 수가 없었다. 하지만 더 싫은 것은 그녀가 이 상황에서도 환상에서 깨어나고 있지 못하다는 사실이었다. 이렇게 되었으니 이수현이라는 남자가 질리고 싫어져야 하는데, 이런 남자라고 받아들여야 하는데 지수가 생각하는 것은 어떻게 하면 이수현이라는 남자를 온전히 가질 수 있느냐는 것뿐이었다. 배신감은 태산 같은데 그래도 이수현을 놓을 수 없을 것 같았다.

그녀를 향해 웃어주던 그 따스함을 어떻게 포기하고 살 수 있을까?

이런 자신이 더러웠다. 이건 잘못된 일이었다.

이런 건 줄 몰랐던 자신이 바보 같았다.

처음부터, 헬퍼와 이런 관계에 빠졌다는 것부터가 문제였던 거다. 권지수는 그녀 자신이 생각하는 것만큼 쿨한 여자가 아닌데.

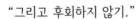

"그리고 후회하지 않기."

"……뭘?"

"지금부터 나와 할 거."

오, 맙소사. 이수현은 처음부터 알고 있었던 거다. 권지수가 그런 여자가 아니라는 것을.

"저, 저기……."

닭다리를 입안에 쑤셔 넣으면서 눈물을 뚝뚝 흘리고 있던 지수를 보다 못해 다가온 주인이 어쩌나 하고 눈치를 보다가 휴지와 휴지통을 밀어주고 갔다. 주인은 도대체 콩쥐 부대찌개가 이 여자에게 무슨 짓을 했나 하는 얼굴이었다.

흥건하게 기름진 프라이드치킨이 입안에서 겉돌았다. 분명히 고소한데, 고소하지가 않았다.

"아줌마, 계산요."

결국 닭다리를 놓고 일어서서 지갑을 꺼내자 주인은 난감한 표정을 짓더니 고개를 저었다.

"괜찮아요. 그냥 가세요."

"아니에요. 얼마예요?"

메뉴판을 보니 프라이드는 1만 4천 원, 그리고 생맥주는 3천 원이었다. 카드를 꺼내들려고 했는데 아줌마가 지수의 손을 잡더니 기름이 그대로 묻어 있는 걸 손으로 닦아주었다.

"무슨 일인지는 모르겠는데 울지 마요. 예쁜 아가씨가 우니까 내가 다 마음이 안 좋네."

사람 좋은 아줌마였다.

"감사합니다."

낯선 사람의 친절에 어쩐지 더 서러워져 지수는 콧물을 들이마셨다. 그리고 2만 원을 꺼내 카운터에 올려놓고 가게를 뛰어나왔다. 뒤에서 아줌마가 불렀지만 모르는 척하고 뛰었다. 그렇게 한참을 뛰고 나니 어느새 울음이 그쳐 있었다.

아마도……, 외로운가 보다. 외로웠나 보다. 아니라고 생각했었는데 그랬나 보다. 그래서 수현을 가슴에 담았고, 이제 수현을 떠나보내려니까 마음이 찢어지는 거다. 원래 없었던 사람인데, 멋대로 있다고 착각했는데도 그 빈자리가 너무

컸다.

    은녀는 깔깔 웃었다. 관심 끊고 있던 사이 이 창의력 만땅
인 노인네가 이렇게 독창적으로 조카를 괴롭히고 있을 거라
고는 생각도 안 했다.

    "그러니까 엄마가 너를 헬퍼로 쓰고 있단 말이지?"

    "아주 말만 하면 빵빵 터지시네요."

    "나 너무 재미있어. 요 삼 년 사이에 이렇게 웃어본 적이
없는 거 같아."

    "그러니까 자주 좀 연락 주세요. 이게 얼마만이에요?"

    "연락하면 뭐하니? 싸우기만 하는데."

    반 넘어 남은 밥을 밀어놓으면서 은녀가 어깨를 으쓱했
다. 이 여사를 싫어하는 건 아니지만 만나기만 하면 싸우는
건 사실이었다. 사고방식이 너무 달라 은녀는 이 여사가 답답
하고 이 여사는 은녀가 답답하다.

    "뭐 할머니도 그러시긴 했지만."

    수현이 짧게 한숨을 내쉬면서 부대찌개의 불을 껐다. 나
름 솜씨 있는 집이었지만, 비용적인 문제로 인해 질 안 좋은
소시지를 써서 찌개의 맛 전체를 망쳤다. 그래도 예민하지 않
으면 그럭저럭 먹을 만하건만 은녀도 손을 안 대고 수현도 영
숟가락이 가질 않았다.

    "그냥 집 정리가 마저 되면 제가 해드릴게요."

    "됐어, 얘."

상냥하게 웃은 은녀가 종업원에게 담배 피워도 되냐고 물었다가 안 된다는 말을 듣고 시무룩해졌다.

"난 내가 해먹을 거야. 나까지 조카를 헬퍼로 부리고 싶지 않다. 언니가 무덤을 가르고 뛰쳐나오지 싶어."

"어머니가 그런 타입이었어요?"

"그럼. 얼마나 괄괄했는데."

수현이 한숨을 내쉬었다.

"그럼 전 도대체 누굴 닮았는지 알 수가 없군요. 할머니 말로는 아버지도 성질 더럽고 다혈질이었다던데. ……일어나요. 이 근처에 담배 피울 수 있는 카페를 알아요."

"카페는 무슨……. 집에 가서 피우면 돼. 이제는 대강 짐 정리 끝났을 텐데 뭐."

은녀가 일어서며 웃었다.

"난 그보다 그 작가 아가씨 이야기가 더 흥미가 있어."

"이모까지 그러지 마세요. 아무 사이도 아니라니까요."

가게를 나오며 수현은 말을 돌렸다. 지수의 이야기는 하고 싶지 않았다. 하지만 이놈의 여자작가들은 어찌나 눈치가 빠른지 이 여사가 그랬던 것처럼 은녀도 아주 잠깐 나왔을 뿐인 지수의 이름에서 이상기온을 감지하고 수현을 놀려대었다.

"넌 언니를 닮았어."

결국 길에 나오자마자 담배를 피워 문 은녀가 사람들에게 방해가 안 가도록 신경 써서 연기를 내뿜으며 한마디 했다.

신경 쓴다고 해도 길 담배는 반대인 수현은 못마땅했지만 잔소리는 삼가기로 했다. 모를 은녀가 아닌 것이다.

"언니는 사랑도 열정적으로 했어. 형부는 내 기준에서는 좀 유치한 남자였는데 언니는 그게 귀여운 부분이라고 했으니 취향 진짜 독특했지."

"전 열정적이어 본 적이 없는데요."

"아직 사랑을 안 해봤나 보지."

"서른 살인데 아직 사랑을 안 해봤다니 끔찍하네요."

수현은 툴툴대었지만 은녀는 그냥 웃을 뿐이었다.

"지금까지 단 한 번도 안절부절못한 적이 없다면, 넌 사랑을 안 해본 게 맞아. 사랑은 사람 돌아버리게 하는 거거든."

10. 폭풍의 밤

마감 중. 방해하지 말 것.

수현은 입술을 굳게 다문 채 메모를 노려보았다. 벌써 며칠째, 지수의 얼굴을 볼 수가 없었다. 전일제를 거절하고 나서부터였다. 며칠은 외출을 했지만 집에 있을 때도 방에서 나오질 않았다. 마감 중이라는 쪽지는 변명의 수단임이 확실했다. 낮에는 밥도 먹고 씻기도 하는 것 같은데 그놈의 마감은 그가 오면 시작되는 것인지 방 안에서 꼼짝도 안 하는 것이다. 이건 아무리 생각해도 그의 얼굴을 보지 않겠다는 굳건한 항의나 다름없었다.

가볍게 한숨을 내쉬고 수현은 이마를 짚었다. 머리가 뜨거웠다. 며칠 동안 권지수가 신경이 쓰이고 거슬려 수현은 제대로 밥도 못 먹었고 제대로 자지도 못했다. 이런 적이 단 한 번도 없었던지라 황당했다.

어쩌면 피로 누적 때문인지도 모른다. 짧게 끝내려 했던 지수네 집의 일이 생각보다 길어지면서 업무과다로 지쳐 있던 참이었다. 아침에 회사에 들러 업무를 보고 오후에는 할머니 집에서 저녁에는 지수의 집에서, 그리고 밤에 짧게 회사 일을 보고 자는 건 그 누구에게도 쉬운 스케줄은 아니었다.

수현이 무겁게 한숨을 내쉬었다.

처음 같았으면 밥을 먹자고 지수를 설득했을 텐데 어쩐지 며칠째 수현은 그러지 못하고 있었다. 왜인지 모르겠지만 지수의 방문을 두드리는 것이 망설여졌다. 그녀를 걱정하지 않는 것이 아니었다. 오히려 그 어느 때보다도 신경 쓰고 있었다. 그런데도 하고 싶은 행동을 맘대로 할 수가 없었다.

"지금까지 한 번도 안절부절못한 적이 없다면, 넌 사랑을 안 해본 게 맞아."

지금 이게 안절부절못하고 있는 걸까?

잠시 그대로 서 있던 수현은 가스레인지 불을 켜고 밥을 안쳤다. 뭐가 어찌되었든 그가 할 일은 하고 볼 일이었다.

바깥에 예민하게 신경 곤두세우는 게 싫어 지수는 자고 있었다. 밤새 낑낑대며 깨어 있다가 5시 무렵부터 눈을 감았지만, 쏟아지던 잠은 어디로 갔는지 당최 잠이 들지가 않아

곤란했다.

　눈을 감은 채, 닫힌 문 너머로 지수는 수현을 보. 고. 있. 었. 다. 보이지 않는 수현을 보고, 들리지 않는 그의 목소리를 들었다.

　수현이 가스레인지를 켜고 뭔가를 올리고, 뭔가를 닦고, 정리하고, 쓸어내는 소리는 전혀 들리지 않았다. 처음부터 기척 없이 일하는 걸로 지수를 놀렸던 사람이다. 새삼 시간이 흘렀다고 해서 그가 일하는 소리가 들릴 이유는 없다. 하지만 들렸다. 이걸 뭐라고 표현해야 좋을지 모르겠지만 진실로 그러했다.

　자세를 바꾸며 지수가 중얼거렸다.

　"내일은 약이라도 사 올까?"

　약국에서 파는 신경안정제가 효과가 있다고 했나? 하지만 정말 잠이 안 오는 것도 아닌데 필요한 순간에 자고 싶다고 약을 먹는 건 좀 웃기지 않나? 그보다는 그냥 수현을 자르면 해결되는 일 아닌가? 이제 이런 일은 그만두겠다고 결심한 터다. 굳이 비싼 그를 헬퍼로 쓸 이유가 없었다. 어쩌면 그전에 이미 수현이 그만두고 싶어 할지도 모른다. 누구라도 이런 이상한 여자를 위해 일하고 싶지는 않을 테니까.

　어쨌든 간에 해야 할 일은 정해져 있었다. 무슨 미련이 남아 이렇게 피하기만 하고 시간을 보내고 있는 걸까?

　이리 뒤척 저리 뒤척 하며 애꿎은 이불만 쥐어뜯고 있을 때였다.

이상한 나라의 가정부

똑똑.

잠기운이라는 게 참깨만큼이라도 지수에게 있었다면, 그 순간 날아갔다.

"지수 씨."

노크소리와 수현의 목소리……. 그것만으로도 지수의 정신은 찬물을 뒤집어쓴 것처럼 생생해졌다. 심장이 벌컥벌컥 피를 쏟아냈다. 저도 모르게 이불을 움켜쥐고 있는 손에 힘이 들어갔다.

잠시 기다렸다가 방문이 열렸다.

처음 수현은 지수가 일을 하는 게 아니라 자고 있다는 사실에 약간 당황한 듯했다.

"이런……. 자려고 했어요? 깨운 거라면 미안해요. 하지만 밥은 먹어야 할 것 같아서. 벌써 며칠째 저녁을 거르고 있잖아요."

"하루 이틀 굶는다고 달라지지 않아. 나 지금은 자고 싶어."

"……이 논쟁은 끝난 거 아니었어요?"

끝났었다. 그가 옳다고 생각했기 때문에 그녀가 져줬다. 하지만 지금은 그러고 싶지 않았다. 그럴 이유도 없었고 그러기도 싫었다.

그것은 사실 이상한 고집이었다. 이기는 사람은 아무도 없고 상처받는 사람만 있는.

그런데도 지수는 일어나서 밥을 먹고 아무 일도 없었다는 듯이 수현을 향해 웃고 싶지 않았다. 그러는 것이 자기 자신에게도 더할 나위 없이 좋은 일이라는 것을 뼈저리게 아는 이 순간에도, 그녀는 죽어도 그러고 싶지 않았다. 아니, 어쩌면 지금 지수가 가장 하고 싶은 일이 그것이었기 때문에 할 수 없었다.

바보 같은 짓이다.

수현이 가볍게 한숨을 내쉬었다.

"우리, 처음부터 또 시작해야 하는 거예요?"

"이봐요. 이수현 씨."

지수가 몸을 일으키고는 스스로가 듣기에도 재수 없는 목소리로 말을 이었다.

"글 쓰는 건 수현 씨 일과 달라서 때가 있어. 그러다 보면 잠을 놓치고, 그다음에는 잠이 더 중요해지는 순간이 생기는 거야. 수현 씨 생각에는 밥을 제때 먹는 게 세상에서 제일 중요한 것 같은데⋯⋯. 정말 수현 씨 생각이 옳아? 밥이 제일 중요해?"

"지금 자는 게, 그리고 어제 방에서 안 나온 게, 그제 방에서 안 나온 게, 그끄제 방에서 안 나온 게 다 그 '글을 놓치지 않기 위해서'였다고 말하는 거예요?"

수현은 '글을 놓치지 않기 위해서'라고 말할 때 발음을 바꿨다. 묘하게 시니컬한, 그래서 비꼬는 것을 바로 알 수 있는 그런 목소리였다. 언제나 듣기 좋았던 다정한 목소리에 다른 음색이 섞이는 순간 지수는 상처받았다. 물론 그녀 쪽이 백배

나 못되게 굴고 있다는 걸 알았다. 하지만 언제나 수현은 받아주었으니까……. 그런데 지금은 받아주지 않으니까…….

이상할지라도 상처받는 것은 지수뿐인 것 같았다. 그리고 그녀는 항상 그랬듯 상처를 더 못되게 갚아줄 수 있었다.

"이수현 씨, 지금 마치 자기가 뭐나 된다고 생각하는 모양인데 곤란해. 이거 상당히 주제넘은 거라는 거 알아? 이수현 씨와 나는 아무 사이도 아니야. 내가 뭘 하든, 이수현 씨는 말할 자격이 없어. 그동안 내가 수현 씨 의견에 따른 건 그냥……."

적당한 단어가 생각나지 않아 지수는 잠깐 말을 멈췄다. 뱃속에서 뜨거운 무언가가 목구멍으로 솟구쳐 오르는 것 같았다.

"서로에게 맞춰보자, 이런 류의 협조였지 이수현 씨가 옳아서 그런 게 아니야. 지금은 협조할 수 없을 만큼 난 바빠. 이럴 때 누가 맞춰야 하는가는 명확한 거 아닌가? 내가 이수현 씨를 고용한 거잖아."

말하면서 지수는 수현이 그만두겠다고 말할까 봐 겁을 먹었다. 머릿속이 엉망진창이었다. 수현과의 관계를 끝내겠다고 결심한 이상 수현이 그만두는 것 쪽이 더 좋았고, 그만두라고 말할 생각이었다.

그런데도 그가 먼저 그만두겠다고 할까 봐 두려웠다. 진짜 그만둘까 봐 두려웠다. 도무지 자기 자신을 제어할 수가 없었다. 이게 뭔지 알 수가 없다. 그저 뱃속에서 끓어오르는 바람이 너무나 뜨거워 지수는 말을 멈출 수가 없었다.

"육체적 관계가 좀 있었던 걸로 착각하는 그런 사람 아니라고 생각했는데 내 실수였어? 나한테 무슨 권리나 책임 같은 게 있다고 생각하면 착각이야. 난 그동안 그쪽을 이용한 것뿐이야. 이수현 씨는 그냥 내가 시킨 일을 하면 되는 거라고."

지수는 수현이 주먹을 불끈 쥐는 것을 보았다. 방 안은 어두웠고 거실에는 불이 환하게 켜져 있었기 때문에 지수는 수현의 실루엣을 또렷하게 볼 수 있었다. 그녀가 언제나 기분 좋게 쓰다듬곤 했던 수현의 손등 위에 파랗게 돋아난 정맥이 불끈거리고 있었다.

"알겠습니다. 주제넘었다면 사과드리겠습니다."

딱딱한 목소리로 수현은 사과했다. 그리고 지수의 대답을 기다리지 않고 소리 없이 문을 닫았다.

텅 빈 방에서 지수는 소름끼칠 만큼의 혐오감을 느꼈다. 스스로에 대한 혐오감이었다. 방금 뭐라고 했더라? 뭐라고 수현을 상처 주었더라? 어떻게 이럴 수가 있을까? 어떻게 이런 방식으로 사람을 상처 줄 수 있을까?

하지만 오래 생각할 시간은 없었다. 다시 문이 닫힌 후 10분도 지나지 않아 수현이 다시 문을 연 것이다. 신경이 잔뜩 날카로워진 지수가 다리를 끌어 모은 채 앉아서 손톱을 깨물고 있을 때였다.

달칵 하고 스위치가 올라갔다.

이상한 나라의 가정부

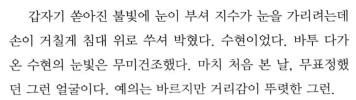

갑자기 쏟아진 불빛에 눈이 부셔 지수가 눈을 가리려는데 손이 거칠게 침대 위로 쑤셔 박혔다. 수현이었다. 바투 다가온 수현의 눈빛은 무미건조했다. 마치 처음 본 날, 무표정했던 그런 얼굴이다. 예의는 바르지만 거리감이 뚜렷한 그런.

생각해보면 언젠가부터 수현은 처음과는 많이 다른 얼굴을 하고 있었다.

"그러면 지금까지는 계약 중에 내가 '이용'당한 거라고 치고."

수현의 목소리는 지독하게도 낮았다.

"이번에는 내가 하고 싶으니까 한번 해볼까?"

"수현……!"

수현의 이름을 불렀던 지수의 목소리가 수현의 입속으로 사라졌다. 지금까지와는 다른, 단 한 번도 없었던 거친 입맞춤이었다. 마치 상처를 내려는 것처럼 이빨이 거침없이 지수의 여린 입술을 물어뜯고, 인정사정 보지 않고 혀가 지수의 입안을 침범했다.

"!"

수현이 인상을 쓰며 입술을 훔쳤다. 지수가 물어뜯은 입술에서 피가 나고 있었다. 수현은 지수를 노려보았다.

"이러지 마."

주춤 뒤로 물러나며 지수가 항변했다. 하지만 이내 다시 수현의 손아귀에 잡혔을 뿐이었다. 다시 한 번 강하게 입을 맞춰 오는 그를 그녀는 거부할 수 없었다. 밀어내려 바둥거려

봤지만 역부족이었다. 오히려 수현은 지수가 그의 어깨를 밀어내는 것을 기회로 잡아 그녀를 침대로 내리누르고 양팔을 속박했다.

지수의 양팔을 벌려 잡고 위에서 그녀를 내려다보며 수현이 속삭였다.

"정말 멈춰야 한다고 생각하면······. 내가 뭐라고 말하라고 했는지 기억하지?"

지수가 숨을 들이마셨다. 다음 순간 수현의 몸이 지수의 몸 위로 무너져 내렸다. 지수는 필사적으로 그를 밀어내려 했다. 하지만 다음 순간 수현과 눈이 마주쳤고, 지수는 자신이 무엇을 원하는지 알 수 없어졌다.

"무슨 말을 해야 하는지는 이미 알고 있잖아?"

수현의 눈은 차가웠다. 그는 화가 나 있었다.

그리고 지수는 알고 있었다. 뭐라고 말하면 될지. 뭐라고 말하면 수현이 일어서서 뒤돌아 나가버릴지 아주 잘 알고 있었다.

그러므로 지수는 그 단어를 말하지 않을 것이다.

수현을 노려보던 지수가 팔을 뻗어 그의 목을 감싸 안았다. 누가 먼저랄 것도 없이 서로에게 달려들었다. 입술과 입술이 격렬하게 부딪쳤다.

폭풍 같은 밤이었다. 수현은 몇 번이고 지수를 안았다. 익숙한 방식으로, 익숙하지 않은 방식으로. 본능 말고는 아무것도 의미가 없는 밤인 듯했다. 그의 손은 그녀의 피부를 쥐어 뜯듯이 움켜쥐었으며, 그녀 역시 그를 씹어 삼키려는 듯이 물 어뜯었다.

상냥했던 이수현은 없었다. 부끄러워하던 권지수도 역시 없었다.

두 사람은 마치 서로를 잡아먹으려는 사람들같이 굴었다. 호흡을 삼키고 서로의 안으로 들어가기 위해 기를 썼다. 제정 신인 사람은 없었다.

몇 번이고 오르가즘이 지나는 동안 두 사람은 서로를 벽에 갖다 박고, 침대에 패대기치고, 바닥에 무릎 꿇렸다. 피부위에 세운 손톱이 긁혀 내렸고, 날카롭게 세운 이빨이 여린 살점을 자극했다.

지수의 몸은 수현에게 번쩍 들려져 인형처럼 휘둘리기도 했다. 그가 움직이는 대로 퍽퍽 부딪치는 살과 살의 내음을 맡으며 정신이 아득해졌다가 정기를 전해주는 것 같은 뜨거운 입맞춤에 다시 정신을 차리기도 했다. 그런가 하면 지지 않겠다는 듯 단 한 번도 해보지 않았던 오럴을 시도해 수현을 기겁하게 만들기도 했다. 이미 늠름하게 서 있는 그의 남성을 입안에 넣고, 맨들맨들한 귀두를 혀로 쓸면서 그가 짐승처럼 신음하게 만들었다.

단 한 번도 경험해보지 않았고, 심지어 본 적도 없었지만 하는 것은 어렵지 않았다. 본능적으로 무얼 해야 할지, 어디를 어떻게 잡고 어떻게 빨고 어떻게 핥고 어떻게 사랑해야 하는지 알 수 있었다. 어떻게 하면 그가 아플지, 그럼에도 불구하고 좋을지, 미쳐버릴 것같이 몰아붙여 그녀 안으로 폭발하게 만들지 어쩐지 알고 있었다.

마치 여자로 태어나면서부터 유전자에 각인이 되어 있는 것처럼.

"아흑!"

몇 번이고 자세를 바꿔가며, 더 이상은 못하겠다고, 이제는 한계라고 생각해놓고 다시 일으켜 세워지면 죽을 것같이 달라붙게 되었다. 이것이 무엇인지 알 수가 없었다. 이런 힘이 어떻게 자신 안에 있는 건지 두 사람 모두 이해할 수 없었다.

그저 서로를 원했다.

가장 원시적이고,

가장 본능적이며,

가장 야만적인 방법으로,

서로를 원했다.

질척하고 긴 밤이 지나고 있었다.

그리고 그 밤이 마침내 끝났을 때, 두 사람은 망연히 천장에 시선을 두고 있었다. 두 사람 다 얼마나 그 상태로 있었는지 몰랐다. 어쩌면 서로가 옆에 있다는 사실마저도 모르는 건지도 몰랐다.

두 사람 다 자신이 저지른 일에 놀라는 중이었다.

먼저 정신을 차린 것은 수현이었다. 그는 몸을 일으키다

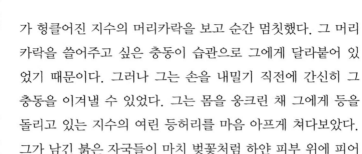

가 헝클어진 지수의 머리카락을 보고 순간 멈칫했다. 그 머리카락을 쓸어주고 싶은 충동이 습관으로 그에게 달라붙어 있었기 때문이다. 그러나 그는 손을 내밀기 직전에 간신히 그 충동을 이겨낼 수 있었다. 그는 몸을 웅크린 채 그에게 등을 돌리고 있는 지수의 여린 등허리를 마음 아프게 쳐다보았다. 그가 남긴 붉은 자국들이 마치 벚꽃처럼 하얀 피부 위에 피어 있었다.

"고소해요."

수현이 무겁게 말했다. 그러고는 옷을 챙겨가지고 나가버렸다. 뒤도 돌아보지 않고.

지수는 수현이 나가는 소리를 듣고 나서야 몸을 일으켰다. 어깨부터 시작해서 척추를 따라 지끈, 하고 통증이 느껴졌다. 아픔을 참으며 휴대전화를 집어 들자 시간은 새벽 4시를 가리키고 있었다. 몇 번이나 했더라? 한 번, 두 번, 세 번, 네 번……. 다섯 번까지 세고 나서는 셀 기운도 없었다. 그냥 그가 그녀의 안에서 폭발하는 것을 감내하는 수밖에 다른 도리가 없었다.

이럴 수도 있었던 거구나.

허탈하게 생각하던 지수가 고개를 숙인 채 머리를 쓸어 넘기면서 키득 웃었다. 온몸이 부서질 것같이 아픈데, 뭔가 우습기도 했다. 이런 걸 수도 있구나. 이렇게 끝날 수도 있구나.

왜 이렇게 되어버렸을까?

지수는 멍하게 생각했다.

왜냐면, 지수가 수현을 좋아했기 때문이다. 바보처럼, 그냥 가볍게 시작한 관계에 진심이 되어버려서는 못된 말을 지껄였기 때문이다.

눈물이 툭 하고 떨어져 내렸다.

"어?"

낯선 기분으로 지수는 손바닥에 떨어지는 눈물을 바라보았다. 뚝뚝 떨어지는 눈물이 남의 일인 양 낯설었다. 분명 그녀는 웃고 있는데 왜 눈에서는 눈물이 날까? 눈물샘이 고장나기라도 한 걸까? 솔직히 왜 우는지도 잘 모르겠다.

"흐……."

얼굴을 가리고 흐느끼던 지수의 입에서 웃음의 끝자락이 비집고 나왔다. 어떻게 웃으면서 울 수 있는지 알 것 같았다. 웃는 게 웃는 게 아니기 때문이었다. 그녀는 지금 비웃고 있었다. 지수는 스스로를 비웃었다.

믿어지지 않게도, 오늘의 섹스마저도 좋았다. 한계까지 몰아붙여지면서도, 정말 몇 번이고 정신을 놓칠 만큼 아득해진 게 한두 번이 아닌데도 그만두고 싶지 않았다.

지금까지와는 전혀 다른, 사랑이라고는 느껴지지 않는 섹스였는데도 수현과 닿았다는 사실이, 수현이 그녀의 안에 있다는 사실이 좋았다. 보이콧을 했던 지난 며칠 동안 지수가 수현을 얼마나 그리워했는지 아무도 모를 것이다.

이상한 나라의 가정부

모르겠다. 왜 이렇게까지 이수현을 원하게 되어버렸는지.

침대 위에 모로 누운 채 지수는 울다가 웃었다. 웃다가 울고, 다시 웃었다. 머릿속은 텅 비어 있는데 그냥 자꾸 웃음이 나왔고, 또 자꾸 눈물이 나왔다.

그러던 그녀가 갑자기 벌떡 일어난 것은 새벽 5시경이었다. 그녀는 컴퓨터 앞에 앉아 마우스를 흔들어 컴퓨터를 수면 모드에서 깨우고 한글 파일을 열었다.

미친 소리 같지만, 이 순간 그녀는 글을 쓸 수 있을 것 같았다.

마지막을 쓸 수 없었다.

은채가, 어째서 그 남자를 잊지 못하는지 왜 두고 떠나지 못하는지를 쓸 수가 없었다. 남자는 은채를 사랑하지 않았고, 은채는 남자를 거의 이해하지 못했다. 잘 알지도 못하는 남자였다. 은채는 남자가 어디서 태어나서 무얼 했고, 어떻게 살아왔는지 전혀 몰랐다. 그녀가 아는 거라고는 남자가 어떤 영화배우를 좋아하고, 어떤 음식을 좋아하는지 정도였다. 그런데도 은채는 남자를 사랑했다. 잊지 못했다. 떠나지 못했다.

그것이 바로 사랑의 불합리한 점이라는 것을, 지금이라면 쓸 수 있을 것 같았다.

모든 것을 잃은 순간에야 사랑을 깨닫는다는 것은 역설이다. 그러나 은채는 그랬다. 더 이상 아무런 가능성도 남아 있지 않은 그 순간, 가능성이 남아 있지 않기 때문에 바로 그녀는 그녀가 그를 사랑한다는 사실을 알 수 있었다. 그럼에도 불구하고 사랑이 사라지지 않기에, 은채는 그녀의 사랑이 진짜라는 것을 알 수 있었다. 가능성이 없는데도 여전히 그 자리에 있었으므로.

울면서 타자를 치면서 지수는 또 울었다.

만일 지금이라도 달려가서 수현 앞에 무릎 꿇고 사랑을 애원하면 그 사랑을 얻을 수 있을까? 아무 일 없다는 듯이 어제로, 아니 일주일 전으로 돌아갈 수 있을까? 지수도 아무것도 모르는 채로.

그것은 비극이었다. 사랑을 깨닫는 순간, 은채는 자신이 비참해질 것이라는 것을 알 수 있었다. 평생. 그녀는 그를 잊지 못할 것이다.

안 될 거다. 그럴 수 있는 문제가 아니었다. 권지수는 무례했고, 상처를 주었다. 세상에서 가장 비겁한 방식으로 수현을 공격하고 증오를 겨눴다. 수현이 어떤 사람인가는 여기서 중요하지 않았다. 수현에 대한 그녀의 실망은 그의 책임이 아니었다.

지금 지수가 생각해야만 하는 것은 그녀 자신의 사랑이었다. 그녀는 수현을 사랑하고 있으면서도 그에게 증오를 겨눴다. 무엇보다 지수는 죽어도, 죽었다 깨어나도, 수현이 다른 여자에게도 웃어주었다는 걸 용납할 수가 없을 것이다. 그 여자가 자신과 같은 입장이라는 걸 인정하면 안 됐다. 그러면 지금 지수가 가지고 있는 감정이 비참해지니까. 아무것도 아닌 게 되어버리니까.

　그러니까 이제 끝.

　그렇게 간단하게.

　이렇게 쉽게 끝나는 일이었다.

　마음이 어긋나는 것만으로도.

　웃긴 일이다.

　언제나 사랑에 시니컬했던 권지수가 부정할 수 없이 사랑을 인정하는 게 바로 이런 순간이라는 것은.

　사랑해서, 끝이다.

사랑하기 때문에 멈춰야 하는 일은……, 실제로 존재했다.

11. 계약종료

    윤 비서의 출근시간은 오전 7시 30분이다. 정식 출근시간이야 다른 사원들과 다름없이 9시지만, 최근 수현이 8시에 출근하면서 자연스럽게 윤 비서의 출근시간도 앞당겨졌다.

    힘들지 않느냐고 하면 물론 힘들지만, 수현만큼 좋은 상사도 드물고 '더 헬퍼'만큼 괜찮은 회사도 드물다. 이 정도는 감내해야 하는 것이다. 윤 비서는 꽤나 즐겁게 일하는 중이었다.

    오전 7시 30분, 자리에 앉았던 윤 비서는 문득 대표실에 불이 켜져 있는 것을 발견했다.

    "대표님이 어제 불을 안 끄고 가셨나?"

    가끔 밤에 와서 서류를 확인하는 수현의 습성을 알기에 윤 비서는 고개를 갸웃거리면서도 대표실로 가서 문을 열었다. 그러고는 깜짝 놀랐다. 수현이 시트에 몸을 기대서 천장을 쏘아보고 있었던 것이다. 특이사항은 윤 비서가 문을 열었는데도 그가 미동도 안 했다는 것이다. 자고 있는 것도 아닌데 수현으로서는 처음 있는 일이다. 과할 정도로 예의 바르다는 평가를 받고 있는 그는 위아래 할 것 없이 늘 먼저 아는 척을 하고 편하게 대하는 바른생활 맨이었다.

"대표님?"

어쩔 줄 모르고 윤 비서가 수현을 불렀다. 하지만 그는 여전히 미동도 않았다. 가라앉은 공기는 마치 추를 달아놓은 것처럼 무거웠다.

"미안한데, 내가 좀 혼자 있고 싶은데."

한참 사이를 두고 날아온 수현의 목소리는 바짝 잠겨 있었다.

"예, 대표님."

윤 비서는 얼른 대답하고 문을 닫았다.

"우와, 심장이 목구멍으로 튀어나오는 줄 알았네."

잽싸게 자리로 돌아온 윤 비서는 사장실을 흘깃 바라보며 가슴을 쓸어내렸다. 언제나 상냥하게 웃는 수현인지라 직원들 사이에서는 '보살'로 통하지만 그가 보기만큼 성격이 유한 사람이 아니라는 것은 가장 가까이서 모시는 윤 비서만 알 수 있는 은밀한 즐거움이었다.

일단 정말 유한 사람은 누구에게나 상냥하게 굴 수도 없는 것이다. 그가 아무에게도 화내거나 무너진 모습을 보이지 않는다는 사실 자체가 그가 얼마나 무서운 사람인지를 보여주는 것이다.

"뭐지? 무슨 일이야?"

암만 머리를 굴려봐도 떠오르는 게 없었다.

이것도 문제다. 그래도 나름 최측근이라면 최측근이라 할 수 있는 그녀인데도 대표의 문제에 대해서는 깜깜무소식이니 어쩌라는 건가?

입술을 비죽대던 윤 비서는 정해져 있는 아침 스케줄을 점검하기 시작했다. 어째 오늘은 수현이 아침 스케줄 전부를 펑크 낼 것 같은 예감이 들었다.

윤 비서의 예감은 정확히 들어맞았다.

수현은 대표실에서 꼼짝도 않았지만, 모든 스케줄을 취소시키고 사람들의 출입도 엄금했다. 그런 그의 돌출행동에 회사는 벌집을 쑤셔놓은 듯 시끄러웠다. 저마다 사람 좋은 이 대표에게 무슨 일이 있었나 추측하느라 바빴다. 윤 비서 역시 덩달아 문의하는 사람들에게 시달렸지만 알아도 말 못해주는 게 아니라 몰라서 말 못해주는 거기에 차라리 마음은 편했다.

"우리 대표님 만나던 여자도 없었잖아?"

"내가 알기로는 없었어."

"저런 건 딱 여자문제인데, 내 레이더망에도 걸린 여자는 없단 말이지."

"나한테도 없어. 일단 우리 대표님은 시간이 없는걸."

"그건 그래. 이래저래 바쁜 사람이지. 어떻게 저렇게 사나 몰라. 여자 꽤나 후릴 인상인데."

"그건 인정."

윤 비서가 고개를 끄덕였다. 다른 건 모르지만 이수현은 외모만 보면 진짜 여자 많아 보이는 얼굴이었다. 단순히 잘생기고 그런 문제가 아니었다. 이건 좀 다른 문제다. 아무리 잘생겼더라도 여자를 잘 못 꼬실 것 같은 남자가 있는가 하면 수현은……. 맘만 먹으면 세상 여자 다 가질 것처럼 보이는 얼굴이었다.

"그래서 말이지만 게이라는 소문도 있는 거 알아?"

"에엑? 전혀 아니다."

"진짜? 확실해?"

"아니, 뭐 확인해본 건 아니지만 느낌이 아니잖아."

"너무 완벽한 남자는 게이로 의심하라고 하더라고. 완벽한데 여자가 없으면 더더욱 게이로 의심해야 하고."

"그런데 우리 대표님은 남자고 여자고 데이트할 시간이 없다니까?"

이야기가 다시 원론으로 돌아갔다. 회사 내의 가십 걸이자 수다스러운 여직원은 결국 사건을 해결하지 못한 코난 같은 표정을 지으며 자리로 돌아갔다. 그다음은 회사 내 역학관계에 관심이 많은 이 부장이었다.

"회사에 문제 있는 거 아니야?"

"제가 알기로는 없는데요."

"대표실로 들어가는 서류, 자네가 다 보는 거 맞지?"

"그렇죠, 뭐. 하지만 실적 보고한 지도 얼마 안 되었고……, 그때 계셔서 아시잖아요. 회사 성장세가 파죽지세인 거. 굳이 일이 있다면 해외로 진출하는 건인데 그건 이 부장님이 진행하시는 일 아니에요?"

"맞아. 그것도 아주 잘되고 있어. 대박이 코앞이야."

"그럼 문제가 있는 건 아니죠. 믿으세요. 회사는 아주 잘 굴러가고 있답니다."

이 부장이 다녀간 다음에는 수현의 개인사에 대해 조금은 알고 있는 조 차장이었다. 조 차장은 딱 하나만 물었다.

"할머니가 이긴 건 아니겠지?"

이용화 작가의 소망대로 수현이 회사를 때려치우고 글을 쓰기로 한 게 아니냐는 질문이다. 모르는 사람이 더 많은 화두지만 창업 이후, 가장 중요한 화두 중 하나였다. 이수현의 마음이 바뀌는 순간 이 회사는 공중에 떠버리게 될 테니까.

불안한 조 차장의 물음에 윤 비서가 고개를 저었다.

"아닐걸요."

아무리 생각해도 이수현이 작가라는 건 어울리지 않았다. 핏줄이 아무리 그렇다고 해도 말이다. 무엇보다 이수현은 그렇게 갈대 같은 사람이 아니었다. 누가 어떻게 조른다고 해도 그가 생각하기에 아닌 일은 아닌 일이었다.

그렇게 수현의 이상 징후에 대한 사람들의 관심이 파도처럼 밀려왔다 간 후에야 윤 비서는 한숨 돌릴 수 있었다. 그러나 다녀갈 사람은 다 다녀갔다며 방심하고 있을 때였다.

"저, 윤 비서님."

컴플레인 부서의 직원 하나가 다가와 모기소리 같은 목소리로 윤 비서를 불렀다.

"예?"

발을 죄고 있는 하이힐을 막 벗어던질 참인지라 다소 딱딱하게 권위적으로 되물었더니 직원은 금세 당황해서 얼굴에 홍조를 띄우고는 쩔쩔매기 시작했다.

"그게……. 계약해지 건이 있는데요."

"계약해지요? 정당한 사유가 있다면 계약해지는 부서 내에서 해결하면 되는데요."

"그게 S클래스 고객님이셔서요."

"네에?"

느슨하게 의자에 기대어 있던 윤 비서가 자세를 바로 했다. S클래스에서 들어온 최초의 컴플레인이다. 하지만 그럴 리가 없다.

"어떤 고객님이시죠?"

"3274280 고객님이세요. 그것도 위약금을 다 물고 해지하겠다고 하셔서 제가 어떻게 할 수가 없어요."

"3274280? 고객 파일 좀 줘보세요."

"아, 그게……."

직원의 얼굴이 울상이 되었다.

"파일이 없어요. 찾아봤는데 어떻게 된 건지……. 제가 분명히 제대로 관리했는데 말이에요."

"파일이 없다고요?"

윤 비서가 눈살을 찡그렸다. 윤 비서가 알기로 현재 파일이 없는 고객은 둘이었다. 어제 대표가 가지고 가겠다고 했던, 대표가 담당하고 있는……, 두 사람……. 오, 마이 갓!

자세를 바로 한 윤 비서는 크게 숨을 들이마셨다. 지금 대표가 죽을상을 하고 있는 것과 이 컴플레인이 상관있는 거라면, 문제가 생길 수도 있다. 대표가 직접 담당하고 있던 고객이다. S클래스와 회사방침 자체에 제동이 걸릴 수도 있는 사안인 것이다.

"아, 그 파일. 제가 가지고 있어요."

"네?"

직원이 눈을 휘둥그렇게 떴다. 수습하는 것에 불과했지만 윤 비서의 연기력은 상당했다. 속은 다 뒤집어지고 있었지만 그녀는 대수롭지 않게 사과하고 직원을 달랬다.

"미안해요. 말하는 걸 깜빡 잊었네요. 내가 좀 확인해보고 부를 테니까 일단 자리대기 하세요."

"그럼 고객님께는 뭐라고 말씀드릴까요? 다시 전화 드린다고 했는데요."

"내가 직접 하겠어요. 고객님 파일에 연락처 있으니까."

윤 비서는 직원의 왼쪽 가슴에 달려 있는 명찰을 확인했다.

"차세연 씨는 아무 걱정할 필요 없어요. 알겠죠?"

"예, 비서님."

이상한 나라의 가정부

안심한 표정으로 직원이 방긋 웃었다.

"그리고."

"예?"

윤 비서가 살짝 입술을 깨물었다 놓았다. 입단속을 시켜야 하는 순간이다.

"일단 이 컴플레인에 대해서는 차세연 씨만 알고 계세요."

"네? 일지에 적지 말고요?"

"오늘 중으로 해결이 될 테니까 그건 걱정하지 않아도 돼요. 현재 우리 회사에서 S클래스 헬퍼 문제가 정상화되지 않은 건 알고 있지요?"

"……네."

"회사 차원의 문제니까 차세연 씨의 협조 부탁해요."

"물론이에요. 비서님, 잘 알겠습니다."

직원이 다부지게 고개를 끄덕이고 돌아섰다. 그녀의 뒷모습을 보면서 윤 비서는 가볍게 한숨을 삼켰다.

다급하게 보이지 않기 위해 부러 약간 소일을 한 윤 비서가 부지런히 대표실로 쫓아 들어간 것은 15분이 땡 치는 순간이었다.

"대표님."

노크와 함께 대답을 듣지 않고 문을 열었다. 수현은 아까 새벽과 똑같은 자세로 미동도 않고 있었다. 틀린 그림 찾기를 하고 싶은 충동이 들 것 같은 그림이었다.

"오늘은 혼자 있고 싶다고 내가 말하지 않았…….."

"대표님께서 반드시 확인해주셔야 하는 문제가 있어서요."

천장에 뭔가 볼거리라도 있다는 듯이 천장을 노려보고 있던 수현이 비로소 고개를 움직여 윤 비서와 시선을 맞췄다. 늘 단정하던 머리카락이 약간 흐트러져 있었고, 말끔하던 턱선에 거뭇하게 수염이 돋아나 있었다. 밤새 여기서 이러고 있었음이 분명했다.

"3274280 고객님께서 계약해지 요청을 하셨습니다."

희미하게 수현의 시선이 움찔하고 흔들렸다. 윤 비서의 머릿속에서 빙고 버튼이 웽웽 울었다. 그러니까 지금 저기서 저러고 있는 게 3274280 고객 때문이라는 거지? 아쉬운 것은 고객 파일이 수현의 손에 있어 누군지, 무슨 일인지 확인할 수 없다는 것뿐이다.

"현재 원인을 규명하고 있습니다만…….."

"할 필요 없어요."

"네?"

"계약해지 해드리세요. 계약금 반환하고 헬퍼비도 모두 반환합니다. 그 손실은 내 구좌에서 메우고요."

"하지만 고객님께서는 위약금을 지불하시겠다고…….."

"내 쪽의 문제예요."

잠깐 허공을 짚었던 수현의 시선이 다시 천장으로 돌아갔다. 윤 비서도 저도 모르게 수현의 시선을 따라 천장을 한 번 쳐다봤다. 아무것도 없는 천장인데 뭘 저리 보고 있는 건지 모르겠다.

"하지만 그럴 경우 S클래스 헬퍼 파견 통계에 오점이 남게 됩니다."

"내 실수예요. 하지만 이것 역시 좋은 샘플이 되겠죠. 우리가 만들고자 하는 것은 오점 없는 통계가 아니라 보다 완벽한 시스템이니까, 일어나는 모든 일이 다 학습이 될 수 있을 거예요."

수현의 목소리는 착 가라앉아 있었지만 정신까지 놓은 것은 아니었다. 기운은 하나도 없어도 평소의 수현처럼 냉철한 판단이었다.

"그러면 환불조치 할까요?"

"예. 부탁해요."

무거운 한숨이 뒤따랐다. 윤 비서는 그런 수현을 잠시 바라보다가 인사를 하고 뒤돌아섰다.

이용화 여사는 눈을 가늘게 뜬 채 발코니에 앉아 난간에 팔을 기댄 채 멍하니 정원의 낙조를 바라보고 있는 손자의 뒷모습을 바라보았다. 12시에 왔을 때부터 영 산만해 보인다 했더니 5시가 넘었는데도 갈 생각을 않고 청승을 떨고 있는 꼴이 심상치 않았다.

"……하지만 정말 잘생기긴 했어."

붉은 놀에 물든 손자의 뒷모습을 보면서 이 여사는 흐뭇하게 웃었다. 가끔 부는 바람에 살랑이는 결 가는 머리카락도, 자로 잰 듯 반듯한 어깨와 날씬한 허리, 길고 잘빠진 다리까지…… 수현의 모습은 마치 한 폭의 그림 같았다.

책상에 앉아서 글을 쓰면 더할 나위 없이 근사한 그림이 될 터인데, 감수성이 모자라는 것도 아니고 돈벌이에 눈이 멀어서 글 알기를 우습게 여기는 것은 퍽이나 못마땅했지만, 그것과는 별개로 볼 때마다 뿌듯한 건 어쩔 수가 없었다.

"일 안 가?"

그림 속으로 걸어 들어간 이 여사가 수현 옆에다 의자를 끌어다 놓고 나란히 앉으며 물었다. 턱을 괴고 있던 수현이 슬쩍 이 여사를 보고 다시 시선을 정원으로 옮겼다. 연못 위에 저녁 햇살이 부서져 보석 백만 개가 반짝이는 것처럼 수면이 빛나고 있다.

"안 가요."

"안 가?"

알고 있던 바였지만 수현의 입에서 들으니 뭔가 더 재미있어 이용화 여사는 배를 잡고 웃었다. 그러나 그렇게 대놓고 웃으면 한마디 치고 들어오곤 했던 수현은 오히려 반응이 없었다.

"내가 오후 시간을 안 비워줘서 삐졌어?"

"그런 거 아니에요."

"그럼 내 잘못은 아니네?"

"세상이 다 할머니를 중심으로 돌아가겠어요?"

"그런데 왜 그렇게 입을 내밀고 있누."

이 여사가 툭 하고 수현의 어깨를 건드렸다. 수현이 슬쩍 옆에 앉은 이 여사를 내려다보고 가볍게 한숨을 토해냈다.

"그냥 여자는 시보다 더 어려운 거 같아요."

"그럼 넌 시도 꽤 잘 쓰겠구나. 나는 네가 여자를 꽤 잘 다룬다고 생각했거든."

"저도 그런 줄 알았어요."

"그런데 아니야? 맘대로 안 돼?"

수현은 대답하지 않았다. 하지만 대답하지 않는 것도 대답이었다.

"잘됐네. 이제 글이나 써."

"제가 하던 일이 그것만 있는 줄 아세요?"

"그럼 관두든가."

제법 심각했던가? 하고 이 여사는 손자의 눈치를 슬쩍 보았다.

딸아이를 일찍 보내고 어릴 때부터 끼고 키워서인가 오히려 자식들보다 더 자식 같은 느낌이 드는 손자였다. 자기관리가 철저하고 얄밉도록 저 하고 싶은 대로 하는 것이 못마땅할 때도 있었지만, 달리 생각하면 남자다워 자랑스럽기도 한 손자였다. 이렇게 기운이 빠져서 꼬리 늘어뜨린 강아지처럼 하고 있는 꼴은 처음 본다 싶다.

"계약 종료된 게 그렇게 김새는 일이었어?"

"그런 게 아니래도요."

"그럼? 제법 큰 돈인데 다 필요 없다 그만둬라 하니까 충격이었어? 그렇게 싫은가, 이런 생각 들어?"

"아니에요."

대답하던 수현이 문득 말을 멈추고는 고개를 돌려 이용화 여사를 바라보았다. 왜? 하고 눈썹을 치켜 올린 그녀를 한참 동안 보고 있던 수현은 이내 다시 정원 쪽으로 시선을 돌렸다. 뭔가 생각하는 눈치였다.

"왜애?"

"아니에요."

"만날 뭐가 아니누."

툴툴거리던 이용화 여사가 부르르 어깨를 떨었다. 세월이 살 같다더니 정말 그랬다. 눈을 감았다 뜨면 계절이 바뀌어 있었다. 어제까지 가을 정원이었던 것이 오늘은 영락없는 겨울 정원이었다.

"옷 갖다 드려요?"

이용화 여사 쪽을 보지 않은 채로 수현이 물었다. 추운데 귀찮게 굴지 말고 들어가라는 소리였다. 하지만 그런다고 들어갈 이 여사가 아니었다.

"응. 옷장에 있는 두꺼운 패딩으로 갖다 줘. 담요도 주고."

짧게 한숨을 끊어낸 수현이 집안으로 들어갔다. 그 뒷모습을 보던 이 여사가 주섬주섬 일어나 따라 들어갔다.

"이수현, 나 차 한 잔 줘."

이상한 나라의 가정부

패딩을 가지고 나오던 수현이 문을 꼭꼭 닫아걸고 들어온 이 여사를 확인하고는 이럴 줄 알았다며 패딩을 툭 던졌다. 그러고는 성큼 다가와 왼팔을 세워 시계를 이 여사 쪽으로 향하게 했다.

"지금은 업무시간 외인데요."

"어차피 백수라며. 내가 저녁 시간도 고용할까?"

"2.8배예요. 계약서 작성하면 차 드릴게요."

눈을 뾰족하게 뜨고 수현을 째려보던 이용화 여사가 냅다 그의 뒤통수를 갈겼다. 기가 막혀 그녀를 쳐다보는 수현에게 이용화 여사가 턱을 치켜들었다.

"뭘 봐? 이 자식아? 차도 안 줄 거면 넌 지금 내 손자지 헬퍼가 아니야. 내가 손자 뒤통수 좀 때렸다고 경찰 부를래?"

이 여사를 노려보던 수현이 한숨을 내쉬고 소파에 주저앉았다.

"저녁 먹고 갈래요."

"네가 차리는 거지?"

"……네."

"혹시 글 쓰고 싶으면 내 원고지는 두 번째 서랍에 있어."

"요즘 누가 원고지에 글을 써요?"

"나."

"그러네요."

피식 웃은 수현이 벌렁 드러누워 눈을 감았다. 만사 다 귀찮았다.

"좀 자고 밥 차릴게요. 배고프신 거 아니죠?"

"고파."

"좀 참으세요."

"무슨 헬퍼가 이래?"

"고용 외 시간이니까 지금 전 헬퍼가 아니라 손자거든요. 손자가 할머니 밥 드리는 걸 좀 미뤘다고 경찰 부르실래요?"

"고얀 놈."

킥킥 낮게 웃은 수현이 아예 이용화 여사에게 등을 돌려 버렸다.

글을 쓸 생각은 없지만 눈을 감고 있으면 마음에 어떤 울림이 있긴 했다. 그 울림은 마치 빗소리 같았다.

가로등도 없는 검은 밤, 빈 땅을 두드리는 빗소리. 아무도 없는 빈 땅에 울리는 빗소리는 누구를 그리워해 그렇게 처연하고 참담할까?

효선은 종이컵에 탄 믹스커피를 홀짝 들이마셨다. 그녀의 취향은 조금 더 깔끔하고 고집스럽지만, 정신없이 돌아가는 출판사의 5평 남짓한 그녀의 사무실에서 마실 수 있는 건 믹스커피가 전부다. 탕비실로 가면야 원두커피가 준비되어 있지만 아침에 올려놓아 점심만 지나도 한약 뻴이 나는 그 커피는 차라리 마시지 않느니만 못했다.

효선은 눈앞에 앉아 있는 지수를 흘깃 보았다. 그녀가 지수를 알아온 건 거의 5년이 넘는다. 아직 작가라고 부르기 거

시기했던 초짜시절, 계약이 뭔지 마감이 뭔지도 모르고 어리바리했던 권지수, 한번 삘 받으면 정신없이 써 젖히는 권지수, 얼마 전 작가 5년 차에 드디어 처음으로 한계를 느끼고 슬럼프를 겪던 권지수를 효선은 모두 알고 있었다.

하지만 이렇게 눈이 부은 모습은 처음이었다. 눈이 부은 게 문제가 아니라 얼굴 전체가 다 부었다. 여느 때와 다름없는 날씬한 팔과 다리가 아니었다면 효선은 지수가 10킬로그램 쯤 늘어난 것이 아닌가 의심했을 것이다.

"지수 씨, 지하철 타고 왔어?"

조심스럽게 눈치를 보며 묻자 죄지은 사람처럼 고개를 숙이고 있던 지수가 조그맣게 '네…….' 하고 대답했다. 효선은 오늘 같은 지하철 탄 사람들 재미있는 구경을 했겠군 싶어졌다. 지수가 얼굴이 잘 알려진 작가는 아니지만 사진이나 안 찍혔으면 다행인데, 하는 쓸데없는 걱정도 들었다.

지수의 얼굴은 마감 기한을 일주일이나 당겨서 원고를 보낸 사람의 얼굴이 아니었다. 심지어 오늘은 글이 기똥차게 빠진 기념으로 효선이 한턱 쏘기로 한 날이다. 평소에 맛있는 거 먹는 걸 자는 것만큼이나 좋아하는 지수로서는 얼굴에 함박웃음을 짓고 있는 게 옳았다.

"컨디션 안 좋아? 나중에 다시 올래? 내가 데려다줄까?"

"아니에요. 배고파요. 맛있는 거 먹을래요."

아까부터 눈도 마주치지 않으면서 대답은 잘도 한다.

얼굴은 부어 있지만 오히려 몸은 좀 빠진 게 아닌가 하는 생각이 든 건 그때였다. 짚 업 트레이닝 사이로 보이는 쇄골이 평소보다 좀 더 여위어 보였다. 아니, 어디가 아픈 걸지도 모른다. 얼굴색은 창백하고 피부에……, 웬 반점이 있지?

"자기 어디 아팠니?"

"아뇨."

"그런데 이거…….."

눈살을 찌푸리며 효선이 팔을 뻗어 지수의 쇄골 근처에 붉은 반점을 가리켰다. 거의 사라지긴 했지만 아직도 새끼손가락 한 마디만 한 붉은 반점이 여러 개 남아 있었다. 어디선가 많이 본 듯한……, 반점……인데…….

"아! 이건!"

순식간에 지수의 얼굴이 달아오르며 그녀가 짚 업을 끝까지 채워 올렸다. 얼굴이 빨개지며 화장으로 가렸던 목 근처의 얼룩도 드러났다.

깨달음은 순식간이었다.

"지수 씨 남자 만나?"

깜짝 놀라서 효선이 물었다.

효선이 놀란 것은 지수가 남자를 만난다는 사실 때문만은 아니었다. 사실 지수는 남자에게 은근히 인기가 있는 타입이었다. 그녀가 출판사에 처음 방문한 날, 남자직원들끼리 수군거리는 이야기는 가관도 아니었다. 은근히 섹시한 타입이라는 둥, 색기가 있다는 둥, 같은 성(性)인 효선으로서는 잘 이해할 수 없는 부분이었다. 효선의 눈에 지수는 그냥 털털하고 조금은 귀여운 평범한 여자였다. 하지만 효선은 알 수 없는 '무언가'가 지수에게 있다는 것을 알게 되는 데는 오랜 시간이 걸리지 않았다.

지수를 좋아하는 남자는 참 많았다. 담담한 쪽은 지수였다. 그녀는 남자가 필요하지 않은 여자 중 하나였음이 분명하다. 하기야 남자들, 참 재미없긴 했다.

즐길 만큼은 즐기고 있지만 효선은 단 한 번도 '남자의 필요성'을 실감한 적이 없다. 섹스가 고플 때를 제외하고 말이다. 아니 어쩌면 그럴 때조차, 가끔은 혼자 즐기는 게 더 쉽고 간편하지 않나 싶었다.

지수는 그런 효선과 닮은 것 같았다. 언젠가 한번 술을 마시면서 그들은 그들에게 필요한 것은 '남편'이 아닌 '아내'라고 합의를 보았다. 맛있는 밥과 청결한 집을 제공하고, 제멋대로인 그들을 꼼짝 못 하게 잡아주며, 예민한 그들의 신경을 다독거려줄 다정하고 상냥한 아내 말이다.

안타깝게도 효선과 지수는 이성애자였다. 그리고 남자 중에는 그런 사람 없을 것이다. 요즘에는 여자 중에도 없다니까.

그러므로 두 사람 모두 남자에게 빠지는 일은 없을 거라고 생각했다. 그런데 이렇게 얼굴이 팅팅 붓도록 운 것이……, 남자 때문이라고?

"와앙!"

울먹울먹 얼굴을 씰룩대며 버티고 있던 지수가 마침내 큰 소리를 울음을 터트렸다. 두 손으로 얼굴을 가리면서 허리를 굽힌 채 대성통곡 모드에 들어간 지수를 보고 사레가 들린 효선이 가슴을 두드리며 주변의 눈치를 보았다. 열린 문 너머로 다른 직원들이 이게 무슨 일인가 효선의 사무실 쪽을 힐끔거리고 있었다.

잽싸게 일어나서 사무실 문을 닫은 효선은 천천히 돌아와 펑펑 울고 있는 지수의 옆자리에 앉았다.

"자기, 남들이 보면 내가 자기를 쪼는 줄 알겠어. 글 나쁘게 나왔다고 이상한 소문 나. 이렇게 울지 마."

"죄송……해요. 요즘 이상하게……. 끅! 계속 눈물이……, 끅! 나요……."

얼굴에 눈물이 흥건했다. 이렇게 우니 눈만 아니라 얼굴 전체가 붓지, 하고 효선은 얼굴을 찡그렸다. 티슈를 뜯어서 건넸지만 이 정도로 될 문제가 아닌 것 같았다.

"도대체 무슨 일이니? 나 진짜 깜짝 놀랐어."

지수의 등을 두덕거리던 효선이 멈칫했다.

"잠깐. 어쩐지 이번엔 감수성이 평소와 좀 다르다 했더니. 자기 나한테 이야기도 안 하고 연애하고 있었어? 연애 때문에 그……."

문장은 여전했다. 이야기의 전개도 담백하고 군더더기가 없는 것이 권지수다웠다. 다만, 주인공의 감정 선이 달랐다. 뭔가 조금 더 설레고 조금 더 따뜻했다. 그리고 절망스러웠다. 항상 시크하고 무심한 듯한데 희한하게 어리바리한 지수의 캐릭터와는 조금 다른 인물이었다. 지수가 자기답지 않은 여자주인공을 써보겠다고 말한 상태였기 때문에 그래서라고만 생각했다.

> 은채는 중독이란 격렬하고 자기 파괴적인 프로세스라고 생각했다. 멈출 수 없다는 것 자체가 지독히도 악마적이다. 하지만 바로 그렇기에, 중독이 사랑스러울 수도 있다는 것을 은채는 마침내 깨달았다. 고통이 지독하기 때문에 사랑스럽다는 것……. 이 이율배반적인 감정이 은채를 괴롭히기도 했고, 기쁘게도 했다.
> 은채는 그를 사랑하는 거다.
> 그래서 그를 상처 입혔다.
> 그래서 그를……, 만날 수 없다.

"맙소사! 도대체 누구니? 그 난 놈은."

지수가 울먹이면서 눈물을 닦아냈다.

"저……. 홍차가 마시고 싶어요. 정말 맛있는 홍차요. 내가 아무리 잘 끓여도 같은……, 맛이……, 꼭! 안 나요……."

결국 지수는 또다시 울음을 터트렸다.

12. 누군가를 들여놓았던 빈자리에 대처하는 법

탕!

수현이 서류철로 책상을 후려치는 소리가 사무실을 갈랐다. 죽을상이 되어 그의 앞에 서 있던 조 차장이 움찔하고 어깨를 떨었다.

"그러니까 언제부터 할머니께 제 일거수일투족을 보고하신 거죠? 처음부터?"

날카롭게 묻는 수현은 머리끝까지 화가 나 있었다.

이상하게 생각하게 된 건 이용화 여사가 계약금을 물어주는 이야기를 꺼냈을 때였다. 백번 양보해 눈치 백단인 이 여사니까 수현의 이상행동으로 그가 지수에게 관심을 가진 것을 알게 되었다고 치고, 안 간다는 말에서 계약이 종료되었다는 걸 유추했다고 쳐도 지수가 돈을 다 물어줄 테니 그만두라고 한 것까지는 알 수가 없다. 그것은 상당히 드문 경우였으니까.

이건 추측이 아니라 알고 있다는 거였다.

그리고 S클래스의 정보에 접근할 수 있는 사람은 많지 않았으므로 정보원이 누군지 찾아내기까지는 오랜 시간이 필요하지 않았다.

"처음부터 할머니의 사람으로 내 곁에 있으셨던 겁니까?"

"그런 건 아니에요. 처음에는 사장님만 보고 이 일을 시작했던 겁니다. 아시잖습니까. 진짜 맨땅에 헤딩하는 일이었는데도 사장님만 믿었던 거요."

"저도 그런 줄 알았죠."

냉정하게 수현이 조 차장의 말을 잘랐다. 그의 표정에서는 금방이라도 얼음이 뚝뚝 떨어져 내릴 것 같았다.

"그런데 이 작가님께서 자꾸 사장님이 일선에서 물러나시기를 바라니까……."

"그래서 할머니께 저에 대한 보고를 다 하셨다고요?"

"그러면 적어도 실력행사는 하지 않겠다고 하셨으니까요."

"실력…… 행사요?"

비로소 수현의 목소리가 약간 누그러들었다.

"처음 S클래스 헬퍼들을 교육하고 내보낼 때 가장 반응이 좋은 집단은 예술가 집단이었습니다. 이후 입소문을 통해 강남의 부유층에도 진출했지만 처음에는 사실 과한 사치라는 지적이 많았어요. 그러던 것이 유명 연예인, 작가, 화가, 운

동선수들이 S클래스에 대한 만족을 표시하면서 문화로 자리 잡게 된 거죠."

계속 말해보라는 표시로 수현이 고개를 끄덕였다.

"그때 이 작가님이 만약 소문을 안 좋게 내거나 보이콧 하셨다면 회사가 이렇게 크기 어려웠을 겁니다. 그때의 성공이 지금의 성장세에 밑거름이 된 거나 마찬가지니까요."

"할머니가 조 차장님을 협박했다고요?"

조 차장이 시선을 내리깔았다. 직접적인 협박은 아니었다. 이용화 여사는 시인다운 은유를 사용했다. 하지만 결국 같은 이야기였다.

수현이 무겁게 한숨을 내쉬었다. 그는 들고 있던 서류철을 허무하게 내려놓았다. 그동안의 회사 입출금 통계, 세금납부 현황, 수현의 근태기록과 출장기록까지…… 정말 별 시시콜콜한 것 모두 이용화 여사의 귀로 흘러들어간 셈이었다. 별건 아니지만 기분 나쁘고 화가 났다. 못된 노친네라는 욕이 입술 사이를 비집고 튀어나오려고 시동을 걸었다.

그래서 한편으로는 조 차장이 이해가 갔다. 누구보다 이용화 여사를 잘 알고 있는 수현이었다. 이 여사가 작정하고 나섰을 때 막아설 수 있는 사람은 그리 많지 않다.

"그래도 조 차장님은 제게 말씀해주셨어야 했어요. 언제든, 어느 때든……. 설혹 늦었을 때라도."

"죄송합니다."

땀을 뻘뻘 흘리면서 조 차장이 이마를 훔쳤다. 아무리 난

방이 돌아가고 있다 해도 한겨울이건만 그는 얼굴까지 벌겋
게 달아올라 있었다.

"그게……. 사실 몇 번이나 말씀드리자 말씀드리자 생각
했는데 막상 입이 도무지 안 떨어져서요. 당연히 기분 나쁘실
거라 생각하기도 했지만 또 할머니시니까……. 괜찮지 않을
까 하고 변명이 되지 뭡니까? 정말 죄송합니다. 정말 죄송합
니다."

"일단 오늘은 여기까지 하죠. 처분은……, 좀 더 생각해보
겠습니다."

조 차장이 망연한 눈으로 수현을 바라보았다. 처분이라
니, 농담이겠지 하는 절박한 표정이었다.

"믿음이 깨졌어요. 생각할 시간이 필요해요."

수현은 그의 시선을 피해버렸다.

"할머니!"

수현이 손을 벌리며 언성을 높였다. 하지만 그런다고 꿈
쩍할 이용화 여사가 아니었다. 시간도 되지 않았는데 득달같
이 달려와 이야기 좀 하자고 눈을 시퍼렇게 뜰 때부터 이용화
여사는 조 차장이 걸렸다는 것을 눈치 챘다. 한창때라면 이미
나란히 서 낙조를 보던 그날 수현이 이용화 여사의 꼼수에 대
한 냄새를 맡았다는 걸 알았을 텐데, 역시 나이 들면 어쩔 수
없는 건지 그날은 깜깜 몰랐다가 첫눈이 내리고도 한참 지난
이제야 일이 터진 걸 알았으니 자랑할 건 못 되지만 말이다.

"내 손자 뭐 하나 궁금해서 알아본 걸로 뭐 그리 눈을 뾰 족하게 떠?"

"하셔도 되는 일이 있고 아닌 일이 있어요. 제 사람이잖아 요."

"네 사람은 네가 돈 준다고 네 사람이 되는 거더냐?"

"일단 돈이라도 줘야죠! 할머니는 아무것도 안 주면서 어 떻게 제 사람을 이렇게 함부로 쓰세요?"

"난 마음을 줬어, 이 자식아."

말도 안 되는 말로 우겨대는 이용화 여사를 보자니 수현 은 가슴이 터져나갈 것 같았다.

"그리고 너 이거 완전 히스테리로 보이는 거 알아?"

거기에 한술 더 떠 이 여사는 깐죽대기까지 했다. 머리가 좋은 사람이, 글발 있는 사람이 깐죽대겠다고 나서면 사람 숨 틀어막는 것은 일도 아니다.

"권지수인지 뭔지한테 차이고 나서부터 너 내내 시비 걸 일 없나 눈만 부라리잖아. 그러다가 옳거니 건수 하나 잡혔 다 이러고 들이받는 거 알겠는데 나이가 어린 것도 아니고 연애 가 끝나고 빈자리를 이따위로 채우는 거 쪼다 같아."

"할머니!"

"그리고 말은 바른 말이지. 이거 너도 한 짓 아니냐?"

"뭐라고요?"

기가 막혀 수현이 이를 악물었다. 할 말이 없어서 참는 건 아니었다. 이게 바로 격의 없는 조손(祖孫)의 함정이었다. 사이가 좋을 때는 격의 없이 할 말 못 할 말 다했지만, 이렇게 싸울 때는 이용화 여사는 할 말을 다했지만 수현은 그렇게까지는 할 수 없었다. 결국 이래서 아들이고 딸이고 짐 싸서 도망가는 거다 싶었다. 도무지 자제할 줄 모르는 이용화 여사가 아닌가.

"네가 권지수한테 한 짓은 다르다던? 지금 기분 나쁘냐? 그럼 그애도 사실을 알면 기분 나쁘겠지. 네가 자기 정체 깜깜 숨기고 들이댄 거 아니야?"

"그런 거 아니에요."

"그럼 왜 설명 안 했는데? 애당초 네가 회사 오너라는 거 밝혔으면 오해는 풀리는 거 아니었어?"

수현이 이용화 여사를 노려보았다. 어느 날 문득 기분이 내켜 비친 말을 이렇게 조합해내서 아프게 찌르고 들어올 줄 몰랐다. 촌철살인이라고 불리는 시를 쓰는 시인다웠다……고 하기에는 정말 열 받는다. 스파이질 해서 알아낸 사실로 사람을 쥐 잡듯이 잡다니.

"속이는 건 기분 나쁜 거야, 누구든지."

"그래서 제가 잘못했다는 걸로 할머니가 잘못한 게 정당화 될 거 같으세요?"

"물론 아니지."

희희낙락하게 이 여사가 담배를 입에 물었다. 그리고 탁탁 몇 번이나 손을 놓치면서 라이터를 켰다. 그녀는 아직도 고전적인 라이터를 고집하고 있었고, 잘 불이 안 붙을 때가 많은데도 악착같이 스스로 불을 붙였다.

화아, 하고 불이 일어나며 담배 끝이 빨갛게 달아올랐다가 까맣게 죽는 모습을 수현은 아찔한 얼굴로 바라보았다. 화가 머리끝까지 나서일까, 아니면 지수 이야기를 들어서일까? 자꾸만 어지러웠다.

"난 지금은 네가 이렇게 죽일 듯이 덤벼들지만 내일이면 또 일하러 올 거라는 말을 하고 싶은 거야."

"뭐라고요?"

"좀 불편하겠지만 그래도 있다 보면 또 잊어버리고 낄낄대기도 하고 딴소리도 하겠지. 잘못해도, 그냥 결국에는 이렇게 될 수밖에 없는 관계가 있어."

"진짜 노망났군요. 말의 논리가 엉망진창이에요."

"이 자식이!"

이 여사가 손에 들고 있던 라이터를 냅다 던졌다. 탁 하고 솜씨 좋게 라이터를 잡아챈 수현이 잠깐 허공을 노려보다가 라이터를 팽개쳤다. 애먼 라이터가 대리석 바닥에 부딪쳐 아작이 나며 사방팔방 파편을 튀겼다. 할머니 대신, 이라고 하기에는 살벌한 행동이었음에도 이 여사는 눈도 깜짝 안 했다.

"성질머리. 그렇게 화를 못 이기고 히스테리 부릴 바에는 그 여자한테 가서 사실대로 고백해. 어떻게 고백해야 좋을지 몰라서 놓지도 못하고 미련 떨고 있는 놈이 성질만 살아가지고선. 너 이렇게 지랄하는 거, 완전 쪼다 인증이야."

"말도 안 되는 소리 하지 마세요. 할머니 말은 다 궤변이에요."

수현이 돌아섰다. 그러고는 우당탕 거칠게 소리를 내며 신발을 신고 나가버렸다. 그 뒤로 이 여사가 쯧쯧 혀를 차고는 담배를 쭉 한 번 빨아 푸른 연기를 내뱉었다.

같은 시각, 지수는 미진의 집에 있었다. 두 여자는 집 안을 폭파 직전까지 몰아가고 나서야, 둘 다 요리에 소질이 없다는 걸 인정했다. 중국집에 전화해 깐풍기와 자장면, 해물짬뽕을 시키고 나서 초토화된 부엌을 쳐다보다가 반반 비용을 대 도우미를 부르기로 합의도 했다.

"너 진짜 저주받은 손이다. 어떻게 이렇게 요리를 못해? 여자 맞아?"

"남 말하네. 언니는 남자였어? 그리고 나한테 깐풍기를 만들어먹자고 한 사람은 언니야. 난 애당초 이런 걸 시도도 안 한다고. 난 산수를 잘해 분수를 알고, 국어를 잘해 주제파악을 하니까."

"TV에서 볼 때는 쉬워 보였단 말이야."

소파에 늘어지게 누운 미진이 한숨을 푹 내쉬었다. 그녀의 마감병은 요리욕구였다. 손을 움직이고 싶고, 단순노동을 하고 싶은 건 작가 공통의 욕구라고 보아도 무난한데 그중 하필 미진이 당기는 것이 요리라는 사실은 재앙에 가까웠다. 부엌이란 장소는 칼도 있고 가위도 있고 불도 있고 기름도 있는 굉장히 위험한 장소이기 때문이다.

방금만 해도 미진과 지수는 부엌 벽을 반쯤은 태워먹은 참이다.

　　"그리고 말이 나와서 말인데, 너 요즘 살도 쪽쪽 빠지고 표백제에 담근 옷마냥 축축 늘어지는 게 뭣 좀 해먹이고 싶어서 그랬지."

　　"그럼 잘하는 걸 해주지 그랬어."

　　"잘할 수 있을 것 같은 걸 한 거야."

　　잠시 두 여자는 서로를 마주 보면서 애도했다.

　　"사는 게 왜 이러냐."

　　지수가 한숨을 내쉬었다. 바닥에 대자로 누운 채 허탈한 표정으로 천장을 보고 있는 지수를 향해 몸을 돌려 누운 미진이 고개를 갸웃거렸다.

　　"그런데 진짜 너 왜 이렇게 컨디션이 안 좋아?"

　　"내가 뭐?"

　　"잠깐은 엄청 좋았다가 갑자기 바닥을 치는 거 같더니, 뭐 며칠 빌빌대다 말겠거니 했는데 영 회복을 못 하네. 글 잘 나왔다며? 퇴고만 남은 거 아니야?"

　　"몰라. 묻지 마."

　　"뭘 묻지 마? 강 편집이 완전 맘에 들어 하는 거 같던데."

　　"몰라. 묻지 마."

　　"네 이름은 뭐야?"

　　"몰라. 묻지……."

　　기계적으로 대답하던 지수가 고개를 돌려 부루퉁하게 미

진을 노려보았다. 키득거리며 손을 내저은 미진이 벌떡 일어나더니 작업실로 들어갔다 나와 지수의 옆에 앉았다.

"내가 진짜 엄마아빠한테도 안 주는 건데, 너를 진짜 아낀다."

"뭔 소리야?"

달칵달칵 소리가 났다. 올려다보니 미진이 엄지손가락만한 약통을 흔들고 있었다.

"그게 뭐야?"

"베터달링."

"아, 언니!"

질색하는 표정으로 지수가 등을 돌리고 누워버렸다. 미진이 그런 그녀의 어깨를 붙잡아 도로 자신을 보도록 만들었다.

"야, 넌 왜 이렇게 애가 귀가 얇아? 마약 아니라니까?"

"스피드, 엑스터시랑 비슷한 거라며? 그건 마약이잖아."

"솔직히 외국에서는 스피드, 엑스터시 다 하거든? 한때 살짝 약의 힘을 빌렸던 애들도 로펌에서 일하고 그러거든?"

"언니 드라마를 너무 많이 봤구나. 드라마에서는 돈 없어서 전세도 못 구하다가도 자고 일어나면 재벌 총수더라."

"그 말이 아니잖아. 넌 작가라는 애가 그렇게 꽉 막혀서 어떻게 해? 자, 봐봐."

미진이 늘어져 있는 지수의 팔을 끌어당겨 앉혔다. 반항하듯 도로 무너지려는 그녀의 어깨를 붙들어 마주 보고 앉힌 미진의 얼굴은 사뭇 진지했다.

"일단 네가 만약 불법이라서 고민하는 거라면 이건 아직 우리나라에서 불법이다 합법이다 결론이 안 난 약품이야. 미국에서도 신상이라고."

"그……."

"쉿! 그리고 만약 마약류라는 게 마음이 걸리는 거라면 커피나 담배도 다 마약류야. 술도 그런 거 알지? 문제는 중독이 되느냐 아니면 약효를 효과적으로 이용하느냐인 거지. 그런데 너처럼 단순한 애들인 선생님이 나쁘다고 했어요, 하면서 눈감고 귀막아버리는 거야. 봐라? 착한 사마리아 인의 예를 들어보자. 사마리아 인들은 유대인하고 사이가 더럽게 안 좋았어. 그래서 그들은 유대인이 죽든 말든 상관하지 말아야 한다는 게 자기들끼리의 불문율이었지. 하지만 착한 사마리아 인은 어땠니? 유대인이 강도를 당해 죽어가는 모습을 보고 제사장도 레위 인도 그냥 모르는 척 지나갔지만 그는 구해줬잖아. 바로 자신의 정의는 스스로가 정의해야 한다는 걸 알려주는 고사야."

어이가 없어 지수가 콧방귀를 끼었다. 누가 작가 아니랄까 봐 견강부회(牽强附會)가 몹시도 그럴싸했다.

"그리고 사람의 뇌에서 분비되는 세로토닌은 오랫동안 분비가 되지 않으면 더 이상 분비가 되지 않는 특성이 있어. 행복을 느끼는 데 지장이 생긴다는 거야. 안 그러면 왜 우울증 같은 정신적 문제에 약을 복용하겠어? 너처럼 침울해서 늘어져 있는 게 길어지면 안 좋단 말이야. 호르몬 적으로라도, 외부 힘을 빌려서라도, 상황을 반전시켜야 할 필요가 있다는 거야. 나는 일단 널 믿기 때문에 이 약을 주는 거야. 너는 이 약의 효과만 보고 부작용은 겪지 않을 만큼의 자제력이 있는 아이니까."

잠시 사이를 두고 미진이 멋쩍게 덧붙였다.

"네가 더 원한다고 해도 줄 수 없어. 아예 중독될 수가 없단 말이야. 나도 이제 열 알 정도밖에 안 남았는데 그중에 두 알을 너한테 주는 거거든."

지수가 미진을 쳐다보았다.

"한 알만 먹어봐. 그럼 적어도 잠깐은 머리가 빵 뚫리는 기분이 들 거고, 그러고 나면 기분이 더 나아질 거야. 끝 간 데 없이 우울하고 처질 때는 뭔가 전환점이 필요하다니까?"

지수는 허탈하게 웃기 시작했다. 머리가 빵 뚫린다는 말에 트라우마가 생겼나보다. 머리를 빵 뚫어주던, 약보다 더 좋았던 다른 약이 생각이 난다.

시간이 가도, 어떻게 이렇게 안 잊힐까?

하루가 지나고 이틀이 지나면, 그만큼 희미해져야 하는데 그렇게 되지가 않았다. 그저 매 순간 새로 생기는 기억처럼 그렇게 이수현은 생생해지기만 했다. 어이없는 일이었다. 그런 남자일 뿐인데, 헬퍼였고, 그저 그의 직업에 충실한, 그러니까 어떤 의미에서는 '상대를 돕는 일'에 충실한 남자일 뿐인데 지수는 그를 그렇게만 생각할 수가 없다.

사랑은 좋은 게 아니다. 사랑은 한 관계를 끝장낸다. '거기까지만'이라고 말할 수 없고 모든 걸 다 가지고 싶어지니까.

권지수는 사랑이라는 감정에 신물이 날 것 같았다.

"고마워."

미진의 손에서 약병을 받아들면서 지수는 가볍게 한숨을 삼켰다. 마약이든 불법이든 뭐라도 좋다. 이수현을 잊을 수 있다면, 이수현의 빈자리를 채울 수 있다면 그녀는 벌거벗고 광화문 광장이라도 뛰어다닐 것 같았다.

생각나는 것만으로 이렇게 괴로운 일이 있다니.

이용화 여사는 위풍당당하게 교보문고의 통로를 걸어갔다. 그녀는 머리에는 잘 어울리는 보라색 모자를 쓰고, 목에는 여우 한 마리를 감은 채 발끝까지 오는 감이 두꺼운 긴 검은 치마를 입고 있었다. 쓰고 있는 안경도 흔히 노인들이 애용하는 돋보기안경이나 다초점 안경 같은 것이 아니었다. 이 여사의 얼굴에 잘 어울리는, 엷게 갈색을 넣어 세련된 패션 안경이다.

하지만 사람들이 지나가는 이용화 여사를 돌아보는 것은 그녀의 패션 센스 때문은 아니었다. 그녀가 유명한 시인이라서도 아니었다. 어쩌면 둘 다 이유의 하나일 수는 있었다. 이용화 여사 자체의 당당하고 자기중심적인 행동이 뭔가 시선을 잡아끄는 것이다.

턱을 쳐든 채 노인답지 않은 걸음으로 행진하던 이 여사의 시선을 잡아끈 것은 신간 코너의 선전 문구였다.

[권지수 작가의 새로운 인사, '아무도 몰랐던 중독']
잊을 수 없는 사랑은 멀리 있지 않다.
우리는 누구나 절대로 잊을 수 없는 사람을 마음속에 품고 있
다.

"흐음."
이 여사가 눈을 가늘게 뜨고 선전 문구를 보다가 답답해
져서는 패션 안경을 벗고 돋보기안경을 꺼내 썼다. 스타일 구
기는 순간이었다. 이럴 때는 무척이나 드물다. 이 작가에 대
한 이 여사의 지대한 관심이 아니었다면 이 여사는 죽어도 노
인네 티를 내지 않았을 것이다.
"아무도……, 몰랐던 중독……이라."
잠깐 비판적으로 눈을 비스듬하게 뜨고 책을 째려보던 이
여사는 책 한 권을 집어 들고 휘리릭 넘겨보았다. 그러다가
책의 맨 앞을 펴 책날개를 살펴보았다.
"이 여자에게 그렇게 뻑이 갔단 말이지?"
사진상이라서 그런 걸까? 여자는 실물보다 평범해 보였
다. 실물은 그럭저럭 괜찮았는데, 사실 잘 꾸며놓으면 예쁘장
하고 매력적인 얼굴이었는데 사진으로 보기에는 평범하거나
그 이하인 것처럼 얼빵하게 보였다. 꼴을 보아하니 명색이 책
날개에 들어갈 사진을 찍는 건데 여자는 메이크업도 하지 않

고 머리도 손질하지 않은 모양이었다. 약간 헝클어진 머리에 아이처럼 말간 얼굴 그대로 어색하게 웃는 것이 전형적인 작가 소개 사진이었다.

"요령이 없는 애들은 뭘 해도 요령이 없지."

이 여사가 입을 비쭉였다.

생각해보면 홍녀도 은녀도 딸인데 꾸미는 즐거움은 없었다. 글 쓰는 여자들은 이렇게 다 투박한 건가 하고 생각하다 자신의 옷차림을 내려다보니 그것은 아닌 듯했다. 티나게 꾸미는 건 아니었지만 깔끔하고 센스있게 자기 자신을 단속하는 데는 게을러 본 적이 없는 그녀였다.

그런데 하필 손자놈이 꽂힌 여자도 이 모양이라니.

"뭐 꽂혔든 맺혔든 잘되어야 잘되나 보다 하는 거지만."

수현의 얼굴을 보면 잘되고 있지 않은 모양이었다. 제 어미를 닮아 자존심은 세고, 누굴 닮았는지 모르게 뻣뻣하고 무뚝뚝한 게 문제다. 그래도 예전과는 다르게 털어버리는 것 같지도 않은데 움직일 생각을 안 한다.

글을 안 쓸 거라면 증손자라도 보여줬으면 좋겠건만.

하여튼 맘에 안 찬다.

"여기!"

지나가던 아르바이트생이 이 여사의 우렁찬 목소리에 멈칫했다.

"이 늙은이가 힘이 들어서 말인데 이거 하나 계산해줄 수 있을까?"

"아, 할머니 계산대는 저쪽에 있……."

할머니라는 호칭에 이 여사의 눈꼬리가 사납게 올라갔다.

"고객님, 죄송합니다. 제가 해드릴게요."

기선을 제압당한 아르바이트생이 공손히 사죄하고 이 여사의 손에서 책을 받았다. 이 여사는 망설이는 기색도 없이 아르바이트생한테 카드를 넘겨주었다. 요즘처럼 신용사기가 판을 치는 세상이라 아르바이트생 입장에서는 곤란한 일이었으나 그러거나 말거나 이 여사의 문제는 아니었다.

"그런데 말이야."

아르바이트생이 잠시 난감한 표정을 짓다가 계산대 쪽을 향해 돌아섰을 때였다.

"이거 한 권 더 계산해봐."

"네?"

"선물하려고."

이 여사가 입꼬리를 쫙 당기면서 음흉하게 웃었다.

이 여사가 수현을 괴롭히느라 불러대는 거지 실상 이 여사의 집에는 할 일이 많은 편이 아니었다. 일이 손에 익지 않았을 때나 죽어났지 점점 요령이 생기면서 정원관리는 전문 인력들에게 맡기는 등 타협점을 찾았다. 솔직히 이용화 여사가 부러 수현을 괴롭히려고 일을 늘려서 그렇지, 그게 아니면 노인 혼자 사는 집이 많이 어질러질 이유가 없다.

요즘 수현이 주로 하는 일은 요리였다.

"제가 요리를 싫어했으면 어쩔 뻔하셨어요?"

수현이 면으로 연어의 기름기를 빼내며 한마디 했다. 식탁에 앉아 돋보기안경을 쓰고 책을 읽고 있던 이 여사가 천연덕스럽게 책을 한 장 넘기며 대꾸했다.

"오래 살았겠지."

"……."

"요리하면서 네가 괴로워하는 꼬라지를 보면 내가 엔돌핀이 팍팍 돌아서 좀 더 오래 살았을 거야."

"사디스트……."

코끝을 찡그리며 수현이 입안에서 중얼거렸다. 물론 들으라고 중얼거린 거다.

"오늘은 참치치즈 카나페와 브로콜리 스프, 연어야채 샐러드, 호밀빵 샌드위치예요. 밀크 티는 위에 무리가 가지 않는 걸로 달지 않게 만들었으니까 맘껏 드셔도 돼요."

"책 나왔더라."

"네?"

연어를 얇게 저며 내던 수현이 다음 순간 '악!' 하고 비명을 질렀다. 코끝에 달랑달랑 걸린 안경을 벗어 내리며 이 여사가 벌떡 일어났다.

"다친 게야?"

"아니요."

혀를 날름 내밀며 수현이 손을 보여주었다. 옴팡지게 속은 이 여사가 수현을 째려보았지만 이미 늦었다. 도로 자리에 앉으며 이 여사는 안경을 코에 올렸다.

"안 궁금해?"

"이번에는 진짜 손을 쓸 거예요."

귀엽지만 귀엽지 않은 협박에 이 여사가 불만스럽게 뺨을 씰룩였다. 하지만 이미 기선을 제압당한 다음이었다. 이 여사는 얌전히 다시 책을 보기 시작했다.

점심을 든 이 여사가 낮잠을 자는 사이, 부엌을 정리한 수현은 거실로 나왔다. 오후의 기분 좋은 느린 햇살이 거실 창을 가득 채우고 있었다. 창밖은 어제 내린 눈이 소복하게 쌓여 있는데, 거실에 담긴 햇살은 포근하니 봄날 같다.

가장 먼저 눈에 들어온 것은 이 여사가 보란 듯이 접어놓고 간 책의 앞면이었다. '아무도 몰랐던 중독' 흘림체로 되어 있는 글씨와 갈색 그러데이션이 잘 어울리는 표지가 그럴싸했다.

수현이 출간을 안 것은 예약판매가 뜨자 마자였다. 그때부터 오늘 이 순간까지 수현은 출간 축하 문자를 보낼까 말까 망설였다.

지수는 전액 환불 조건에 말없이 동의했다. 어떻게 되든 상관없다고 했다고 윤 비서는 전해 왔다. 수현에게는 전화 한 통 메시지 하나 남기지 않았다.

그런데도 수현은 지수에게 전화를 걸고 싶었다.

별별 핑계가 다 떠올랐다.

사과는 해야 하지 않을까. 출간 축하는 해도 되지 않을까. 혼자 사는 사람 아플 수도 있지 않을까.

하지만 다 핑계라는 것을 안다. 수현은 그냥 지수가 보고 싶은 거다.

처음 겪는 경험이었다. 수현은 본디 소심한 스타일이 아니었다. 사업을 하면서 칼만 안 들었지 다시는 안 볼 것처럼 멱살을 잡고 주먹다짐 한 사람도 있었지만 결국에는 다 잘 지냈다. 일정한 시간이 지나고 연락하는 건 항상 수현 쪽이었다. 그런데 왜 지수에게는 그렇게 안 될까? 왜, 그 누구에게보다 지수에게 연락하고 싶은데, 그럴 수 없을까? 스스로의 심리를 이해할 수 없었다.

그저 계속 마음속에서 빗소리가 났다.

수현은 책의 바로 앞에 앉아서 양쪽 무릎에 팔을 괸 채 책을 물끄러미 들여다보았다. 그렇게 고생해서 쓴 책인데, 생각보다는 얇았다. 쓰는 것만 봐서는 대하소설이 나오는 게 아닌가 싶었는데 그렇게 부단히 지우더니 많이도 지웠나 보다. ……이수현을 권지수의 인생에서 지운 것처럼. 어쩌면 권지수는 지우는 데 익숙한 인간인지도 모른다.

마치 책이 살아 있는 생명체라도 되는 것처럼 수현은 조심스럽게 책을 향해 손을 뻗었다. 책과의 거리가 8센티미터, 7센티미터, 6센티미터, 5센티미터, 4센티미터, 3센티미터, 2센티미터……. 손은 거기서 멈췄다. 2센티미터만 더 움직이면 만질 수 있는 그 거리에서.

이상한 나라의 가정부

수현은 불안하게 바동거리는 손을 주먹 쥐었다. 입안이 바짝 말랐다. 마치 그가 책을 만지면 지수가 알아버릴 것만 같은 느낌이다.

　결국 수현은 책을 집지 못하고 입맛을 다시며 허리를 일으켰다. 스스로가 바보스러웠다.

　초여름에 만나서 여름을 함께 보내고 가을에 헤어졌으니 오래 만난 건 아니었다. 그런데도 충격이 심했다. 금방 잊힐 거라고 생각했는데 그렇지 않았다. 매일매일 6시부터 10시 혹은 그 너머까지 일상처럼 만났던 게 나빴던 건지도 모른다.

　수현은 연못가에 쪼그리고 앉아 꽝꽝 얼은 연못을 내려다보았다. 잉어들은 괜찮을까? 겨울이 되면 잉어는 동면을 한다고 책에서 봤는데도 얼어 있는 연못을 볼 때마다 심장이 덜컹거렸다. 저렇게 얼어있는데 봄이 오면 괜찮아질까? 살아 있는 애들인데 저렇게 죽은 것처럼 얼어 있다가 다시 아무렇지도 않아질까?

　한 번 끝났다고 결정한 관계가, 바닥까지 꽝꽝 얼어붙었던 관계가 해빙되는 일이…… 있을까?

　지수와 수현의 관계는 처음부터 문제가 있었다. 그 관계를 계속 유지하는 것은 불가능했다.

　물론 수현은 그 관계가 좋았다. 지수에게 맛있는 것을 해먹이는 것도 좋았고, 지수가 웃는 걸 보는 것도 좋았다. 그녀를 돌보는 것은 이상하리만큼 즐겁고 보람 있는 일이었다. 가끔은 어른스럽고 가끔은 아이 같은 그녀와 함께 있는 시간은 정말이지 즐거웠다. 반짝반짝 눈을 빛내면서 웃는 지수는 정말이지 예뻤다.

하지만 수현은 지금도 전일제를 요구했던 지수의 부탁을 거절한 게 옳았다고 생각하고 있었다. 단순히 이용화 여사만의 문제는 아니었다. 그는 그녀와 고용—피고용의 관계로 남을 생각이 전혀 없었다. 그럴 수는 없었다. 그 관계가 아무리 좋더라도, 그것은 안 된다.

그런데 그러면 어떻게 했어야 했을까?

이제…… 어떻게 해야 할까?

이 부분이 깜깜이다.

"다 큰 사내자식이 웬 청승이야?"

창문이 열리더니 잠기운이 아직 묻어 있는 이 여사가 고개를 내밀고 소리를 질렀다.

"추워요."

수현이 일어서며 이맛살을 찌푸렸다. 햇살이 좋긴 하지만 바람이 찬데 이용화 여사는 얇은 실내복차림이었다.

"잠이나 더 주무세요."

창문 닫으란 말을 좀 퉁명스레 건네자 흥 하고 콧방귀 소리가 돌아왔다.

"죽으면 내처 잘 잠, 왜 자꾸 재우려는 건데? 와서 나 차 끓여줘. 죽기 전에 차나 잔뜩 마셔야지."

참 뻔뻔한 노인네다. 수현이 자라고 한 적 없는데 자기가

밥 먹고 한잠 잔다고 들어가 놓고 수현에게 뒤집어씌우지 않나, 차 끓여달라고 하면서 자기는 곧 죽을 거니 차를 마셔야한다니……. 이렇게 당당하게 뻔뻔하면 어쩐지 수긍하게 되고 만다.

"나 참."

몸을 일으킨 수현이 저린 다리를 퉁퉁 두드리고 집 안으로 들어갔다.

바람이 불어와 정원에 쌓여 있던 눈을 날려 공중에 흩뿌렸다. 색색의 무지개가 알 수 없는 마음처럼 영롱하게 허공에 맺혔다가 반짝이는 햇살 사이로 녹아들었다.

13. 사랑이거나, 아니거나

　사인회는 성황이었다.

　시간이 되기도 전에 줄을 서기 시작한 사람들이 꾸불꾸불 줄을 만들다 못해 책들이 진열되어 있는 교보문고 서가 사이사이까지 늘어섰다. 지나가던 사람들이 뭔가 하고 들여다봤다가 줄을 서는 통에 줄은 자꾸만 길어지고 있었다. 그리고 그것을 보는 지수의 얼굴은 파랗게 질려만 갔다.

　지수가 사인회를 한 것은 이번이 두 번째였다. 처음은 그녀를 지금의 자리에 있게 했던 데뷔작이 나왔을 때였다. 그때는 뭣도 몰라서 효선이 사인회를 하자고 하니까 그냥 한 건데 거의 공황발작을 겪을 뻔한 이후로 고사했었다. 워낙 낯을 가리고 뻔뻔스러운 데가 없는 지수로서는 도저히 팬서비스가 불가능했다. 누가 좋아한다고 하면 그런가 보다 하지 않고 '왜?'라고 생각하는 타입이다 보니 얼굴을 붉히기까지 하며 책을 내미는 팬들을 어떻게 대해야 좋을지 몰랐다. 제일 나빴던 건 어린 친구들이 와서 사랑이나 인생에 대한 조언을 원한다는 거였다. 아무 말이나 할 수도 없고, 진심어린 조언을 해주고 싶은데 지금 자기 자신의 사랑과 인생도 어디로 가는지 모르겠는데 누구에게 뭘 말해?

그럼에도 불구하고 이번에 사인회를 열게 된 것은 '아무도 몰랐던 중독'이 생각했던 것보다 더 센세이션을 일으키고 있기 때문이었다. 솔직히 말하자면 지수 자신이 제일 놀라고 있었다. '아무도 몰랐던 중독'이 좋다고? 왜?

그동안에도 못 나갔던 건 아니지만 인터넷 서점에서 1위를 한 건 처음이었다. 종종 인터뷰 제안이 들어오긴 했지만 전화를 꺼놔야 할 정도로 적극적이고 공격적인 제안이 들어온 것도 처음이었다. 최단 기간에 증쇄를 했고 3쇄를 했다. 드라마화가 확정되었고, 영화화가 꽤 심도 깊게 의논 중이었다. 입소문이 퍼지면서 더더욱 많은 사람들이 책에 대해서 이야기하기 시작했다.

그리고 효선은 '하루 사인회를 할래, 아니면 4쇄분 삼만 권에 사인을 할래?'라고 선택의 여지를 주었다. 삼만 권에 사인을 하다 보면 손목이 부러질 수도 있고, 운 좋아 손목이 안 부러지면 늙어죽을 수도 있을 것 같다는 점을 감안하면 참 쉬운 선택이었다.

"안녕하세요. 진짜 팬이에요! 작가님 미모도 장난 아니에요! 우웃빛깔 권지수!"

"아, 네."

끝이 안 보이는 줄을 눈으로 슬쩍 보면서 지수가 어색하게 미소 지었다. 어떻게 웃어야 좋을지 모르는 채 짓는 미소 끝은 파르르 떨렸다. 사방팔방에서 스마트 폰을 들이대며 사진을 찍는데 시선을 어디에 둬야 할지 알 수가 없었다. 서점의 조명이 너무 밝아 자꾸만 어지러웠다.

세상에, 서울 인구가 다 여기 모였나 봐.

달달 떨리는 손으로 사인을 하고, 뭐라고 하는지도 모르면서 '아, 네.' 하고 빙구처럼 웃고, 같이 사진 찍자면 굴욕사진으로 남을 게 분명한 표정으로 카메라 앞에 서주면서 지수는 멍하니 생각했다.

이렇게 많은 사람을 본 게 언젠지도 모르겠다. 매일 만나는 사람만 만나고, 가는 곳만 가서 서울이 인구밀집지역이라는 걸 실감하지 못했는데, 과연 그랬다. 서울 인구는 대단했다.

"제발, 나한테 한 번 더 하란 말만 하지 마요."

잠깐 쉬는 틈에 지수는 효선에게 애걸복걸했다. 손가락이 빳빳한 것은 둘째 치고 점점 호흡곤란이 올 지경이었다.

"하지만 강남점에서도 하기로 했는걸."

효선도 난감한 표정이었다. 작가마다 성격이 달라 어떤 작가는 이런 걸 즐기고 잘해낸다. 하지만 권지수는 그런 스타일이 아니었다. 오늘만 해도 아침 일찍 효선이 데려가 화장이라도 좀 하라고 보채지 않았다면 평소의 학생스타일 그대로 푸근하게 나타나고도 남았을 인물이었다. 그나마 효선이 파운데이션도 좀 바르고 입술도 칠하라고 했으니 망정이지 다른 건 몰라도 기사 사진마저 망칠 뻔했다. 별별 일이 다 일어나는 요즘 세상에 작가 인물 보고 책 사는 사람이 없을 이유는 없잖은가?

"제바알⋯⋯."

하지만 이러다가 작가를 잡는 수도 생길 것 같았다. 원래도 혈색이 별로 좋지 않은 지수는 지금은 아예 얼굴이 납빛이었다. 아까부터 자꾸 우웩우웩 헛구역질까지 하는 것이 먹은게 없어서 망정이지 토하고 싶다는 말이 나올 것 같았다.

빈속에 청심환을 쏟아 붓는 지수의 등을 도닥이며 효선은좀 더 힘내라고 말할 수밖에 없었다.

"그래도 시간이 지정되어 있으니 다행이지 뭐야? 이제 한시간만 참으면 돼."

"저 사람들을⋯⋯, 한 시간 만에 하라고요?"

효선이 걱정스레 줄의 끝 쪽을 살폈다. 이쪽에서는 보이지도 않는데, 확실한 건 싸움이 나는 중이라는 거다. 이제 그만 줄을 서라고 하는 안전요원들과 내가 줄을 서겠다는데 왜난리냐는 독자들 사이에서 혈투가 벌어지고 있었다.

시간 내에 끝날 일은 없을 것 같았다.

두 시간으로 약속되었던 사인회가 한 시간을 오버했을 때였다. 거의 휘청휘청 아무것도 안 보이는 상태에서 기계적으로 사인을 하던 지수가 이상한 느낌에 고개를 들었다. 어디서 본 것 같은 남자가 그녀를 내려다보고 있었다.

"어……. 성함이?"

"이재석입니다."

"네. 이재석 씨…….."

이름을 들었는데도 지수는 고개를 내리지 못했다. 남자의 얼굴이 익숙했던 탓이다. 아는 사람은 아닌데 아는 사람이다. 연예인은 아니고, 이종사촌의 팔촌도 아니고, 스쳐지나갔던 편집자도 아니고…….

"혹시……."

"혹시……."

지수와 남자가 동시에 입을 열었다가 동시에 입을 닫았다.

"먼저 이야기하세요."

"먼저 이야기……."

이번에는 남자 쪽이 조금 더 빨랐다. 지수는 입을 다문 채 그를 가만히 쳐다보았다.

남자는 40대쯤으로 보이는 잘생긴 중년이었다. 아니, 나이를 짐작하기 어려웠다. 머리가 반백이라 50대로 보이기도 했지만 눈빛이나 얼굴은 30대 후반이라고 봐도 될 것 같았다. 요즘은 하도 겉늙은 30대가 많고, 깜찍한 50대가 많으니 도저히 얼굴만 보고는 알 수가 없었다.

확실한 건 몇 살이든 간에 잘생기고 매력적이라는 거다.

이상한 나라의 가정부

중후한 느낌이 나는 미남형이었다. 눈빛도 온화했고, 귀도 잘생겼다. 키가 제법 컸는데 나이를 생각하면 어깨도 넓고 잘 가꿔진 몸이었다. 입고 있는 블랙 코트와 버버리 목도리가 잘 어울렸다.

하지만 누군지는 모르겠다.

"죄송해요. 제가 사람을 잘 기억 못 해서요. 혹시 절 개인적으로 아시나요?"

"저도 그걸 궁금해하고 있는 중이었어요. 아, 작가님 팬이라 서 있는 건 맞는데 왠지……. 어디서 본 적이 있는 것 같아서 말이죠."

남자가 눈을 가늘게 뜨고 말의 속도를 늦췄다. 기억을 곰곰이 더듬는 모양이었다. 지수도 마찬가지였다.

하지만 여전히 머릿속은 깜깜했다.

"뭐 천천히 생각이 나겠죠."

남자가 먼저 씩 웃으면서 항복 선언을 했다. 그러고는 책을 손가락으로 툭 건드렸다.

"사인 부탁해요. 건필! 이라고 쓰면 더 좋고."

지수가 놀라 고개를 들었다.

"나도 작가거든."

"예?"

그제야 지수의 머릿속에 반짝 불이 들어왔다.

"이재석 작가님?"

이재석. TV 독서프로그램의 단골 사회자이자, 패널이다.

그를 캐스팅했느냐 못 했느냐에 따라 프로그램의 질을 평가받는다는 말이 있을 정도로 대한민국 문단에서는 영향력 있는 사람이었다. 마지막으로 소설을 내놓은 지는 5년쯤 되어 본말이 전도되었다는 평이 좀 있긴 하지만 이미 내놓은 소설들이 너무나 명작들이라 책 좀 읽는 사람들이라면 제발 몇 년이 지나도 좋으니 한 권만 더 써주기를 기도하는 중이었다.

그리고 지수에게는 대선배 중의 대선배였다.

"세상에! 선생님! 죄송해요! 못 알아봐서!"

벌떡 일어나서 허리를 굽혀 인사하는 지수를 보고 재석이 당황하여 손을 흔들었다.

"아니, 이러라고 그런 거 아닌데……. 그냥 동료 작가로서 나는 사인 하나 받고 싶었을 뿐이야. 책 정말 잘 읽었어요."

"아니에요! 아니에요! 아니라고요!"

뭐가 아닌지도 모르면서 저도 모르게 목청을 높였던 지수의 머릿속에 순간 다른 것이 지나갔다. 놀라서 당황해 약간 인상을 찡그린 재석의 얼굴 위에 뭔가 다른 것이 겹친 것이다. 좀 더 헐벗었을 때라 느낌은 달랐지만 그러니까 분명히 본 적이 있다. 책날개의 작가 소개에서 본 것이 아니라…….

그리고 그 순간, 재석의 머릿속에도 뭔가 떠올랐다.

"어?"

재석이 놀란 표정을 지었다.

"포 시즌즈!"

"포 시즌즈!"

맙소사. 포 시즌즈에서 수현과 깔깔 웃으며 어린아이처럼 뛰어 엘리베이터를 잡아탔을 때, 그 엘리베이터에 함께 탔던 남자였다.

그 순간 펑 하고 플래시가 터졌다. 계속해서 사람들이 사진을 찍어대고 있었던 것은 그렇다고 치더라도 방금은……, 신문기자였다.

"포 시즌즈……라고요?"

음흉하게 생긴 사진기자가 씨이익 웃었다.

[충격 뉴 웨이브 권지수, '아무도 몰랐던 중독'은 실화가 아니라더니…….]

20xx년 출판계에 가장 큰 파도를 일으켰던 권지수 작가가 한국 소설계의 거장 이재석 작가와 특별한 사이라는 것이 밝혀져 사람들의 흥미를 불러일으키고 있다. 친히 권 작가의 사인회에 방문한 이 작가는 개인적인 애정을 표시하던 중 과거에 관해 의미심장한 단서를 흘렸는데 그것이 독자들의 귀에 들어가며…….

"아, 아니라고요! 아니라고요! 아니란 말이에요!"

지수는 효선의 멱살을 잡고 짤짤 흔들면서 절규했지만 이미 늦었다. 기사는 사방팔방 퍼져나갔고 지수는 인터넷 실시간 검색 1위를 하는 영광을 차지했다. 2위는 이재석, 3위는 권지수이재석이니 말하자면 올 킬이다.

"나, 나야 아는 거 아니지."

원래 하려 했던 말은 나야 아닌 거 알지였지만, 짤짤 흔들리면서 말하느라 허튼소리를 하고 만 대가로 효선은 더욱 격렬하게 쥐어뜯겨야만 했다.

"왜 아니에요. 봤잖아요. 옆에서 다 봤잖아요. 나 이 선생님은 처음에 알아보지도 못했던 거 봤잖아요!"

"그, 그래. 내 말이 그 말이었어. 난 아닌 거 아니라고. 아니, 그러니까 아는 거 아니……, 아닌 거 안다고."

정신이 사나워서 지수의 손을 뿌리치면서 효선도 언성을 높였다. 솔직히 말은 바른 말이지 그녀도 정신이 없어서 이재석 작가가 뭐라고 했는지, 두 사람이 왜 호텔 이름을 외쳤는지 전혀 모르겠다. 게다가 얼마 전까지 지수가 남자 문제로 울고불고 했던 것이 누구 때문인지 모르니 이재석 작가가 아닌가 의심스럽기도 했다.

"그럼 포 시즌즈는 뭔데?"

"아, 그런 게 있어요. 하지만 진짜 아무것도 아니라고요."

"아무것도 아닌데 왜 말을 못 해?"

"편집장님! 이럴 거예요?"

"아니, 뭐 이런다기보다……."

한창 마감 때보다 더 독이 오른 지수를 보면서 효선이 스물스물 뒤로 물러났다. 평소에는 짜증내는 법도 잘 모르는 순둥이 같은 지수지만, 그러니만큼 한번 흥분하면 붉은 깃발 본 황소나 다름없다.

"내 말은 그럼 됐다는 거야. 당분간은 입방아를 찧어대겠지만 아니니까 더 나올 게 없으면 잠잠해질 거야. 덕분에 책은 날개달린 것처럼 팔려. 이제 곧 6쇄를……."

"편집장님!"

지수가 빽 소리를 질렀다. 6쇄고 7쇄고 그녀는 관심이 없었다. 그게 문제가 아니었다. 그냥 미쳐버리고 싶었다. 얼떨결에 이재석 작가에게 건네준 전화번호로 후에 걸려온 전화를 생각하면 왜 아직도 미치지 않았는지 이해할 수가 없다.

— 여보세요?

"네, 여보세요."

— 이재석입니다만.

"아, 네. 안녕하세요. 선생님. 죄송해요. 바로 못 알아봐서."

— 나도 바로 못 알아봤는데요, 뭐. 책 잘 봤어요. 사인본 소중히 여길게.

"아니에요. 부끄러워요. 더 노력해야 해요."

— 그나저나……. 나 물어보고 싶은 게 있어서 말인데.

"네?"

— 남자친구 있나?

이때만 해도 지수는 멍청하게도 이재석이 진짜 그녀에게 관심을 표하는 줄 알았다. 나이 차이가 많이 나긴 하지만 재석은 아직 솔로였다. 수현과 연결시키지 못한 것은 무의식적으로 수현 생각을 하지 않으려고 해서였는지 아니면 권지수가 진짜 멍청해져서였는지 모르겠다.

"이, 있는데요."

있다고 대답한 건 혹여 모르는 난감한 상황을 피하기 위해서였다. 재석은 말 그대로 대선배였고, 만약 그가 그녀에게 호감을 표하면 그녀로서는 거절하는 것이 쉽지 않았다. 지수는 재석을 좋아하고 존경했지만 남녀관계로 엉킬 생각은 눈곱만치도 없었다.

— 그때 그 포 시즌즈에서 본 그 남자?

그때야 재석이 수현의 이름을 불렀던 것이 떠올랐다. 그리고 수현이 캐묻는 지수의 신경을 다른 데로 돌리려 거칠게 애정공세를 퍼부었던 것도.

"이수현……, 씨를 아세요?"

— 응. 역시 이야기 안 했구먼. 내 조카야.

"네에?"

— 제 딴엔 내가 부끄러운지 밖에서 보면 모르는 척하지만 그렇다고 내 조카라는 사실이 달라지진 않지. 잘 만나고 있어?

"아, 그게……."

그러니까 두 사람은 연인 사이가 아니었다고 납득시키기도 난감했고, 그때는 연인이었지만 지금은 아니라고 납득시키기는 더 난감했다.

하지만 가장 난감한 것은 수현의 삼촌인 이재석과 열애설이 나는 것이었다.

"안녕히 주무셨습니까?"

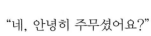

"네, 안녕히 주무셨어요?"

씩씩하게 인사를 건네는 조 기사에게 마주 인사를 건네자 차가 부드럽게 출발했다. 시트에 등을 기댄 수현은 언제나처럼 옆 좌석에 놓여 있는 신문을 집어 들었다. 요즘은 저녁 시간이 한가해졌지만, 한동안 오후부터 저녁까지 눈코 뜰 새 없었기 때문에 십 분을 쪼개 쓰느라 신문도 차 안에서 읽었다. 저녁이 한가해진 다음에도 그 버릇은 변하지 않았다. 일없이 생각하는 시간이 늘어나는 것보다는 신문이라도 읽는 편이 나았다.

언제나처럼 정치면, 경제면, 사회면, 대강대강 눈으로 헤드라인을 훑으면서 필요한 기사만 골라 읽다가 문화면으로 넘어갔을 때였다. 평소에는 문화면은 아예 접어놓는 수현이지만 최근 지수의 책이 나온 후로는 잊지 않고 챙겨보고 있었다. 광고가 나올 때도 있었고, 평론이 나올 때도 있었고, 운이 좋으면 지수가 짧게 코멘트 한 기사가 나기도 했다. 딱 그녀다운 겸연쩍은 문장들을 보고 있노라면 하루의 시작이 상큼했다. 수현만의 작은 즐거움이었다.

그럴 줄 알았다. 언제까지 계속될지는 몰라도 이때가 지나가면 기대할 수도 없는 즐거움이겠지만, 지수가 다음 글을 쓰면, 또 다음 글을 쓰면, 그렇게 이어질 즐거움일 거라고 생각했다.

그것이 양날의 검이라는 것까지는 생각지도 못했다.

신문을 들고 있는 손이 부들부들 떨렸다. 이맛살을 구긴 채, 속이 다 뒤집어지는 것 같은 기분으로 수현이 이를 악물고 잇새로 소리를 뱉었다.

"차 돌려요."

"네?"

단 한 번도 수현이 흥분한 모습을 본 적이 없던 조 기사가 얼떨떨한 얼굴로 룸미러를 들여다보았다. 확 바뀐 차내 공기가 당황스러웠다.

"차 돌리라고. 지금 당장 상도동으로 가요!"

수현이 언성을 높였다. 자제되긴 했지만, 당장 차를 돌리지 않으면 아주 많이 곤란해질 것이라는 사실을 이해하는 데는 부족함이 없는 목소리였다.

조 기사는 즉시 유턴을 시도했다. 차가 끼익 소리를 내며 방향을 틀었다.

살짝 놓친 교통신호 탓에 달려오던 차들이 성질을 피우며 경적을 울려댔지만 그래도 이쪽이 훨씬 급했다.

그로부터 20분 후, 들이닥치는 수현의 기세에 놀라 뛰어나왔던 재석의 제자가 재석의 눈짓에 머쓱해져 도로 방으로 들어가 문을 꼭꼭 닫아걸었다. 재석의 제자 3년차에 배운 것은 이재석의 제자로 있으려면 그의 개인사는 모르는 척하는 게 왕도(王道)라는 거다.

그렇게 오롯이 남겨진 유부유자(猶父猶子)는 서로를 노려보았다. 정확히 말하면 수현이 재석을 노려보았고 재석은 어쩔 거냐는 듯 그냥 뚱한 얼굴이었다.

"아니야, 녀석아!"

"뭐가 아닌데요?"

흐트러진 머리를 쓸어 넘기며 수현이 차게 물었다. 여기서 잘못 말했다가는 삼촌이고 뭐고 가만두지 않겠다는 의도가 명확했다. 끙, 하고 재석이 한숨을 내쉬었다.

누나인 홍녀도 그랬지만 그 아들인 수현도 좋을 때는 마냥 좋은 사람 같은 얼굴을 하고 이해 못 할 일 없다는 듯 굴다가도 한번 눈이 뒤집히면 미친 사람 같았다.

어렸을 때 홍녀에게 당한 것이 트라우마로 선연하게 재석의 등짝에 남아 있었다. 사람 좋은 누나라고 있는 떼 없는 떼 다 받아주었던 홍녀인데 아끼는 머리핀을 엿 바꿔 먹은 것은 용서해주지 않았다. 나중에 알고 보니 그 머리핀이 첫사랑에게 받은 유일한 것이라는 건 나중에 알았다. 남자에는 별로 관심 없어 보이던 쿨한 누나였는데 그렇지 않다는 걸 어린 나이에는 몰랐다.

홍녀가 왜 그렇게 이를 악물고 눈물이 그렁그렁했는지 이해하면서, 재석은 글을 쓸 수 있게 되었다.

"너도 이를 악물고 나를 쳐다볼 거냐?"

"뭐라고요?"

이해가 안 간다는 듯 수현이 툭 물었다. 태도가 불량했다. 드센 할머니 아래서 자라, 무심하거나 독특한 삼촌과 이모들에게 둘러싸여 항상 사람 좋기만 했던 아이 같지 않았다.

"그런 거 아니야. 그냥 글이 좋아 찾아갔다가 네 이야기가 나왔는데 그걸 옆에서 들은 사람들이 입방정을 떤 거야."

"제 얘기요?"

"그때 봤잖아. 포 시즌즈에서. 그 이야기를 하다 보니 뭐 그런 거지."

안타깝게도 수현은 믿어주는 기색이 아니었다. 하지만 재석은 억울했다. 결혼하지 않고 맘껏 즐기며 살겠다고 결심한 후 정숙한 삶을 살았다고는 말 못 하겠지만, 까마득히 어린 후배를 건드릴 정도로 막장이었던 적도 없었다. 하물며 조카 놈과 함께 리조트에서 반쯤 벌거벗고 깔깔 웃던 여자를 어떻게 해볼 생각은 언감생심 생각만 해도 징그러웠다.

하지만 남자란.

어쩐지 재석은 재미있어져 껄껄 웃고 말았다. 마냥 어리게만 느껴졌던 조카 놈도 사내가 된다는 것과 사내란 족속들이 제 여자를 건드리면 얼마나 분통을 터트리는지 알게 되었다. 딱 보니 수현이 펄펄 끓고 있는 건 단지 기사 탓만은 아닐 것이다. 전화통화를 하면서 여자가 머뭇거렸던 것이 수현을 답답하게 하고 있음에 틀림없었다. 관계에 확신이 없는 어린 놈들은 어떻게든 제 혈기를 터트려야 하는 법이다.

"안 믿기면 싸워보든지. 내 아직 너 하나쯤은 왼손은 뒷짐 지고도 이겨."

왼손은 뒷짐 지고도 이긴다고 했으면서도 재석은 양손을 앞으로 내밀어 권투하듯 주먹을 쥐고는 휙휙 스텝을 밟는 시

능을 했다.

그런 재석을 가소롭게 쳐다보던 수현이 턱짓을 했다.

"진짜 칩니다."

"칠 수 있으면 쳐봐, 이 자식아! 내가 너 기저귀도 갈아
줬⋯⋯, 으헉!"

피식 웃은 수현이 그냥 주먹을 날리는 시늉만 했는데도
깜짝 놀란 재석이 제풀에 꿍 뒤로 넘어갔다.

"삼촌!"

깜짝 놀란 수현이 얼른 달려가 재석을 부축했다.

"저리 가! 자식아!"

민망해진 재석이 상체를 일으키다가 어구구 하고 앓는 소
리를 했다. 그리고 엎드려 꼬리뼈께를 통통 두드렸다. 나이
들어 고관절을 다치면 약도 없다는데 오늘 나가는 길에 정형
외과에 들러봐야겠다는 생각이 들었다. 머리가 쨍할 정도로
아팠다.

"진짜 아니에요?"

"너 지금 그게 문제야?"

수현이 손을 뻗어 재석의 등뼈와 꼬리뼈 사이를 눌렀다.
뚜둑 하는 소리가 났다.

"괜찮네요."

비명도 못 지르고 주저앉았던 재석이 어이가 없어 수현을
쳐다보았다. 그러거나 말거나 수현은 관심도 없었다.

"진짜 아니죠? 믿어도 돼요?"

재석이 뒤로 넘어가는 바람에 놀라 수현 역시 펄펄 끓어 올랐던 김이 조금 식은 참이었다. 워낙 삼촌의 난봉을 알고 있었던지라 집 문을 걷어차고 들어왔을 때만 해도 삼촌이든 뭐든 가만두지 않겠다 했는데 차분히 생각해보면 재석은 그렇다 치고 지수가 그럴 타입이 아니었다. 확실히 그랬다. 그 성질머리에 어떻게 재석 같은 남자를 만난단 말인가? 턱도 없는 이야기였다.

"믿어. 난 이제 남의 머리핀은 죽어도 안 건드리기로 한 사람이란 말이지."

툭툭 털고 일어선 수현이 뚱하게 바닥에 팔을 짚고 앉은 재석을 내려다보았다. 뭐래? 머리핀?

"병원 가봐요."

"안 그래도 그럴 거야. 너 골절이면 고소할 거야."

"말고. 신경정신과. 할머니보다 더 상태가 안 좋은 거 같아요. 요즘 노망은 시도 때도 없이 온대요."

"뭐야!"

버럭 소리를 지르는 재석을 두고 수현이 표표히 돌아섰다. 생각해보니 왜 이렇게 흥분했나 싶다. 빤한 일인데, 아까는 진짜 정신없었다.

권지수. 진짜 이상한 여자다. 수현을 자꾸 이상한 사람으로 만든다.

"권지수?"

"응. 이번 책 봤어?"

약간 늦은 출근에 발걸음을 서두르는데 낯익은 이름이 귓가를 파고들었다. 자동반응으로 수현의 발걸음이 느려졌다. 칸막이 사이로 여직원 둘이 속닥속닥 수다 중이었다.

"아직. 좋아?"

"엄청 좋아. 나 울었잖아."

"진짜? 너 그 사람 책 별로라며."

"저번까지는 내 취향은 아니었거든. 그런데 이번 건 왠지 제목에서 삘이 오길래 예판 떴을 때 샀어. 그런데……, 와우!"

쓸쓸한 미소가 수현의 입가에 떠올랐다. 유명인사는 사귀는 게 아니라는 말을 왜 하는지 알겠다. 안 듣고 안 보면 잊히기도 할 텐데 권지수는 그러기에는 너무 유명했다. 아니, 원래는 이렇게까지는 안 유명했던 것 같은데 수현이 재수가 없는 건지 너무 유명해졌다.

어디를 가도 권지수의 이름이 들리는 건 좋기도 하고, 마음이 복잡하기도 하고 그렇다.

"그런데 우리 고객이었다면서?"

수현의 얼굴이 바짝 굳었다. 괜스레 심장이 쿵쾅거렸다.

"에? 정말?"

"응. 민주 언니가 그러더라. 왜 전에 S클래스 고객이 계약 해지하고 비용 다 환불해간 사건 있었잖아."

"응, 그거 진짜 왜 그랬던 거야?"

"몰라. 윗선에서 쑥덕쑥덕하고 끝난 걸 내가 어떻게 아니? 그냥 그 여자가 이 여자라는 소문이 있는 거지."

"에이, 말이 안 된다. 그 정도 유명 작가가 우리 고객이면 소문 다 나지 않아?"

"아냐, 얘. 우리가 보안이 철통이잖아. 카더라에 따르면 원빈이랑 강동원이랑 성시현이랑 다 우리 고객이라는데? 그런데 우린 모르잖아."

"엄머 엄머, 정말? 하지만 그 사람들은 연예인이잖아. 작가들이 연예인만큼 많이 벌어? 글 쓰는 건 배고픈 직업 아닌가?"

"그럼 헛소문인가 보다. 이번 '아중'이 떠가지고 인터넷에도 이런저런 소문이 많더라고."

"뭐?"

"작가에 대해서."

"아, 그거? 이재석 작가랑? 우웩! 야 그거 완전 징그럽지 않아? 나이차가 몇인데? 말도 안 돼!"

"그건 뻥이래. 나 아는 애가 그때 사인회장에 있었는데 두 사람 처음에는 알아보지도 못했대. 그랬다가 나중에 권 작가가 깜짝 놀라서……. 대선배잖아. 배꼽인사하고 난리도 아니었다던데?"

수현의 얼굴이 풀어졌다. 재석을 믿지 않은 건 아니지만……, 아니, 솔직히 안 믿었다. 지수가 그럴 리 없다고 생각은 했지만 마음이 계속 안 좋았는데 순식간에 마음이 아주

편해진다.

어차피 상관없는데 이러는 거 우습지만.

"진짜는 따로 있어."

여직원들의 수다가 이어졌다.

"뭔데?"

잠깐 간격이 생겼다. 보통 비밀을 이야기할 때 주변을 경계하고 목소리를 낮추느라 생기는 그런 간격이었다. 저도 모르게 수현은 귀를 쫑긋 세웠다.

"작가가 레즈비언이래. '아중'이 나온 출판사 편집장 있잖아. 그 여자랑 그렇고 그런 사이란다!"

쿨럭 하고 수현이 사레가 걸렸다. 사정없이 기침이 터져 나왔다.

"어머, 대표님!"

직원들이 벌떡 일어나서 눈을 동그랗게 떴다.

"아, 미안해요. 가슴이 좀 답답해서."

계속해서 터지려는 기침을 꾹꾹 눌러 참으면서 수현이 빨개진 얼굴로 가슴을 두드렸다.

"물 떠다 드려요?"

놀랐다기보다는 이 사람이 언제부터 여기에 있었지 하고 멍하게 수현을 바라보며 직원이 물었다.

"아니, 됐어요."

손을 들어 당장이라도 물 뜨러 갈 기세인 직원을 제지하고 수현이 잽싸게 대표실로 이동했다. 맘껏 기침을 하면서 가습을 두드리자 사레 기는 금세 가셨다. 그러고는 웃음이 터졌다. 레즈비언이라니, 그 여자가? 그의 품에서 그런 표정을 짓고 기쁨에 몸을 떨며 할딱이던 여자가 레즈비언이라고? …… 하지만 편집장이라니. 헛소문이 뭐 이렇게 구체적이란 말인가?

잠깐 눈썹을 까딱이며 서 있던 수현은 자리에 앉아 검색창을 띄웠다. 처음 친 것은 출판사 이름이었다. 그다음은 편집장 이름.

'강효선'이라는 여자가 나왔다.

"흐음."

수현의 오른쪽 뺨이 실룩 경련을 일으켰다. 수상경력도 꽤 되고, 출판계에서는 꽤 인정받는 편집자인 모양이었다. 각종 잡지나 신문에 한 꼭지나 두 꼭지쯤 연재를 할 때도 있었지만 대부분은 좋은 작가를 발굴하고 키우는 데 전력을 다한다고 나와 있었다.

지적인 얼굴이 지수의 취향이다.

언젠가 지수는 좀 단정하고 지적인 사람을 좋아한다고 한 적이 있다. 아닌 게 아니라 드센 듯해도 은근 우유부단하고 아방한 구석이 있어 딱 부러지게 리드해주는 사람이 어울리기도 했다. 그 성질머리를 거스르지 않으면서 잘 달래서 끌고 나가는 사람. 이 둘이 그런 관계일 거라는 생각이 드는 건……, 오버일까? 작가와 편집자. 작가와 편집자. 젠장, 그런 것 같잖아.

이상한 나라의 가정부

하지만 그래봤자 같은 여자다. 또 하지만 만약 그렇다면, 만약 지수가 레즈비언이라면 수현을 그렇게 간단히 밀어낼 수 있었던 것이 이해가 간다.

　수현이 진저리를 내며 머리를 흔들었다. 점점 미쳐가나 보다. 별별 생각을 다 한다.

　'강효선'이라는 이름 아래에는 '아무도 몰랐던 중독'이 있었다. 그리고 책 소개도.

　어째서 진심일수록 솔직해지기 어려운 걸까? 마음이 많지 않았을 때는 뭐든 할 수 있었는데, 마음이 생기는 순간 가장 쉬운 것도 어려워진다.

　………

　물어보는 게 그렇게 어려웠을까? 날 어떻게 생각하느냐고.

　가슴에 묻기 전에, 날 어떻게 생각하냐고 묻기……. 이게 정말 그렇게 어려운 일이었을까?

　가슴이 덜컥 내려앉았다.

　수현도 그랬다. 물어본 적이 없었다.

　그리고, 지수도……, 묻지 않았다.

　수현은 좋아하기 때문에 어려웠다. 어디서부터 어떻게 설명해야 하는지 감을 잡을 수가 없었다. 시작부터 물어보고 규정하고 시작한 관계가 아니라 지수가 밀어냈을 때는 새삼 어떻게 해야 할지 몰랐다.

서운하고 화만 났다.

그리고 그리워하면서도 어떻게 해야 좋을지는 몰랐다.

어느 샌가 창밖에 눈이 내리고 있었다. 유난히도 눈이 많은 겨울이었다. 목화솜처럼 푹신푹신한 눈송이가 바람을 타고 춤을 추듯 하늘을 날았다.

이용화 여사의 집으로 들어선 수현은 머리와 어깨에 쌓인 눈을 털어냈다. 이 여사는 집에 없었다. 안 그래도 약간 울적했던 마음이 눈 오는 집에 혼자 있으려니 축축 처졌다. 장을 봐온 물건들을 제자리에 넣은 수현은 음악을 틀었다. 오늘은 헬퍼로서의 윤리고 뭐고 태업을 좀 해야 할 것 같다. 몸이 마음을 따라가는지 너무 무거워서 죽을 것 같았다.

띠링.

때마침 문자가 울었다. 확인해보니 이용화 여사였다.

— 책 정리 부탁해.

의아하게 눈썹을 까딱 올린 수현이 서재로 움직였다. 책 정리라니, 마지막으로 정리한 지 이 주도 지나지 않았는데 정리할 거리가 있을 리가……, 있다. 맙소사!

문을 열자마자 보이는 광경에 수현이 침을 꿀꺽 삼켰다. 서재는 폭파당하기라도 한 것처럼 엉망진창이었다. 책을 한 권씩 다 꺼내서 들여다봤나 보다. 기가 막혀서 고개를 절레절레 젓는데 다시 띠링, 하고 휴대전화가 울었다.

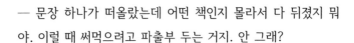

— 문장 하나가 떠올랐는데 어떤 책인지 몰라서 다 뒤졌지 뭐야. 이럴 때 써먹으려고 파출부 두는 거지. 안 그래?

참 말도 못되게 한다며 문자를 한 번 노려본 수현이 한숨을 내쉬며 팔을 걷었다. 틀린 말은 아닌 게 이럴 때 써먹으려고 사람 쓰는 거지 뭐겠는가?

요리하는 것도 좋아하지만, 수현은 책 정리하는 것도 좋아했다. 단순노동이 체질에 맞는다고 그는 생각하고 있었다. 특히 머리가 복잡할 때는 몸을 움직이는 게 최고였다. 하지만 최근에는 요리를 할 때마다 이용화 여사가 옆에 붙어서 잔소리를 했기 때문에 즐길 수가 없었다. 그래서인지 책 정리를 하다 보니 기분이 좀 나아졌다.

수현은 어렸을 때부터 책 속에서 자랐다.

이 여사가 서재에 앉아 집필하는 동안 수현은 읽을 줄도 모르는 책을 한 장 한 장 넘기며 냄새를 맡았다. 이 여사의 서재에는 어린 수현이 읽을 수 있는 책은 없었다. 그녀는 아예 유아용 책을 들여놓지 않았다. 서재 분위기를 해친다나 뭐라나? 이광수의 책으로 한글을 익힌 것은 전무후무 이수현뿐일지도 모른다. 외증조부의 책을 처음 본 것도 성인이 된 다음이었으니까 말 다 했다.

어쨌든…… 책 냄새는 수현을 편하게 해주었다.

하지만 중간에 '아무도 모르는 중독'이 손에 딱 잡혔을 때 그 좋은 기분은 얼어붙었다. 잠깐 동안 책을 내려다보던 수현은 결국 항복 선언을 했다. 이유 없이 오래 버티는 건 수현의 스타일이 아니었다. 수현은 계속 지수를 생각하고 있었다. 피할 수 없다면, 차라리 정면으로 부딪치는 것이 나을 거였다. 그는 반쯤 정리한 책들 사이에 양반다리를 하고 주저앉았다.

한 장을 펼치자 지수의 사진이 나타났다. 기억하는 것과 꼭 같은 눈과 표정이라 가슴이 아팠다. 다시 책을 덮어버리는 게 낫지 않겠나 싶을 정도로 날카로운 통증이었다.

한참을 사진을 보다가 한 장을 넘겼다. 또 한 장, 또 한 장…….

처음 만난 순간 사랑에 빠진다는 말을 믿지 않았다. 하지만 그와 헤어지고 나서부터는 사랑이라는 것 자체를 믿지 않았다. 욕정은 있다. 질척이게 서로 엉겨 붙어 죽을 듯 원하는 탐닉도 있다. 하지만 사랑? 그런 게 있을까? 그들이 했던 게 정말, 사랑일까?

의심을 하고 또 하다 생각하니 은채는 사랑을 믿지 않은 게 아니라 너무 믿었던 거였다. 너무 믿어, 너무 찬양해, 이런 것은 사랑이 아니라고 부정했던 것이었다. 은채에게 있어 사랑은 단 한 점의 의심도 증오도 고독도 부정도 없는 완벽한 것이어야 했으니까.

하지만 그것이 아니라는 것을 인정하는 순간, 믿어지지 않게도 은채는 사랑을 하고 있었다. 그것이 무언지도 모르면서 사랑을 하고 있었다.

그래서 바보처럼 굴었다. 멍청이처럼, 전두엽이 없는 사람처럼 굴었다.

사랑했으므로.

그칠 듯 그치지 않던 눈이 어느새 그쳐 있었다. 하늘은 언제 눈이 내렸냐는 듯 말짱해서 정원을 소담히 덮고 있는 하얀 눈밭이 낯설게 보였다. 서재 창의 꼭대기에 걸려 있던 해가 천천히 기울어지며 수현의 그림자가 책 위로 길어졌다.

14. 할 필요 없는 말, 혹은 할 수 있는 말

"으아아아악!"

지수는 머리를 쥐어뜯으며 비명을 질렀다. 잔소리를 늘어
놓던 진 여사가 질겁을 하고 뒤로 물러났다. 미친년 널뛰는
모습이 뭔지 보여주겠다는 듯 펄쩍펄쩍 뛰는 딸은 기괴하기
까지 했다.

"얘가 미쳤나!"

"어떻게 알았어! 우리 엄마 천재네! 난 미쳤어! 미쳤지! 내
가 미쳤어! 왜 집에 왔을까! 왜 집에 왔을까!"

커다란 통유리창을 뒤로 하고 놓은 4인용 소파의 뒤를 경
중경중 뛰어다니면서 지수가 소리를 질렀다.

진심이었다. 아무리 스캔들이 부담스럽고, 갈 데는 없고,
인터뷰 요청은 쏟아지고, 효선은 책이 더 잘나간다며 은근 방
관하더라도……. 절대로 집에 오는 건 아니었다. 붕어도 아니

고 왜 독립했는지 잊어버린 것도 아닌데 도대체 왜 집에 왔단 말인가?

"뭐 해?"

그대로 방으로 돌진해 반쯤 풀었던 캐리어를 도로 싸는 지수를 쫓아온 진 여사가 앙칼지게 물었다.

"가려고."

안 그래도 집에 왔더니 지영의 방은 멀쩡한데 지수의 방에 빨래를 널어놨을 때부터 기분이 상해 있었다. 진 여사는 네 방이 따뜻해서 그렇다니 뭐니 변명했지만 둘 다 북쪽 방이고 언니라는 이유로 지영의 방이 더 컸다. 그런데 하필 지수의 방을 빨래방으로 쓰는 이유는 안 봐도 뻔했다. 지영은 귀한 딸이라 이거다. 굳이 따지기 전에 마음이 그렇게 되는 걸 어떻게 하겠나?

항상 이렇다. 권지수는 이 집에서 찬 밥이다.

"혼자 못 있겠다며?"

"차라리 비행기 표 아무거나 끊어서 한국을 뜰래. 차라리 혼자 있는 게 나아. 엄마와는 10분도 못 있어."

"이 기집애가! 말이면 단 줄 알아!"

호되게 지수의 등짝을 갈긴 진 여사가 캐리어를 빼앗았다.

"들어올 땐 네 맘대로지만 나갈 땐 아니야!"

"그럼 잔소리 좀 그만해! 난 여기 쉬러 온 거란 말이야!"

"그러니까 그놈의 작가란 직업이 문젠 거잖아! 그럼 아예 쉬면 되잖아!"

"솔직히 남들은 나 같은 딸 두면 자랑스러워하거든! 나 정도면 괜찮은 거거든!"

"늙은이랑 스캔들 난 게 괜찮냐?"

"아니라니까!"

소리를 빽 지르고 나니까 눈물이 쏟아졌다. 낭패였다. 수현이 떠난 후로 시도 때도 없이 눈물을 쏟는 병이 하필 진 여사 앞에서 발병하다니…….

하지만 병을 괜히 병이라 부르는 게 아닌 것이 일단 울기 시작하면 당최 멈출 수가 없었다. 원인이 무엇이었든 일단 울기 시작하면 뭔가 서러운 것이 많아지면서 지수는 스스로가 제어가 안 됐다. 그것도 그냥 흑흑 울게 되는 것이 아니라 땅을 치면서, 엄청나게 서럽게 울어대고 마는 것이다.

"야…….."

주저앉아 끅끅 통곡하는 딸의 모습에 황망한 진 여사가 말끝을 흐렸다.

"엄마는…….., 끅! 왜 그래? 왜……, 끅! 항상 날 안 믿고……. 내가 아니……, 끅! 라잖아. 그리고 나 이번에는……, 끅! 좀 자랑 끅! 해도 될 만큼……, 끅! 히트 쳤단 끅! 말야. 칭찬 끅! 해줘도 되……, 끅! 잖아."

"나이가 몇인데 칭찬을 바라."

"쫌!"

다시 서러워 팔에 얼굴을 묻고 엉엉 울었다. 나이가 몇인

게 문제가 아니라 어렸을 때부터 진 여사는 지수를 칭찬하지 않았다. 뭐든 잘하는 지영 탓일 수도 있었지만 지수라고 해서 빠지지 않는 딸인데도 항상 단점만 보고 부족한 면만 봤다.

엄마가 그래서일까?

지수는 항상 약간 기가 죽어 있었다. 팬들의 환호를 곧이 곧대로 받지 못하는 소심함은 이런 자신감 부족에서 기인한 것일 수도 있었다. 남자친구들와의 관계를 뻔뻔하게 하지 못하고 이리저리 꼬았던 것도 그래서인 것만 같다.

안 그랬던 것은 딱 한 명뿐이었다.

이수현.

수현과 함께 있을 때 지수는 말도 안 될 정도로 뻔뻔했다. 뻔뻔하게 요구하고, 뻔뻔하게 야하고, 뻔뻔하게 화를 냈다.

오직 수현만, 지수의 장점을 이야기해주었다. 그녀의 책을 재미있다고 해주고, 그녀가 글을 얼마나 잘 쓰는지 설명해주고, 그녀의 글이 얼마나 아름다운지 묘사해줬다.

수현이 차린 밥을 먹을 때 지수가 기뻐하는 모습이 얼마나 그를 기쁘게 만드는지, 수현이 하는 일 하나하나에 감동하고 박수치는 그녀가 얼마나 귀여운지, 수줍었다가 대담해지는 지수의 움직임에 그가 얼마나 조바심이 나는지 하나하나 다 이야기해줬다. 입을 맞추면서, 귓가를 핥아 내리면서, 맨살을 만지면서, 얼마나 아름다운지 속삭여줬다.

수현이 보고 싶다.

"그게 말이야."

계속해서 우는 지수가 난감한지 진 여사가 그녀의 앞에 쪼그리고 앉았다.

"너 어렸을 때 아팠던 거 기억 나?"

대답하려다 목이 메어 지수는 그냥 도리질을 쳤다. 계속 눈물을 닦아내는데도 닦아낸 자리에 퐁퐁 다른 눈물이 솟아올랐다.

"네가 한 살 때 엄청 아팠거든. 뇌수막염이라고……. 그런데 그게 엄청 심해서 의사가 각오하라고 했어."

"나……. 꼭! 죽는다고?"

"아니, 네가 좀 모자랄 거라고."

꼭, 하고 지금까지와는 다른 소리가 목구멍을 울렸다. 지수가 멍하니 진 여사를 바라보았다. 맞는다는 듯이 진 여사가 고개를 끄덕였다.

"한 살 되기 전부터 아팠는데, 다른 애기들하고 달리 네가 엄청 심해서. 뇌세포가 많이 손상되었을 거라고 했거든. 그런데 진짜 네가 성장이 좀 느렸어. 네 살 될 때까지 말도 잘 못했고……."

"거짓말!"

"진짜야. 지영이는 한 살쯤 되니까 뒤뚱거렸는데 넌 두 살이 될 때까지도 기어 다녔잖아. 잘 서지도 못하고. 난 진짜 네가 좀……. 어……. 그러니까……."

"지금은 괜찮잖아! 학교 들어갔을 때도 괜찮았잖아!"

"괜찮은지 어떻게 아니? 공부는 못했잖아!"

"못한 거 아니거든! 언니가 더럽게 잘한 거지, 난 보통이
었어!"

"아니, 그냥……. 난 그런 뜻이 아니고……."

진 여사가 우물댔다.

"나는 네가 그냥 안정된 일을 했으면 좋겠다는 생각을 한
거야. 왜 평범하게 공부해서 평범하게 취업해서……, 공무원
같은 거면 더 좋고."

"그래서 나중에 바보가 되면 연금 타 먹으면서 살라고?"

"아니, 뭐, 꼭 그런 건 아니지만. 작가는 너무 힘든 일이잖
아. 뒷 보장도 좀 안 되고……."

이걸 어떻게 받아들여야 하는지 알 수 없는 느낌으로 지
수가 진 여사를 바라보았다. 그러니까 그 말도 안 되는 잔소
리들……. 머리부터 발끝까지 참견하고, 온 방을 뒤지고, 학
교에 쫓아와 간섭하고 했던 모든 것들이 다 진짜 걱정 때문이
었다는 거다. 모자란 딸이 혹시나 삐딱한 길을 갈까 봐 진 여
사 딴에는 제일 안전하고 편한 길로 골라주려 했다는 거다.

눈물이 말라 뺨이 뻐근해졌다. 입을 댓 발 내민 채 지수가
고개를 숙였다.

세상 끝장이다. 이제는 모자란 여자가 되어버렸다.

생각해보면 확실히 그런 면은 있었다. 어렸을 때부터 지
수는 어리바리했다. 지영이 유난히 영악했다고 볼 수도 있지
만 그냥 지수가 처지는 걸 수도 있었다.

"왜 그런 이야기를 지금 해?"

또 눈물이 날 것 같았다.

몰랐을 때는 그러려니 했는데 알고 나니 어쩐지 그동안은 별생각 없이 넘어갔던 것들이 다 이유가 있었다 싶었다. 초등학교 때 받아쓰기 30점 맞아서 나머지 공부를 했던 것도, 소풍가서 보물찾기에서 단 하나도 못 찾은 것도, 골랐던 남자마다 족족 황이었던 것도 다 이해가 간다. 뇌수막염 때문이었다!

"차라리 몰랐으면 괜찮잖아!"

"모른다고 다르니? 너는 그냥 넌데. 나는 그냥 내가 왜 너만 보면 불안한지를 설명하려고 하는 거야. 너만 보면 불안하고 걱정되는데 어떻게 해. 뭔가 실수할 것만 같은데."

진 여사가 더듬거렸다. 어떻게든 지수를 납득시키고 싶은 거였지만 말 한 마디 한 마디가 부아를 돋울 뿐이었다.

하지만 다른 것도 있었다.

"나는……, 그냥 나라고?"

지수가 멍하니 중얼거렸다.

그러고 보면 그랬다. 뇌수막염을 앓았다는 걸 알기 전의 지수도 권지수였고, 알고 난 지금도 권지수였다. 그런데 기분은 천차만별이었다.

그전까지는 진 여사가 괜히 지수만 괴롭힌다고 생각했다. 지수는 멀쩡하고 잘난 딸인데, 진 여사가 괜히 그녀를 들들 볶는다고 생각했다. 받아쓰기 30점을 했던 것도 신경 쓰지 않았고, 소풍가서 보물찾기에 실패했던 것도, 골랐던 남자마저 황이었던 것도 재수가 없었으려니 했다. 하지만 뇌수막염이니 2살 때까지 기어 다녔느니 하는 말을 듣자……. 어쩐지 그럴 법해서 그런 거라는 생각이 들어버렸다.

뭔가……, 이상했다.

권지수는 여전히 권지수인데.

어차피 단 한 번도 영악해본 적은 없는 어리바리 권지수인데.

"나 갈래."

"야아……. 그르지 말고."

진 여사가 앓는 소리를 냈다. 그런 거 보면 진 여사도 참 성질 많이 죽은 셈이다. 예전 같으면 이러는 거 어림도 없는 소리였다. 한번 시작한 잔소리는 절대 굽히지 않는다는, 독립투사 같은 더 불굴의 의지를 지닌 엄마가 진 여사였다. 이 정도로 양보하고 인정한 것도 대단한 일이었다.

"솔직히 말해봐. 엄마 좀 자랑스럽지?"

"뭐가?"

"나 신문에 나는 거."

"야. 늙은이랑 스캔들 나서 신문에 나는 게 뭐가 자랑스러워?"

"그것 말고도 났잖아."

"딴 건 쥐방울만 하게 나서 보이지도 않더라."

"보긴 봤구만."

지수가 툭툭 털고 일어났다. 진 여사가 얼른 지수를 잡았다. 진짜 가는 줄 안 거다.

"나가서 바람 쐬고 올 거야."

"아…….".

진 여사가 말끝을 흐리며 지수를 놓아주었다. 어쩐지 속을 들킨 것 같아 부끄러웠다. 갑자기 쳐들어온 딸이 반가웠고, 걱정했던 것보다 훨씬 잘 사는 것 같아 또 반가운 마음을 그대로 드러낸 것만 같다.

그걸 아는지 모르는지 지수는 툭툭 서재 방으로 향했다.

"어?"

잠깐 딴생각을 했던 진 여사가 깜짝 놀라 펄쩍 뛰었다.

"너는 바람 쐬러 간다는 애가 서재 방에는 왜 가?"

"나가서 읽을 책 좀 고르려……고."

지수의 말이 잠깐 끊겼다가 이어졌다. 진 여사가 그동안 사 모은, 그것도 열 권씩 사서 차례대로 진열해놓은 지수의 책을 발견해낸 것이다.

"엄마, 내 팬이었구나?"

지수가 뒤를 돌아보며 한쪽 입꼬리를 씨익 끌어올렸다.

"울다 웃으면 똥구멍에 털 나! 이것아!"

민망함을 감추며 쏘아붙인 진 여사가 얼른 부엌으로 대피했다.

어렸을 때는 집 뒷산으로 가는 길이 말 그대로 산이었다. 길도 없었고 그냥 발 닿는 대로 가면 길이었다. 사실 산이라고 부르기에는 오버고 동산 정도다. 요즘으로 치면 산책로 만들기 딱 좋은 곳이었고, 그래서인지 오랜만에 찾은 뒷산에 산책로가 놓여 있었다.

생각해보면, 어렸을 적부터 진 여사뿐 아니라 지영도 지수를 놓고 안절부절못했다. 지영은 어렸을 때도 깎아놓은 듯해서 방에 앉아 책만 보는 걸 좋아했는데, 그 영향을 받아 책을 좋아하게 된 지수는 같은 책을 읽어도 방에서 보는 건 싫고 밖에서 읽는 게 좋았다. 그래서 책을 들고 나가면 지영은 투덜거리면서 쫓아왔다. 입으로는 넌 분명 책을 잃어버리고 올 거라며 퉁을 주었지만 어쩌면 좀 모자랄지도 모르는 동생을 배려한 거일 수도 있다.

"그러고 보니 웃긴 애잖아. 지나 나나."

입술을 비쭉거리면서도 지수는 오랜만에 옛날 생각에 젖어들었다. 엄마도 생각했던 것만큼 지수를 못마땅하게만 보고 있는 건 아니었다. 그러니까 지영도 아닐지도 모르고, 그리고, 또…….

서울에는 어제까지도 눈발이 날렸는데, 곤지암은 그런 기색 없이 말짱했다. 군데군데 그늘이 진 땅에는 하얗게 눈이 남아 있었지만, 햇빛이 비치고 있는 땅은 젖은 기색 없이 뽀송뽀송했다. 그래도 공기는 더 찬 것 같았다. 하얗게 입김이 부서지는 느낌이 상쾌했다.

어렸을 때는 굉장히 오래 걸렸는데 순식간에 정상에 올라버렸다. 아니, 정상인지는 알 수 없지만 적어도 지수가 오고 싶은 곳엔 왔다. 어렸을 때도 자주 와 놀았던 소나무 숲 한가운데다. 반대편으로는 휘어진 내리막길이 나 있고, 이쪽은 오르막이니까 어린 마음에는 여기가 정상이라고 생각했다. 이제야 산이란 것이 꼭 보이는 것 같지 않다는 건 알지만, 그러면 어떻고 저러면 어떠랴 싶기도 했다.

그런 생각을 한 것이 지수만은 아닌 듯 예전에는 아무것도 없었던 자리에 나무 벤치가 놓여 있었다. 가서 앉으려고 봤더니 눅눅했다. 눈이 쌓였다가 그대로 녹은 모양이었다. 그래도 다음 벤치는 햇빛이 비치고 있어서 괜찮았다.

"역시 자연의 힘은 대단하단 말이야."

같은 나무로 만든 벤치인데도 볕에 있나 그늘에 있나에 따라 이렇게 다른가 혼자 감탄하며 지수는 나무 벤치 등받이에 등을 기댔다. 이렇게 추운데 밖에서 책을 읽냐고 지영은 항상 타박했지만 지수는 이런 게 좋았다. 소나무 냄새도 좋고 차가운 공기도 좋았다.

들고 온 책은 재석의 소설이었다. 이미 읽은 것이지만 얼마 전에 실물을 봐서일까? 다시 읽고 싶어졌다.

그나저나 이 말도 안 되는 사태를 재석은 어떻게 생각하고 있을까?

책을 펼치며 중얼거렸다가 지수는 아무도 보지 않는데 얼굴을 붉혔다. 정확히 말하면 궁금한 건 다른 것이었다. 수현은 이걸 어떻게 생각하고 있을까? 아니라고 생각하겠지? 자기와 그렇고 그랬던 여자가 자기 삼촌에게 꼬리친다는 말도 안 되는 생각은 하지 않겠지?

언론이란 무섭다. 글을 쓰지만 다른 종류라 그럴까? 추측인 척하면서 확정적으로 말하는 쓰레기 같은 기사들과 타이밍을 잘 잡은 사진만으로도 이야기는 몹시도 그럴싸했다. 지수가 봐도 재석이 그녀를 의미심장한 눈으로 쳐다보고 있는 것 같지 않던가.

"에효……."

모르겠다. 효선도 그렇게 못 견디겠으면 당분간 숨어 있으라 했으니, 한동안은 집에서 신세 지면서 책이나 읽고 머리나 식히고……. 그러다가 수현까지 잊을 수 있으면 더 좋고…….

한숨을 내쉬고 책장을 넘기기 전 지수는 다리를 끌어올려 무릎을 세웠다. 그녀가 책을 읽는 자세였다. 그러느라 툭 하고 뭔가가 떨어졌다. 뭔가 하고 봤더니 '베터달링'이었다. 미진에게서 받아 패딩 주머니에 넣고 그대로 잊어버린 모양이었다.

달칵달칵, 괜히 지수는 병을 흔들어보았다. 조그만 병 안에서 또르르 굴러다니는 하얀 알약은 어쩐지 유혹적이었다. 이게 그렇게 사람을 행복하게 할 수 있을까? 이렇게 작은 게?

미진은 글을 쓰는 데 도움을 받는 모양이지만, 지수는 좀 달랐다. 아니, 뭐 지금은 글을 쓰고 있지 않기 때문이겠지만 지수에게 감명을 주었던 이야기는 행복을 느끼는 호르몬 이야기였다. 세로토닌이 계속 분비되지 않으면 더 이상 분비가 안 된다는 말……. 그럴까? 행복을 느끼는 것도 호르몬이 좌우하는 걸까? 사랑을 느끼는 것도?

그래서 강제로 호르몬을 분비시켜 행복을 지켜야 하는 걸까?

행복은 뭘까? 사랑은 뭘까?

수현에게 다른 고객이 있다는 것을 의식하기 전까지는……. 그러니까 알기는 했지만 의식하기 전까지는 지수는 수현의 모든 것을 순수하게 받아들였다. 하지만 어쩐지 다른 고객이 있다는 것, 그리고 그녀가 그 다른 고객과 다르지 않을지도 모른다는 생각이 들자 모든 것이 달라졌다.

마치 권지수와 수막염을 앓은 적이 있는 권지수는 다르게 느껴지는 것처럼.

그런 게 아닐 텐데.

사랑은 그런 게 아닐 텐데.

아니어야 하는데.

지수는 눈을 감았다. 차가운 바람이 불어와 뺨을 스치고 날아갔다. 눈을 감은 채 손만 움직이자 달칵달칵 알약 굴러다니는 소리가 유난히도 크게 느껴졌다.

이 약을 먹으면 이렇게 혼란스러운 마음을 정리해줄까? 호르몬을 분비시켜주고, 그래서 그녀를 행복하게 만들어줄까? 권지수고 이수현이고 사랑이고 질투고 다 별거 아닌 것처럼 느끼게 만들어줄까?

이상한 나라의 가정부

달칵, 하고 지수가 약병의 뚜껑을 열었다. 그리고 잠시 후 다시 병의 뚜껑이 닫혔다.

모르겠다. 아무리 생각해도 지수에게는 모르겠는 게 너무 많았다. 하지만 하나는 부정할 수 없었다.

이수현은 그냥 이수현이다. 다른 건 모르겠지만, 그가 그녀에게 해주었던 모든 것······. 그것은, 감사한다.

지수가 오른 길을 따라 오르는 수현은 잔뜩 지쳐 있었다.

처음에는 수상한 눈빛으로 그를 맞았던 지수의 어머니는 그를 앉혀놓고 놓아줄 생각을 하지 않았다. 누구냐는 데서 시작해서 뭐 하는 사람이냐는 호구 조사를 받으면서 어쩔 수 없이 수현은 이용화 여사를 슬쩍 팔았다.

CEO라는 타이틀이 찍힌 명함에서 살짝 풀린 진 여사의 얼굴은 이용화 여사의 이름에서 완전히 녹아내렸다. 그럼에도 불구하고 그를 놓아주지는 않았다. 어찌나 궁금한 게 많은지 회사 직원은 몇 명이며 세금은 얼마나 내는지부터 시작해서 만난 지 얼마나 됐으며 그동안 뭘 했는지 영화는 많이 봤는지 뭘 주로 먹었는지까지 물어봤다. 별로 닮은 느낌이 없는 모녀(母女)였는데, 질문이 많은 것만은 꼭 닮았다.

지수도 조잘조잘 궁금한 게 많았다. 국물 맛은 어떻게 내는 건지, 뭘로 닦으면 가구가 반짝이는지, 좋은 냄새가 나는 향초는 어디에서 사는 건지······. 정말 수현이 하는 모든 것을 신기해하고 궁금해했다.

끝나지 않을 것 같은 질문에 몽땅 다 대답하고 나서야 진 여사는 지수가 간 곳을 알려주었다. 찾기 별로 어렵지 않을 거라며 알려주는데 마음이 조급해져 발가락이 다 꼼질거렸다.

지수의 아파트에서 열 시간이나 기다린 다음 이용화 여사의 인맥을 동원해 출판사를 볶은 후에야 간신히 본가에 내려갔다는 것을 알게 된 터였다. 스캔들을 견디지 못하더라며, 많이 스트레스 받았다는 출판사의 전언에 가슴이 터지는 줄 알았다. 그런 여자였는데, 알고 있었는데, 미리 챙기지 못했던 자기 자신이 너무나 싫었다. 당장 그녀를 만나야 했다. 그런데 진 여사의 질문이 길어지자 속이 문드러져 나갔다.

발걸음을 서둘러 산을 오르면서 수현은 밭은 숨을 뱉어냈다. 심장이 뛰는 것이 달려서 그런 건지 아니면 지수를 곧 만날 수 있기 때문인지는 알 수가 없었다.

겨울인데도 소나무 냄새가 희미하게 났다. 아니, 어쩌면 겨울이기 때문에 더 향이 짙은 건지도 몰랐다. 공기 중에 건조하게 떠도는 솔 향이 찼다. 색이 바랜 소나무 잎사귀 위에 쌓여 있던 눈이 바람이 불 때마다 휭 하니 날렸다. 나뭇가지 사이로 보이는 하늘은 보랏빛으로 물들어 있었다. 곧 해가 지는 시간이라 사방이 어슴푸레했다. 기온은 아까보다 더 차가워지는데 지수가 안 보였다.

진 여사는 분명 빤히 찾을 수 있는 곳에 있을 거라고 했는데 이놈의 소나무 숲은 여기가 거기 같고 거기가 여기 같았다.

수현은 마치 보물을 찾는 사람처럼 나무와 나무 사이를 헤매고 다녔다. 그렇게 넓지도 않은 산인데, 아니, 동산에 가까운 볼품없는 산인데 어째서인지 지수를 꽁꽁 숨겨두고 보여주지를 않았다. 길이 엇갈리는 건 아닐까 마음은 더 다급해지고, 발걸음은 급해졌다. 꼭 봐야 했다. 지금, 여기서 이수현은 반드시 권지수를 봐야 했다.

그리고 마침내 지수를 발견했을 때는 심장이 멈추는 줄 알았다.

나무 벤치 위에 지수는 쓰러져 있었다. 다리를 팔걸이에 올린 채, 의자 위에 길게 늘어져 손을 아래로 늘어뜨리고 있는 모습에 수현의 가슴이 철렁 내려앉았다. 설마…….

"지수 씨!"

한달음에 달려가 지수의 상체를 안아들었는데 손에서 또르르 약병이 굴렀을 때는 미칠 뻔했다.

"이 바보 같은 여자가!"

눈물이 앞을 가려 이를 악물면서 수현이 지수를 끌어안았다. 그냥 나갔다더니, 잠깐 바람 쐬러 갔다더니 이게 뭐냔 말이다. 그까짓 스캔들이 뭐라고! 사람 사는 게 다 그렇지 뭐 그렇게 대단한 일이라고! 차갑게 식은 몸에 가슴이 미어졌다. 얼른 목에 손을 대 뛰는 맥을 확인하고 서둘러 겉옷을 벗어 둘러 싸매려 했을 때였다.

"뭐, 뭐야!"

눈을 뜬 지수가 기겁을 하고 몸을 빼다가 데굴데굴 굴러 떨어졌다. 자다가 깼는데 웬 남자가 그녀를 안고 울고 있으니 놀라는 게 당연했지만 그다음의 비명은 범상치 않았다.

"아흑!"

지수가 비명을 지르며 다리를 움켜쥐었다.

약을 먹은 줄 알았던 지수가 아무렇지도 않게 눈을 떠서 한 번 놀라고, 답잖게 민첩하게 몸을 빼서 두 번 놀라고, 너무나 다이나믹하게 데굴데굴 굴러 세 번 놀라고, 비명을 지르며 다리를 감싸 쥐는 바람에 네 번 놀란 수현이 벌떡 일어나 지수에게 다가갔다.

"괜찮아요?"

일단 질문을 던졌는데 뭐가 괜찮냐고 묻는 건지는 수현도 애매했다. 약 먹은 거 아니냐는 뜻인지, 스캔들 때문에 괴로워한다더니 괜찮냐는 뜻인지, 아니면 다리가 괜찮냐는 뜻인지…….

일단은 다리가 제일 급해 보이긴 했다.

"접질린 거 같아요?"

"너, 너……. 여기서 뭐 해?"

끙끙대면서도 지수가 수현을 확인하고 놀란 얼굴을 했다.

"데리러 왔어요."

"나를?"

수현이 가만히 지수를 내려다보았다. 그러다가 허리를 굽혀 그녀를 번쩍 안아들었다.

"으악!"

발버둥을 치던 지수가 끙끙 앓는 소리를 냈다. 몸을 웅크렸다.

"아파요? 어디? 발목?"

"아니……."

지수가 우는 얼굴을 하며 수현의 가슴에 얼굴을 파묻었다.

"다리가 저려."

그제야 수현의 머릿속에 아까 지수가 내내 다리를 벤치 팔걸이에 올리고 잤다는 것이 떠올랐다. 하, 하고 짧게 한숨을 뱉어냈던 수현이 허탈하게 웃기 시작했다.

"이렇게 추운데 자다니, 입 안 돌아간 게 다행이에요."

"잠깐 딴생각을 하다가……. 잠이 들 줄은 나도 몰랐어."

수현의 청량한 웃음소리가 완전히 어둠이 내려앉은 산자락을 타고 휘휘 날았다.

집 근처의 카페는 따뜻했고, 사람이 없었다. 목재 베이스에 노란 빛깔의 전구를 써서 전반적으로 아늑하고 편안했다. 다만 들어가자마자 눈에 보이는 쿠션을 십 년 만에 만난 아들처럼 끌어안은 지수의 표정은 이 카페의 분위기와 어울리지 않게 전투적이었다.

"내가 자살한 줄 알았다고? 왜?"

"분위기가 꼭 그랬어요."

을씨년스러운 산에서 약병을 든 채 비극의 히로인처럼 손을 늘어뜨리고 자고 있을 거라고 누가 생각을 했겠는가?

　　"하지만 자살도 이유가 있어야지. 뜬금없이 내가 왜 자살을 해?"

　　"나도 이해할 수는 없지만 약병도 있었고, 스캔들도 났고, 피곤해서 도망 온 거라고 하고……."

　　"약병은 무슨. 그런 거 아니야. 베터달링이라고……."

　　"베터달링? 그거 마약이잖아요."

　　"마약 아니래."

　　"세상에! 지수 씨!"

　　지수는 이야기가 엉뚱한 쪽으로 빠진다는 걸 깨달았다.

　　"내가 산 것도 아니고 먹을 것도 아니고 얻은 거야. 어떻게 하다 보니까……."

　　"그래도 그건 아니죠. 지수 씨가 스트레스 받는 건 알지만 자극으로 도망치는 건 절대로 해서는 안 되는 일이에요."

　　"미안한데 난 마감 스트레스를 너한테 도망치는 걸로 푼 사람이거든?"

　　순간 대화가 뚝 멈췄다.

　　지수는 입술을 깨물었다. 어쩜 이렇게 사람이 달라지지 않을까? 수현이 없는 내내 반성하고 자아성찰을 했으면서도 막상 만나자 이놈의 입은 어쩜 이렇게 못됐을까?

　　"아니야. 미안해. 그런 이야기가 아니야. 그러니까……. 어쨌든 이 약병은 별거 아니란 뜻이었어. 미진 언니가 정 힘

이상한 나라의 가정부

들면 먹어보라고 준 건데 안 먹었고, 먹을 생각도 없어."

"······네."

지수가 수현을 쳐다보았다. 그는 알 수 없는 표정으로 그녀를 바라보고 있었다. 오랜만이라서 그럴까? 어쩐지 낯설었다.

"그러고 보니까 내가 집에 온 건 어떻게 알았어?"

"그냥 알았어요."

"어떻게?"

"출판사에 알아봤어요."

"출판사에? 출판사에서 내 위치를 알려줬단 말이야?"

아무도 몰래 피해 있으려고 했는데 출판사에서 위치를 알려준 거면 심각한 일이다. 효선이 그랬을 거라고는 생각하지 않았지만 만약 그랬다면 제대로 문제 삼아야 했다.

"이용화 작가가 알려달라고 하는데 어떻게 안 알려줘요?"

"'그' 이용화 작가?"

"네, '그' 이용화 작가요."

"그렇다면······. 할 수 없었겠네."

무심코 납득해버렸던 지수가 말을 멈췄다. 그리고 수현을 바라보았다.

"이용화 작가가 왜 내 위치를 알려달라고 해?"

"내 할머니시니까요. 내가 부탁했어요. 좀 알아봐달라고."

"수현 씨 할머니라고?"

벙 쩌서 지수가 반문했다.

"네. 내 오후 고객이기도 하고요."

"뭐?"

지수가 입을 열었다가 다물었다. 그녀는 잠시 생각했다. 이대로 이야기를 그만둘까 싶은 생각도 있었다. 이미 그녀는 수현의 오후 고객의 얼굴을 확인했다. 그러면 안 되는 일이었지만, 그렇게 되어버렸다. 그리고 그 여자는 이용화 여사가 확실히 아니다.

"무슨 소리를 하는 건지 모르겠지만 네 오후 고객은 이용화 선생님이 아니야. 나 이용화 선생님 뵌 적 있어."

지수가 수현을 노려보았다.

"무슨 소리예요? 맞아요."

"거짓말하지 마."

"내가 무슨 거짓말을 한다고 그래요? 왜 거짓말을 하겠어요?"

"난 모르지. 하지만……."

지수가 한숨을 내쉬었다.

"아니, 됐어. 그만하자. 따지고 싶지 않아."

때마침 커피가 나왔다. 지수도 수현도 커피를 당겨 앞으로 놓고 만지작거리기 시작했다. 할 말이 많은, 하지만 어디서부터 어떻게 해야 좋을지 모르는 사람들의 전형적인 행동이었다.

한참을 망설이던 지수는 고개를 들어 수현을 바라보았다.

두 달쯤……, 못 본 걸까?

이상한 나라의 가정부

함께했던 시간은 계절 하나를 조금 넘는 시간이었을 뿐이다. 그런데도 그 없이는 지내본 적이 없는 것 같은 기분이 들었다. 지금도 두 달 넘게 못 본 것 같지 않았다. 그동안 머리카락은 조금 길었고, 뺨은 조금 여위었는데도 눈빛은 여전했다. 융통성이 없어 보일 정도로 믿음직스러운, 거짓말이라고는 모를 것 같은 눈빛……. 저런 눈빛으로 어떻게 그럴 수 있었을까?

"나……. 수현 씨가 오후 고객과 함께 있는 모습을 본 적이 있어."

"네?"

이해가 잘 가지 않는다는 얼굴로 수현이 반문했다.

"아마 작가인 것 같더라. 나보다 훨씬 친해 보이고, 편해 보이고……."

"잠깐. 무슨 소리예요? 내가 오후 고객과 함께 있는 걸 보다니."

"이촌동에서……. 이사하는 중이었던 것 같아. 그냥 우연히 지나다가 본 거야."

100퍼센트 우연이라기에는 조금 찔리는 구석이 없지 않았지만, 어쨌든 마주친 것 자체는 100퍼센트 우연이 확실했다.

"이사라고요? 아아……. 그건……."

"그냥. 그때 정신이 든 것 같아. 이건 아니야. 나는 이런 건……, 아니야."

수현이 이맛살을 찌푸렸다.

341

"수현 씨 탓을 하는 건 아니야. 결국에는 내가 문제였으니까. 내가 마지막 날 수현 씨에게 했던 말은 다 잊어줘. 그 전에도 못된 말을 많이 했지. 미안해. 내가 사람이 덜됐었어. 많이 반성하고 후회하고 있어."

지수가 깊게 한숨을 내쉬었다.

"진작 이야기했어야 하는데 사과하니까 훨씬 마음이 편하다. 찾아와줘서 고마워."

"지금 뭐 하는 거예요?"

약간 태도가 불량해져서 수현이 퉁명스레 물었다.

"혼자 정리하는 거예요? 내가 지금 정리나 하자고 여기까지 쫓아온 줄 알아요?"

"미안한데 나는 이런 걸 받아들일……."

"나 좋아해요?"

갑자기 날아온 질문에 지수가 말문이 막혔다. 그녀가 어버버 하는 동안 수현이 쏟아 붓듯 말을 이었다.

"내가 얘기한 적 있죠. 권지수라는 사람은 표현력이 아주 좋다고. 자기가 무슨 생각을 하는지, 어떤 감정을 느끼는지 그대로 다 표현이 되는 사람이라고. 나 그래서 권지수 씨가 날 좋아한다고 생각하거든요. 아니면 아니라고 말해봐요."

입이 찢어져도, 아니라고는 할 수 없었다. 하지만 그렇다고 할 수는 없었다.

이수현을 좋아하더라도, 아니 사랑하더라도 함께할 수는 없었다. 권지수는 스스로가 생각하는 것만큼 쿨한 여자가 아니었다. 지수는 수현의 모든 것을 원했다. 정확히 무얼 원하는 건지는 말할 수 없었지만 지금까지와 같은 방식으로는 만날 수 없었다.

그러니까 지금은 부정해야 했다. 그런데 입이 떨어지지 않았다.

마치 그런 지수의 맘을 다 아는 것처럼 팔짱을 낀 채 그녀를 쳐다보던 수현이 벌떡 일어났다. 그리고 그녀의 팔목을 잡아 끌어당겼다.

"왜, 왜 이래?"

지갑에서 만 원짜리 석 장을 꺼내 카운터에 올려놓은 수현은 거스름돈을 받을 생각도 하지 않고 그대로 지수를 끌고 거리로 나섰다. 바둥대는 지수를 거의 들다시피 차로 끌고 간 수현이 그녀를 차로 밀어 넣었다.

"이수현!"

"멈추고 싶으면 뭐라고 해야 할지 알 거예요."

"이럴 수는 없어."

철컥 하는 소리와 함께 차에 락이 걸렸다. 너무 순식간의 일이라 황망하여 지수는 뭐라 말할 수도 없었다.

"안전벨트 매요."

기다리지 않고 차를 출발시키면서 수현이 내뱉었다.

인기척이 없는 으슥한 곳으로 들어서자마자 차를 세운 수현은 안전벨트를 풀기도 전에 지수를 덮쳤다. 순식간에 의자 시트가 넘어가며 눕혀졌고, 다른 생각을 할 틈 없이 그의 입술이 먼저 그녀의 입술을 삼켰다. 고개를 저으려고 했지만, 너무나 그리워했던 체온에 지수는 저도 모르게 입을 벌리고 그를 받아들였다. 단 한 번도 잊어본 적이 없는 방식으로 수현이 깊게 키스해 왔다. 혀와 혀가 얽히고, 입술이 입술을 삼켰다. 그의 입술이 타액이 흥건한 상태로 목덜미로 내려앉았다. 그가 목의 여린 살점을 힘 있게 흡입하는 걸 느끼면서 지수는 아아 하고 옅게 신음소리를 냈다.

"뭘 걱정하는 건지 모르겠지만."

그의 손이 지수가 입고 있던 패딩의 단추를 툭툭 풀어냈다.

"당신은 날 좋아해요. 그리고 나도……, 당신을 좋아하고. 그러니까 아무 문제도 없어요."

"하지만 난…….."

지수의 패딩을 벗긴 수현이 그녀의 셔츠를 들어 올리고 브래지어에 감싸인 가슴을 그대로 덥석 물었다. 얇은 천을 통해 축축함과 뜨거움이 고스란히 느껴졌다. 그가 브래지어를 올리고 맨살을 손으로 쓸 때도, 그리고 손으로 쓴 곳을 입술로 다시 맛볼 때도 지수는 그를 막지 못했다.

호흡이 가빠졌다.

봉긋한 가슴의 선을 따라 혀를 미끄러뜨린 수현이 가슴의 정점의 단단한 살점을 혀끝으로 희롱하고 입술로 빨았다. 슬쩍 미운 생각이 들면 이빨 끝으로 괴롭히기도 했다. 그의 손아래서 이렇게 빨리 뜨거워지는 여자가 무엇 때문에 고집을 부리는지 그는 이해할 수가 없었다.

"좋아한다고 다 되는 게 아니잖아."

지수가 수현의 어깨를 밀어냈다. 잠깐 그녀의 얼굴을 노려보다가 손을 쳐내고 다시 보드라운 피부에 입술을 묻은 수현이 자근자근 이빨로 그녀를 괴롭혔다. 손으로는 몇 번이고 상상했던 선이 가는 허리와 골반을 쓰다듬고 있었다. 탁 소리와 함께 바지 버클이 풀리고 지퍼가 내려갔다. 그가 양손을 바지 속으로 집어넣어 그녀의 골반을 잡으면서 바지를 내렸다. 지수는 반항을 한다고 몸을 비틀어보았지만 소용없었다.

"다 안 될 건 또 뭐예요? 직업이 문제라면……. 나 돈 잘 벌어요. 회사 자체가 내 거니까 다시는 고객을 받지 말라고 하면 그럴게요. 할머니는……. 몰라, 때려치우지 뭐."

"뭐? 회사가 네 거라고?"

"입 다물어요. 여기서 말하는 사람은 나예요."

수현이 손으로 지수의 입을 막았다가 손가락을 넣었다. 어째서인지 모르겠지만, 그의 손가락이 입안으로 들어오는 순간 그녀는 그것을 빨고 말았다. 끙, 하고 수현이 신음소리를 낸 것은 거의 동시였다. 그가 손가락을 그녀의 입술 사이에 찔러 넣은 채 입술로 쇄골을, 가슴의 능선을 부드럽게 어루만졌다.

"뭐든 다 해줄 거니까 당신은 할 말이 없어요. 아무 말도 안 해도 돼."

"읍!"

지수가 뭔가를 말하고 싶어 했지만 수현은 손가락을 빼주지 않았다.

"당신이 봤다는 이사하는 날의 여자……. 작가는 맞는데 반만 맞았어요. 내 이모예요. 그래, 맞아. 당신이 스캔들이 난 내 삼촌의 둘째 누나."

갑자기 뭔가 불쾌한 얼굴로 수현이 고개를 들었다. 그리고 상체를 앞으로 쑥 당겨 그의 손가락을 문 채 할딱이고 있는 지수를 마주 보았다.

"내 삼촌하고 스캔들이 난 주제에 나를 의심해요? 도대체 이 머릿속에는 뭐가 든 거지?"

수현이 뜨겁게 지수의 이마에 키스했다.

지수는 하고 싶은 말이 태산 같았지만 입을 틀어막고 있는 손가락 때문에 아무것도 할 수 없었다.

"아직도 하고 싶은 말이 있어요?"

수현이 지수의 눈을 쳐다보았다. 그러더니 기가 막힌다는 듯 고개를 흔들었다.

"그동안 내가 금욕하느라 테크닉이 준 모양이네요. 아직도 머리 굴릴 틈이 있다니."

손가락이 빠져나갔다. 그리고 그 자리에 입술이 내려앉았다. 혼이 빠질 것 같은 키스였다. 머리가 다 쨍할 정도로 강했다.

"지금부터 당신이 할 수 있는 말은 딱 하나예요. 멈추고

이상한 나라의 가정부

싶을 때 하는 말. 그 외에는 무시할 거예요."

지수는 대답할 수 없었다. 이미 머릿속이 텅 빈 다음이었으니까.

수현의 입술이 가슴의 정점을 삼키고, 그의 손이 맨살을 어루만지며 내려가 단전을 훑고 삼각지의 검은 숲을 어루만진 다음 갈라진 여성의 틈으로 들어가는데 다른 생각을 할 수 있을 리가 없었다. 그의 양손이 엉덩이를 붙잡고 들어 그녀의 하체를 완전히 해방시켰다.

"위로 조금 몸을 당겨요."

수현이 시키는 대로, 그의 손이 이끄는 대로 지수는 몸을 위로 당겼다. 그러자 운전석에서 그녀의 좌석 쪽으로 완전히 몸을 옮겨온 수현이 등을 대시보드 쪽에 기대고 지수의 양다리를 벌렸다. 그러고는 그녀의 목을 당겨 입을 맞췄다.

들어오겠다는 소리보다 좋았다.

"아흑!"

움직임이 불편한 수현은 직접 움직이는 대신 지수를 당겨서 자신을 파묻었다. 양 다리를 벌려 창문에 발을 댄 채 지수는 수현을 받아들였다. 공간의 한계가 묘한 짜릿함을 만들었다. 퍽퍽 거칠게 그녀의 안으로 진입하는 수현 역시 평소보다 훨씬 흥분한 듯했다.

허리를 몇 번 움직이지 않았는데도 두 사람 모두 오르가즘의 근방에 도달했다. 아찔아찔 숨만 쉬어도 터질 것만 같은 그 순간에 수현은 간신히 멈췄다. 허리를 굽힌 채 거친 숨을

347

토해내는 그의 머리카락이 젖은 이마에 달라붙어 있었다. 그는 오랜만의 섹스를 이렇게 끝내고 싶지 않았다. 그래서 지수의 무릎에 입을 맞추고, 그녀의 등을 안았다. 맨살이 사랑스럽게 손바닥에, 피부에 와 닿았다. 그렇게 한참 서로를 끌어 안은 채 있는 것은 좋았다. 무언가 온전하게 하나가 된 느낌이 있었다. 그리고 한참을 그렇게 있다가 그는 몸을 돌려 그녀를 자신의 위로 올렸다.

훨씬 행동이 편해졌다.

몇 달의 공백이 있었지만 이 자세가 무엇을 뜻하는지 잊을 정도는 아니었다. 지수는 다가올 쾌감에 벌써 성급한 표정을 지었다.

"천천히."

수현이 경고했다. 경고가 아니었다면 지수는 성급하게 달렸을 테고, 두 사람 모두 빠른 끝을 봐야만 할지도 몰랐다.

그러고 싶지 않았다.

깊은 숨을 내쉬며 지수는 수현의 어깨에 손을 짚었다. 한겨울이라는 것이 무색할 정도로 이마에는 굵은 땀방울이 맺혀 있었다. 그나마 지수 쪽의 사정은 나은 편이었다. 수현은 거의 사우나에 들어와 있는 것처럼 땀을 흘리고 있었다. 둘 다 호흡이 불이라도 붙을 것처럼 뜨거워서 안 그래도 짙은 선팅이 되어 있는 유리창은 누가 들여다봐도 보이지 않을 것처럼 뽀얗게 김이 서려 있었다.

"움직이고 싶어."

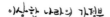
이상한 나라의 가정부

"천천히."

수현이 다시 경고했다. 지수는 그의 박자에 따라 천천히 허리를 움직였다.

그 순간 지수는 뼈저리게 깨달았다. 알고 있었지만 이 정도인 줄은 몰랐다. 이 정도까지 원하고 있는 줄은 몰랐다. 그녀는 이수현이 권지수의 안에 들어와 있는 이런 기분을 다시 느끼고 싶었다. 숨 막히도록, 이대로 죽어도 좋을 정도로, 다시 한 번만 이 기분을 느낄 수 있기를 바랐다.

서로 결합된 채로, 질척이는 음란한 느낌과 심장이 벌컥벌컥 뛰는 격렬함, 그럼에도 불구하고 나른하게 팔다리가 무거운 감각이 너무나 그리웠다.

이게 사랑이 아닐 수 있을까?

지수는 사랑한다고 말하고 싶었다. 수현은 그녀도 그를 좋아하고, 그도 그녀를 좋아한다고 말했지만 아니었다. 그녀는 그를 사랑했다.

허리를 움직이면서, 그래서 점점 무아지경에 빠지면서 지수는 사랑한다고 말해야겠다고 결심했다. 쾌락과 관능과 이성 사이에서 점점 오롯해지는 진심을 그녀는 소리 내어 말하고 싶었다.

"사랑해요."

하지만 이번에도 먼저 말한 건 수현이었다. 두 사람 모두에게 격렬한 오르가즘이 찾아온 순간, 지수가 그를 조일 수 있는 한계까지 조이며 수축하고 수현이 그런 그녀의 안에 자신을 완전히 놓아 파정하는 순간, 수현은 사랑한다고 말했다. 아니, 사랑한다고 말한 게 먼저였는지도 모른다.

몸을 겹치며 지수는 생각했다.

어쩐지 눈물이 날 것 같았다.

하지만 그 눈물은 수현이 떠난 후로 흘렸던 눈물과는 다른 것이었다.

분명히.

15. 너와 함께 보낼, 아주 야한 시간들

스캔들은 순식간에 불거졌던 것처럼 순식간에 사라졌다. '아무도 몰랐던 중독'은 18쇄까지 거침없는 증판 행렬을 거듭한 끝에 이백만 부를 찍었다. 쏟아졌던 관심은 완전히 사라지지는 않았지만 점점 사그라졌다.

모든 것은 제자리로 돌아왔다.

권지수와 이수현만 빼고.

이수현은 권지수를 낯설게 만든다.

권지수는 사랑이라는 것이, 타인을 받아들이는 것이 얼마나 귀찮고 어려운 일인지 너무나도 잘 알고 있는 사람이었다.

그럼에도 불구하고 사랑에 빠진 바보이기도 했다. 이수현은 권지수를 사랑에 빠지게 만들었다. 그리고 낯선 사람이 되게 만들었다.

이수현이 어떤 사람인지에 대한 자세한 설명은 없었다.

차 안에서 주고받았던, 입으로 하는 대화보다 몸의 대화에 더 충실했던 그 순간 외에는 설명 같은 건 없었다.

지수 역시 설명하지 않았다. 스캔들이라든지 갑작스러운 실망이라든지 미행이라든지……. 그 모든 것을 일일이 설명할 생각은 없었다. 언젠가 이야기하더라도 아마 아주 오랜 시간이 지난 후가 될 것이다.

왜냐면 당장은 그 외의 다른 것을 알아가는 데도 바쁘니까.

알아야 할 것이 너무 많으니까.

서로를 온전히 사랑하기 위해서.

"내가 언제 당신한테 빠졌냐고요?"

수현이 잠시 생각하는 시늉을 했다.

"아마 내가 밥 먹으라고 했을 때, 작가병이 도져서 나는 지금 나라를 구하고 있는데 네까짓 게 감히 나에게 밥을 먹으라고 해? 하는 거만한 표정을 지었을 때요?"

"뭐야?"

지수가 발끈해서 주먹을 쳐들었다. 껄껄 웃으며 지수의 손목을 잡아 제지한 수현이 그녀의 양 손목에 일일이 입을 맞춘 후 놓아주며 말을 바꿨다.

"그러면서 내가 반말했더니 울컥해서 목 놓아 울었을 때?"

수현이 지수의 뺨을 감싸 쥐고 코끝에 입을 맞췄다.

"나는 당신이 울 때가 그렇게 좋더라."

이상한 나라의 가정부

"너……. 사람들 볼 때는 이러지 마."

지수의 집이었지만 두 사람만 있는 것은 아니었다. 아파트 문은 열려 있고 거기를 통해 끊임없이 아저씨들이 들락거리며 장미를 나르고 있었다.

한 가지 알게 된 것. 이수현은 뭘 해도 한번 하면 화끈하게 한다. 집안일도 흠잡을 데 없이 하더니 꽃을 선물하겠다고 마음을 먹자 꽃이 아니라 밭 하나를 터는 느낌으로 주문을 했다.

풍성하고 꽃봉오리가 탐스러운 장미꽃이 시시각각 늘어나고 있었다. 침실을 채우고 거실을 채우고……. 지금 서 있는 이곳이 집인지 장미꽃 밭인지 알 수가 없었다.

"아직 멀었어?"

"거의……, 다 됐어요. 지수 씨가 살아온 날들만큼의 장미니까. 생각보다 오래 살았네요."

능청을 떠는 수현의 어깨를 쥐어박은 지수가 눈을 흘겼다.

"이게 뭐 하는 거야, 도대체."

"데이트 하려고요."

수현이 싱긋 웃었다.

"데이트 할 땐 역시 장미꽃이죠. 내가 요즘 저녁 계약이 끝나서 시간이 많거든요. 나랑 데이트 할 거죠?"

그러는 동안에도 장미꽃은 부지런히 늘어나고 있었다. 고집스러울 정도로 한결같은 붉은 장미. 그 향이 아찔할 정도로 짙었다.

"왜 하필 붉은 장미야?"

"붉은 장미는……."

수현이 잠깐 뒤를 돌아보았다. 마침 마지막 장미를 바닥에 놓은 아저씨가 모자를 슬쩍 들어 인사를 했다. 아저씨에게 고개를 까딱해 답례한 수현이 다시 그녀를 끌어안고 귓가에 속삭였다.

"야하잖아요. 앞으로 우리가 보낼 아주 야한 시간을 상징하는 거예요."

"뭐야?"

어이가 없어 수현의 얼굴을 쳐다보았던 지수가 그의 어깨를 마구 때리기 시작했다.

"그럼 도대체 내가 왜 장미를 골랐을 거라고 생각하는데요?"

뻔뻔하게 말한 수현이 지수의 허리를 끌어안아 당겼다. 몸과 몸이 닿자 화학작용이 무섭게 일어났다.

"내가 가시 몽땅 떼어달라고 했을 때 플로리스트가 얼마나 기가 막혀 했는지 알아요?"

"나도 기가 막힌다."

"하지만 꽃잎을 떼는 수고 없이 뒹굴 수 있다는 건 매력적이지 않아요?"

지수가 잠시 생각했다.

"조금?"

두 사람의 얼굴이 미소가 떠올랐다.

"하지만 야한 게 전부야?"

"우리요?"

수현이 빙긋 웃고는 넥타이를 느슨하게 늦췄다.

"다른 게 필요해요?"

예를 들어, 어떤 사람에게는 사랑을 이야기하기 위해 고급 승용차나 강남의 50평대 집이 필요할 수 있다. 어떤 사람에게는 커다란 눈과 하얀 피부, 콜라병 같은 몸매가 필요할 수 있다. 그리고 어떤 사람에게는……. 아주 야하고 야하고 야한 말만 필요할 수 있다.

그가 웃는 순간 그녀는 크게 심장이 뛰었다.

그가 키스하려 허리를 굽히는 순간은 머릿속이 하얗게 탈색되었다.

그리고 마침내 그가 키스하는 순간, 지수는 모든 것을 얻었다.

지수의 허리를 부러뜨리려는 것처럼 강하게 끌어안고 키스한 수현이 그녀의 귓가에 속삭였다.

"멈추려면 어떻게 해야 하는지……. 알고 있는 거죠?"

지수가 키득키득 낮게 웃었다. 웃음소리가 새어나오던 입술 위로 키스가 덮였다.

장미향기가 방 안을 가득 채우고 있었다.

아무래도 장미꽃 향기에는 최음 효과가 있는 게 분명하다. 안 그러면 키스가……, 이렇게 달콤할 수 없다.

에필로그 이.

따뜻한 봄날, 이용화 여사의 정원에는 하얀 기둥이 세워
지고 그 위에 수십 장의 하얀 베일이 걸렸다. 파랗게 새로 돋
아난 잔디와 녹음이 우거진 나무들, 그리고 곳곳에 장식된 붉
은 장미들은 물기를 한껏 머금고 있었다.

"네가 결국 한 건 해내는구나."

지영이 정원을 두리번거리며 혀를 내둘렀다.

"너네 시댁, 끝내준다. 여기가 시할머니 집이라고? 엄청
부잔가 봐!"

"부자가 문제가 아니야. 이용화 시인이잖아. 이용화 시인.
나 이번에 시집 다 샀어. 시 정말 좋더라."

진 여사가 잔뜩 상기되어 거들었다.

워낙 유명하니 이름을 알았을 뿐 시는커녕 소설도 잘 안
읽는 진 여사의 말에 지수는 웃고 말았다. 진 여사가 그녀의

책을 사다 놓고 엄청 흥분된 표정으로 한 장 읽다 잠들고, 한 장 읽다 잠들었다는 것을 아버지의 증언으로 알게 된 다음이었다.

"저기, 어머니와 언니 분, 이쪽 봐주시고요."

카메라맨의 목소리에 엄마와 지영이 한껏 가식적인 미소를 지었다. 찰칵 하면서 날 좋은 햇빛 아래서도 플래시가 터졌다. 사진들은 분명히 피부에 티 하나 없이 두부처럼 나올 거다.

정원에는 사람이 꽤나 많았다. 줄이고 줄인다고 했는데도 출판사 쪽과 친구 몇 명, 그리고 수현의 회사 사람들, 거기에 오랜만의 경사(?)를 맞은 이용화 여사의 지인들을 포함하니 적잖은 인원이었다. 애초에 생각했던 소박한 하우스가든 파티는 물 건너갔고, 이건 제대로 된 파티다.

"지수 씨……."

효선의 목소리에 지수가 반색을 했다.

"편집장님!"

"어머, 이게 웬 천사야? 지수 씨, 정말 예쁘다. 내가 본 신부 중에서 가장 예뻐."

"에이, 다른 결혼식 가서도 같은 말 하실 거면서."

"진짜야. 내일 갈 결혼식에서는 뭘 볼지 모르겠지만 지금까지 본 신부 중에서는 제일 예뻐."

효선이 장난스럽게 눈을 찡끗했다.

"친구 분들 서세요. 사진 찍으셔야죠."

"네에!"

카메라맨의 말에 효선과 함께 온 다른 편집 직원들까지 우르르 지수를 둘러쌌다. 한 팀이 지나가면 또 한 팀이 우르르……. 평생 찍을 사진의 90퍼센트를 오늘 찍는구나 싶은 날이었다.

"휴우."

지수는 크게 숨을 들이마셨다가 내쉬었다. 괜스레 심장이 쿵쾅쿵쾅 뛰었다. 어쩌다가 지금 여기에 앉아 있는 건지 실감이 나지 않았다.

"지수야."

그다음에 들어온 것은 이용화 여사였다. 상아빛 한복을 입은 이 여사가 흐뭇한 눈으로 지수를 바라보았다.

"예쁘구나."

"감사합니다."

처음 효선과 미진과 함께 이 여사를 만났을 때는 무뚝뚝하다고 생각했다. 그리고 수현의 손을 잡고 가서 두 번째로 만났을 때는 진짜로 퉁퉁한 성격이라는 것을 알았다. 조손간에 투덕이는 것은 지수가 언니와 투덕이는 것에 비할 바가 아니었다.

두 사람은 어떨지 몰라도 보는 입장에서는 상당히 재미있어 웃었더니 수현은 '털털해 보인다고 마음 놓으면 큰일 날걸요.'라고 경고했다. 그리고 이용화 여사가 처음 지수를 불렀던 것도 아마 수현과 지수의 사이를 의심하고 그런 거라고 덧붙였다. 그 말에 약간 긴장되기는 했지만 본질적으로 지수는 이 여사의 시를 좋아했다. 그런 시를 쓰는 사람이 나쁜 사람일 리가 없었다.

무엇보다 이용화 여사가 얼마나 수현을 아끼는지는 그냥 봐도 알 수 있었다.

"너희가 이러고 있는 거 보니까 시상이 막 떠올라. 나중에 선물해주마."

"정말요? 감사합니다."

이런 사람인데 보통이 아니면 어떻고 보통이면 또 어떻겠는가?

하지만 사실 지수도 이 모든 것을 세심하게 기억해두고 있었다. 청량한 하늘과 꽃 장식, 사람들이 웃는 모습…… 가장 행복한 순간의 클리셰로, 그녀의 마음속에는 영원히 남을 순간이었으니까.

그 생각에 미소 짓고 있을 때였다.

"너무 좋아하는 거 아니에요?"

다정한 목소리가 귓가에 부서졌다. 햇살처럼 따뜻한 온도를 지닌 목소리는 바로 수현의 목소리였다.

"좋아하면 안 돼?"

지수는 검은색 연미복이 기가 막히게 어울리는 수현을 올려다보았다. 연미복이 일반인에게 이렇게 몸에 맞춘 듯 어울릴 거라고 생각해보지 않았다. 평소 지휘자들이 연미복을 입은 것도 약간 어색하게 느꼈던 지수였다. 그러나 수현에게는 선명한 흑백의 대비가 썩 괜찮았다. 하여간 옷발 하나는, 하고 지수는 만족스럽게 웃음을 흘렸다.

"돼요. 많이 좋아해요."

수현은 정중하게 허리를 굽혀서 지수의 볼에 입을 맞췄다.

"어허! 내가 또 때를 잘못 맞췄구나!"

허리를 편 수현이 인상을 찌푸렸다. 재석이었다.

"그러네요. 삼촌은 별로 도움이 되는 법이 없어요."

수현이 퉁을 부렸다.

"선생님, 오셨어요?"

뭐라고 불러야 할지 몰라 선생님이라고 부르면서 지수는 저도 모르게 엉덩이를 들썩였다. 수현이 눈을 흘기며 그녀의 어깨를 꾸욱 잡아 눌렀다.

"예쁘네요."

"감사합니다."

재석이 매력적으로 웃으며 지수를 칭찬했다. 여상한 칭찬이건만 수현은 스캔들의 앙금이 아직 남아 있는지 영 비뚜름한 표정이었다.

"이 자식…… . 아니라니까 그러네. 지수 씨, 이놈이 달려와서 나 쥐어 팬 이야기하던가요?"

"네에?"

놀라서 지수가 눈을 화등잔만 하게 뜨자 수현이 말도 안되는 소리 하지 말라는 듯 손을 저었다.

이상한 나라의 가정부

"듣지 마요. 삼촌 엄살 장난 아니니까. 제풀에 걸려 넘어지고 나한테 치료비 청구한 사람이에요."

그러다 여전히 지수가 그를 수상쩍게 보는 걸 발견하고 발끈해서 그녀를 노려본다.

"지금 나 안 믿는 거예요? 저번만 해도……."

그때 은녀가 들어왔다.

"오! 누님!"

재석이 싱글벙글 웃으며 은녀를 반겼다.

"재석이 안녕? 어머, 지수 씨……, 너무 예쁘다."

몸매를 따라 흐르는 민트 색 실크 드레스를 입은 은녀는 무척이나 매력적이었다. 수현이 다시 인사를 시켜줄 때 아무도 몰래 민망했다는 것을 제외하고는 지수는 은녀가 마음에 들었다. 쿨하고, 화끈하고, 당당했다.

"흥. 여기 스캔들의 주인공들은 다 모였네."

지수에게만 들리게 수현이 투덜거렸다. 눈을 흘기면서도 지수는 수현의 마음을 이해할 수 있었다. 마음이란 참 이상했다. 아닌 걸 알면서도, 100퍼센트 오해란 걸 알면서도, 일단 삐쳐버린 마음은 뭔가 계속 꿍하고 또 꿍한 것이다.

잠시 쓸데없는 한담을 나누고 오랜만에 상봉(?)한 남매간의 대화를 하겠다며 재석과 은녀가 나간 후, 수현이 지수의 몸을 돌려 그를 마주 보게 했다.

"다시는 삼촌한테 친근하게 굴지 마요."

"어떻게 그래? 시숙부인데."

"시숙부고 친숙부고 싫으니까 그러지 마요."

너나 이모한테 친근하게 웃고 팔짱끼지 말라고 하려다가 지수는 입을 다물었다. 유치하기도 하고, 이유가 없는 소모전이었다.

수현이 지수를 빤히 내려다보다 한숨을 폭 내쉬었다.

"화장을 너무 예쁘게 해서 입 맞추고 싶은데 못하겠어요."

점잖게 말한 수현이 갑자기 지수의 귓가에 속삭였다.

"그런데 나 꼭 해보고 싶은 게 있는데……."

"뭐?"

"드레스 입은 채로……."

"뭐야? 정말!"

수현의 어깨를 밀면서 지수가 눈을 흘겼다. 수현은 청량하게 웃었다. 하지만 그가 말한 것만으로도 상상이 된 지수가 아랫배가 살짝 뜨거워졌다는 것을 수현은 모를 것이다.

"이따가 봐요."

수현이 지수에게 다시 한 번 입을 맞추고 돌아섰다.

"신부님, 이제 나가실까요?"

신부 도우미가 지수를 불렀다. 긴 베일이 꼬이지 않도록, 드레스를 밟지 않도록 조심 또 조심해서 걸음을 옮겨놓자니 다시 심장이 두근거리기 시작했다.

마치 꿈같았다.

바람이 불 때마다 펄럭이는 베일과 날리는 꽃잎들…….

물에다가 파란 물감을 풀어놓은 듯한 하늘을 머리에 이고 하는 근사한 결혼식이었다. 오브리의 연주가 허공을 휘휘 타고 날아올랐다.

지수가 마지막 소설 '꿈의 결혼식'에서 쓴 그대로였다.

버진 로드의 저 끝에서 수현이 기다리고 있었다.

"아흑! 잠깐!"

지수는 등 뒤로 방문이 닫히자마자 허리를 굽혀 10센티미터가 넘는 웨딩슈즈를 벗어던졌다. 식이 끝나고 수현이 그녀의 손을 잡아당겨 서재로 뛰기 시작한 후로 내내 하고 싶던 일이었다. 그다음에 하고 싶은 일은……

"젠장. 나가야 하니까 키스는 안 되네."

수현이 입을 맞추려다가 방향을 바꿔 귓불을 혀로 핥으며 안타까웠다. 결혼식에 화장을 떡칠을 해야 한다는 건 누가 만든 법칙인지 옳지 않았다. 결혼식이 두 남녀의 결합을 축하하기 위한 것이라면, 더더욱 옳지 않았다.

수현이 미는 서슬에 쿵 하고 책장이 등 뒤에 닿았다.

"드레스, 들어 올려요."

지익 하고 지퍼를 내리면서 수현이 명령했다. 서둘러 드레스를 구겨 안았지만, 말 그대로 한 아름이었다. 도저히 속옷을 벗을 수가 없었다.

"세상에! 이런 걸 안 입고 있었어요?"

한복 고쟁이 같은 속옷을 보고 수현이 푸핫 웃음을 터트렸다. 그런 수현을 발로 차는 시늉을 해보았지만 안고 있는 드레스 때문에 별로 위력적이진 않았다. 수현이 그녀의 고쟁이를 벗기고 속옷도 끌어내렸다.

"아홋!"

수현의 지수의 다리를 끌어올려 허리에 감게 하고 단숨에 진입하는 순간 지수가 고개를 뒤로 꺾었다. 그가 손으로 다리를 단단히 잡고 있긴 했지만 운신이 영 불편했다. 거기다 허리가 조여져 있어서인지 숨이 막혔다.

"나 숨이……. 아흑!"

숨이 막히면……, 더 쾌감이 증폭되던가? 희미한 정신에 문득 그렇다는 소리를 들은 것 같기도 했다. 그래서 누군가는 위험한 관계를 시도하기도 한다고.

의도한 건 아니지만, 지수가 지금 느끼는 감각이 그런 건 거 같다.

"뭐……라고요?"

지수를 거칠게 밀어 올린 수현이 뜨거운 숨을 내뱉으면서 물었다.

"아니……야. 계속해."

"드레스 놔도 돼요. 내 어깨를 잡아요."

"으응……. 아! 흐응! 으응!"

정말 정신 나간 신랑신부였다. 하지만 그게 너무나 좋은 것은, 더 문제일까?

퍽퍽 수현이 지수의 안으로 진입할 때마다, 그녀를 밀어

올릴 때마다 간신히 바닥을 짚고 있던 지수의 다른 다리가 바들바들 떨렸다. 발레의 토우 자세처럼 간신히 발가락 끝만 바닥에 닿아 있어 사실 그녀는 온 체중을 온전히 수현에게 의지한 채였다.

"아흑!"

지수가 필사적으로 손을 뻗어 수현의 목을 끌어안았지만 두 사람 사이에 구겨져 있는 드레스의 부피가 너무나 커서 자세가 안정적이지 못했다. 하지만 어쩐지 그런 면이 두 사람의 흥분을 더하는 것 같았다. 전에 없이 수현 역시 템포를 잃고 있었다.

드레스가 바스락거리는 소리 외에는 거친 숨소리, 억제하려 해도 터져 나오는 신음소리, 그리고 질걱거리는 농익은 마찰음만이 서재를 가득 채웠다.

"학!"

눈앞이 아찔해진 순간 지수는 팔을 뻗어 책장을 붙잡았다.

수현의 목에서 끓는 소리가 났다. 그는 마지막 힘을 끌어올려 그녀의 안으로 깊이 파고들었다. 지수의 허리가 튕기며 고개가 뒤로 젖혀졌다. 벌어진 지수의 입에서는 잠깐 동안 아무 소리도 나지 않았다. 소리 없는 호흡이 마침내 한숨이 되기까지는 꽤 많은 시간이 필요했다.

"아아아……."

쥐어짜듯 책장을 움켜쥐었던 손에 힘이 빠졌다. 지수는

손을 뻗어 수현을 끌어안았다. 수현 역시 지수의 등허리를 어루만지기 시작했다.

"이 드레스……. 집에 갖다 둬야겠어요."

수현이 만족스러운 숨소리를 감추지 못하고 속삭였다. 어차피 드레스는 이용화 여사가 구입한 거니 집에 있을 테지만, 이런 용도로 사용될 것이라는 걸 이 여사가 상상이나 할 수 있을지는 모르겠다.

"수현 씨."

"네?"

"언제까지 존댓말 할 거야?"

아까 지영이 살짝 지적한 이후로 계속 신경이 쓰였었다. 아니, 그 이전부터 신경은 쓰였었는데 새삼스레 뭐라 말할 수가 없어서 그냥 있었다. 수현이 지수보다 한 살 어린 것은 달수로 따진다면 여섯 달차도 나지 않는다.

"싫어요?"

"싫은 건 아니지만…….."

"아니면 됐지 뭘 그래요?"

"사람들이 이상하게 생각하잖아."

수현이 눈을 동그랗게 떴다.

"그런 거 신경 쓰는 사람인 줄 몰랐는데……. 원한다면 사람들 앞에서는 반말할게요."

뭔가 어감이 이상했다.

"왜 그렇게 존댓말을 고집하는데? 내가 존경스러워?"

지수가 고개를 갸우뚱하며 묻자 수현이 하하 큰 소리를 내고 웃고는 지수의 뺨에 입을 맞췄다.

　"내가 존댓말을 하다가 반말을 할 때……, 지수 씨의 얼굴이 미치게 섹시하거든요."

　"뭐?"

　"내가 존댓말을 해도 지수 씨는 나의 귀여운 애기예요. 소중히 대해주는 거예요."

　전혀 상상치도 못한 수현의 대답에 지수가 눈을 크게 떴다. 수현이 그런 지수를 귀엽다는 듯이 바라보았다. 그의 눈이 반짝반짝 빛나고 있었다. 진심인 거다.

　"이……. 변태!"

　밉다는 듯이 눈을 흘기는 지수를 보고 수현이 그녀를 끌어안고 키스를 퍼부었다. 화장은 망했다. 아무래도 여기서 뭘 했는지 다들 알아차릴 것 같다.

　아마도 웨딩드레스를 입고 가장 많은 키스를 한 부부가 아닐까 싶다. 수현의 취향상, 앞으로도 종종 웨딩드레스를 입고 키스를 할 듯하니 아마 기록은 나날이 갱신될 것 같다.

　"이왕 화장 망쳤는데 한 게임 더?"

　수현이 능글맞은 표정을 지으면서, 드레스 위로 지수의 가슴 위에 키스했다.

　정원에서 샴페인 따는 소리가 들렸다. 사람들이 웃는 소리도 마냥 즐겁다.

　서재에서의 은밀한 즐거움만큼.

에필로그 02.

　　수현의 부모님의 묘는 강원도에 위치한 가족묘지에 있었
다. 시야가 탁 트여 앞으로는 섬강이 보이고 등 뒤로는 송산
이 있는 명당이었다. 딸을 먼저 묻을 줄은 몰랐다며 한숨을
쉰 이용화 여사가 고르고 고른 묏자리라 했다.

　　결혼식 후 처음 맞는 추석, 지수와 수현은 손을 잡고 묘를
찾았다. 결혼한다는 보고를 하기 위해 식 전에 찾아온 이후
처음이었다.

　　그래도 달리 할 건 없었다. 제사를 따로 지내는지라 살아
생전 홍녀가 좋아했다는 음식을 좀 가지고 와 차리는 게 전부
였다. 요즘은 묘 관리도 관리인이 다 해주는지라 손 댈 데도
없이 봉분은 오도카니 깔끔했다.

　　"좀 자주 찾아올 걸 그랬나 봐."

　　절하고 일어서서 묘를 등지고 앉아 싸 온 음식을 나눠먹

으며 지수가 중얼거렸다.

"뭐하러요?"

"그래도 어머니, 아버지가 서운해하실 거 같아."

"안 그래요."

"왜?"

"뭐 어차피 유령인데 여기에도 있을 수 있고 저기에도 있을 수 있는데 그게 서운하겠어요? 몸 가벼운 사람이 움직여야지. 우리는 한번 오려면 음식 준비해서 차 타고 몇 시간이에요?"

독특한 수현의 대답에 지수가 눈을 깜빡였다.

"내킨다면 우리 옆에 딱 붙어서 우리가 뭐 하나 지켜보고 있겠지만, 할머니나 삼촌 말을 들어보면 우리 엄마가 그럴 스타일은 아닌 거 같고……. 아마 지금쯤 한국에 없을지도 몰라요. 세계를 훨훨 돌아다니면서 보고 싶은 것도 다 보고 먹고 싶은 건……."

수현이 킥킥 웃었다.

"누가 안 주면 훔쳐 먹지 않을까요? 어차피 유령인데 뭐. 프랑스 가서 레스토랑에서 훔쳐 먹고, 독일 가서 술집에서 소시지와 맥주 훔쳐 먹고……."

"신나겠다."

"그렇죠?"

수현이 허리를 굽혀 지수의 뺨에 입을 맞췄다. 그리고 다시 입술에. 베이비 키스 정도였지만 방금 시어머니 이야기를 해서인가, 지수는 어쩐지 쑥스러웠다.

"왜요?"

그녀가 몸을 빼자 수현이 의아하다는 듯 그녀를 내려다보았다.

"어머님이 혹시 보고 있을지도 모른다고 생각하니까."

"우리 엄마를 뭘로 보는 거예요?"

수현은 어이없다는 표정을 지었다.

"여기서 자리 깔고 누우면 우리 엄마는 쓱 비켜줄 사람이에요."

"말도 안 돼!"

수현이 은근히 지수를 향해 몸을 기울이는 바람에 질색하며 지수가 그의 어깨를 떠밀었다. 순순히 밀려나면서도 수현은 마음을 바꿀 생각이 없는 모양이었다.

"진짜예요. 나는 그렇게 생각해요. 내 부모님은 내가 좋은 일이라면 다 좋아할 거다. 그러니까 내가 사랑하 사귐지수를 위한 일이라면 뭐든 좋아할 거다. 옆에 없는 부모님을 가진 사람만이 할 수 있는 미화죠."

지수가 수현을 바라보았다. 기울어져 가는 태양이 비추고 있는 그의 얼굴 라인은 단정했고, 다정했다. 그리고 뭐라 말할 수 없이 시(詩)적이었다.

"역시 너도 글을 써야 한다고 생각해."

"할머니한테 세뇌 당했군요. 귀 얇은 권지수 씨."

"그런 거 아니야."

이상한 나라의 가정부

"그럼?"

"같은 말을 해도 네가 말하면 시처럼 들릴 때가 많거든."

수현이 청량하게 웃었다. 그리고 손을 뻗어 지수의 뒷목을 그러쥐고 입을 맞췄다.

"그건 권지수가 나를 너무 사랑해서 그런 거고. 내가 뭘 해도 시처럼 들리는 건……, 중증이네. 상사병에 걸리면 안 돼요. 내가 관리하는 이상 내 와이프는 암만 좋은 병이라도 걸리면 안 되니까. 아프면 안 돼요."

수현이 상냥하게 속삭였다. 입맞춤이 약간 농염해질 뻔했지만, 다행히도 바람이 서늘해 지수가 어깨를 떠는 바람에 위험해지진 않았다. 그는 부모님에게 쿨하게 인사를 하고 그녀를 일으켜 세워 집으로 가는 길을 재촉했다.

하지만 이렇게 애지중지 금쪽처럼 다뤘음에도 불구하고 지수가 아프게 되기까지는 오랜 시간이 필요치 않았다.

3개월 후.

모교에서 들어온 특별강의 때문에 자주 입지 않는 정장에 화장까지 하고 외출한 날, 지수는 약간의 메스꺼움을 느꼈다. 매일 편한 옷만 입고 다니다 몸을 죄는 옷을 입어서 그럴 수도 있고, 사시사철 스니커즈만 신다가 높은 굽을 신어서일 수도 있었다. 아니면 운전을 하려고 앉았는데 내키지 않아 지하철을 이용한 게 문제일 수도 있었다.

90분짜리 특강이었는데 50분 수업 후 10분 정도 쉬는 동안 지수는 교직원 휴게실로 들어가 수현에게 문자를 보냈다.

　—좀 데리러 와줄 수 있어? 나 몸이 안 좋아.

즉각 전화가 왔다.

　— 어디가 안 좋은데요?

"모르겠어. 좀 멀미를 하는 것 같기도 하고, 어지러워."

　— 설마 보정 속옷 같은 거 입은 거 아니죠?

아침에 오늘은 특강 나가야 하니 불어난 살을 감춰주는 보정속옷을 입어야겠다고 찾은 걸 기억하고 있는 거다. 하지만 어쩔 수 없었다. 결혼하고 나서 지수는 살이 5킬로그램이나 쪄버렸다. 그것도 몽땅 배로 가는 바람에 몸매가 영 볼품이 없었다.

　— 당장 화장실에 가서 벗어요.

"그거……, 야하게 들린다."

　— 농담 아니고요.

"알았어. 알아서 할게. 데리러 와줄 수는 있어?"

　— 당연하죠. 지금 출발해요. 나오면서 전화해요.

"응. 사랑해."

　— 내가 더 사랑해요.

쪽, 하고 입을 맞추는 소리가 났다. 윤 비서나 조 차장이 함께 있었다면 닭살이라고 진저리를 쳤을 거다. 무뚝뚝하다고 소문난 이수현이라는데 지수에게만은 애정표현을 숨기지 않으니 신기한 일이다.

일어나려 했던 지수는 아무래도 점점 어지럼증이 심해 구두를 벗고 휴게실의 소파에 누워버렸다. 이마에서 식은땀이 찔끔 나고 있었다. 이렇게 아픈 걸 알면 수현이 또 걱정할 텐데, 그동안 운동하자고 하는 걸 귀찮다는 이유로 미뤘던 것이 후회되었다.

아니, 그게 문제가 아니라 학생들이 기다리고 있을 텐데.

눈을 감으면서 지수는 저도 모르게 배를 문질렀다. 정말 보정속옷 탓일까? 힘들지 않게 죄어준다는 비싼 제품인데……. 예전에 입었을 때는 군살만 잡아주고 이렇게 힘들지 않았는데 이것도 다 살이 찐 탓일까?

아무리 수현의 요리솜씨가 좋아도 작작 먹어야겠다고 지수는 다짐했다. 막상 차려놓은 상 앞에서는 약해지고 말겠지만.

정말 속옷을 벗어버릴까 망설이고 있을 때, 휴게실의 문이 삐꺽 열렸다. 기다리다 못해 누군가 찾으러 온 줄 알고 서둘러 몸을 일으켰는데 들어온 것은 아이였다. 세 살쯤 됐을까? 간신히 걸어 다닐 듯한 콩알만 한 아이가 제 키보다 훨씬 큰 유리문을 열고 고개를 빼꼼 들이밀더니 지수를 보고 환하게 웃었다.

"어?"

문을 밀고 들어오던 아이가 문의 반동에 밀려 앞으로 콕 엎어졌다.

"아이코!"

저도 모르게 비명을 지르며 다가간 지수가 얼른 아이를

안아들었다. 앞으로 세게 넘어졌는지 코가 빨개진 아이의 눈이 울먹울먹 금방이라도 눈물을 터트릴 것처럼 촉촉해졌다. 가슴이 들썩들썩 하는 것이 울까 말까 망설이는 기색이 역력했다.

이럴 때는 울지 않는 게 장하다고 칭찬해줘야 한다고 어디선가 들은 기억이 나 지수는 얼른 아이를 추켜 안으며 칭찬을 날렸다.

"아이고, 장하네! 우리 애기……. 넘어졌는데 울지도 않아."

응? 우리 애기?

아이가 입술 끝을 늘어뜨린 채 울음을 참으며 지수를 쳐다보았다. 그러더니 손을 뻗어 지수의 가슴을 만졌다. 아니, 만진 게 아니라 지수의 가슴 속으로 들어왔다. 환하게 빛이 나더니 눈앞이 멍해지고 가슴께가 묵직해졌다.

그리고 지수는 눈을 떴다.

그녀는 여전히 소파에 누워 있었고, 손은 아기를 안은 자세로 가슴 근처에서 교차하고 있었다. 손끝부터 팔 전체가 저릿저릿했다.

지수는 잠시 눈을 굴리다가 몸을 일으켜 치마 아래로 손을 넣어 보정 속옷을 벗어버렸다. 그리고 속옷을 가방 안에 넣고 일어나 강의실로 향했다.

"권작은 결혼하고 나서 얼굴이 더 좋아진 것 같아."

지수에게 강의를 부탁한 은사가 산책 겸 그녀를 바래다주겠다고 같이 걷다가 건넨 말이었다.

"살쪘죠."

얼굴이 좋아졌다는 것은 살쪘다는 말과 동의어인지라 민망하게 지수가 뺨을 쓰다듬었다.

"아니, 그런 말이 아니라 밝아졌어. 예전에도 밝은 사람이었지만 주뼛거리는 게 있었는데 그런 것도 없어졌고. 정직히 말하자면 내가 부탁하긴 했어도 권작 성격에 사람 많은 대 강의실에서 강의를 할 수 있나 싶었거든. 그런데 의외로 서글서글 말을 잘 하길래……. 아, 사는 게 좋구나 했어. 그런 건 드러나거든."

"그런가요?"

의식하지 못했지만 좋은 말이라 지수는 순수하게 기뻐하기로 했다. 그러고 보면 사인회 때만 해도 진땀깨나 흘렸는데 몸이 안 좋았는데도 불구하고 강의는 그럭저럭 넘긴 것 같다.

"신랑이 데리러 온다고 했다고?"

"네. 끝날 시간에 맞춰 온다고 했는데."

어디 있나 확인하려 전화하기 위해 휴대전화를 꺼냈을 때다. 딱 맞춘 것처럼 액정 위에 수현의 이름이 새겨졌다.

"여보세요, 어디야?"

— 앞을 봐요.

지수가 은사와 함께 내려가고 있는 계단의 건너편, 그러니까 들어오는 방향의 차도에 수현이 차를 세우고 서 있었다. 검은 차에 기댄 채 수화기를 귀에 대고 손을 흔드는 그는 눈

길을 잡아끄는 무언가가 있었다. 지나치는 학생들은 누구든 한 번씩 그에게 시선을 빼앗기고 있었다.

순간 지수의 가슴이 두근거렸다.

이건 반칙이다. 결혼한 지 1년이 다 되어가는데 아직도 남편 얼굴을 보면 이렇게 두근거리다니.

"남편이 아주 잘생겼는데?"

은사가 놀리듯 지수의 옆구리를 찔렀다.

그러는 동안 길을 건너 다가온 수현이 차가워진 계절이 순식간에 따뜻해지는 그런 미소로 인사했다.

"안녕하세요. 권지수의 남편 이수현입니다. 말씀 많이 들었습니다."

권지수의 남편 이수현.

그러고 보면 가끔 수현의 회사 일로 아내로서 소개받은 적은 있어도 지수의 남편으로서 누군가에게 수현을 소개하는 것은 처음이었다. 지수의 지인은 이미 수현을 알고 있는 경우가 많았던 것이다.

"만나서 반가워요. 내 제자가 아주 결혼을 잘했구먼."

허허 웃는 은사의 눈가에 잡히는 주름이 정다웠다.

"몸은 좀 어때요?"

지수를 조수석에 태우고 차 앞으로 빙 둘러 와 운전석에 올라타자마자 수현이 성마르게 물었다. 속이 바짝바짝 탄 기색이 역력했다.

"병원으로 가자."

"그렇게 안 좋아요?"

어지간하면 병원에는 안 가겠다고 우기는 지수가 자발적으로 병원행을 요청하자 수현의 얼굴에 핏기가 싹 가셨다. 그는 손을 뻗어 지수의 안전벨트를 채워주고는 차의 시동을 걸었다.

"내과로 가야 하죠? 우리 집 어른들 봐주던 박 교수님이 괜찮으신데……. 미안한데 내 휴대전화에서 '박환영 교수님' 좀 찾아서 전화 걸어줄래요? 블루투스로 연결해주고."

"아니야. 그냥 집 근처에……, 산부인과로 가."

"……산부인과요?"

수현이 멈칫했다. 그 바람에 차가 덜컹거렸다.

"아, 미안해요."

얼른 손을 뻗어 지수를 잡은 수현이 그녀의 얼굴을 들여다보았다. 드물게 알쏭달쏭해 보이는 얼굴이었다. 눈치가 빠른 그로서는 이미 그녀의 말을 알아들었을 테지만 신중한 성격 탓에 넘겨짚지 않은 것이다.

"확실한 건 아니야. 그런데 계산해보니까 생리 날짜도 한참 지났고……."

워낙 불규칙해서 신경 쓰지 않았지만, 곰곰이 따져보면 결혼한 후에는 거른 적은 없는 생리였다. 그러던 것이 두 달째 감감무소식인 것 보면 거의 확실한 게 아닌가 싶다.

"어……. 어……. 산부인과……. 산부인과가 뭐죠?"

완전 당황해서 더듬거리는 수현을 보고 지수가 빵 터져 웃기 시작했다.

"산부인과가 뭐냐니. 어디냐겠지. 집 근처에 있을 거야. 일단 집 근처로 가."

"아, 미치겠네. 우리 집이 어디더라?"

"괜찮겠어? 내가 운전할까?"

"미쳤어요? 아니, 이런 말도 쓰면 안 되지. 가만있어 봐요. 정신 사나워요."

결혼한 후 처음으로 지수는 수현이 떠는 모습을 보았다. 이렇게 정신없어 하는 것도 처음이었다.

그리고 집에 가면서 내비게이션을 찍고 간 것도 처음이었다.

끄응, 하고 괴로운 한숨을 내쉬면서 수현이 볼록한 지수의 배를 쓸었다. 손길 하나하나가 어찌나 애틋하고 절실한지 모르는 사람이 봤으면 그것만으로도 눈물 찔끔 쏟을 판이었다.

"이제 괜찮다니까……. 안정기도 넘었고, 선생님도 적당한……, 섹스……."

"어허!"

수현이 지수의 입을 턱 막았다.

임신이 확인된 후 수현은 모든 종류의 더티 토크를 금지했다. 흔히 둘이서 낄낄대던 야한 이야기도 전면적으로 금지

어에 올랐고, 모든 종류의 욕, 더러운 말이 흔히 나오는 TV 프로그램, 불쾌한 이야기가 절반이 넘는 뉴스, 신문……. 모두 금지 품목이었다.

당연히 섹스는 꿈도 못 꿨다.

사실 시도는 해봤는데 수현이 도저히 안 되겠다며 눈물을 머금고 물러섰다. 오히려 지수는 잔뜩 흥분해서 하고 싶었는데 수현 쪽이 이럴 줄은 몰랐다.

그래놓고 이렇게 튼살 오일을 발라주면서도 야한 분위기를 연출할 줄은 몰랐고. 위로 아래로 오일을 문지르는 손이 어지간한 애무보다 더 섹시했다.

"자기는 어쩐지 뭘 해도……."

'야하다'라는 단어도 금지당한 터라 지수는 말을 바꿨다.

"두 번 임신할 수도 있을 것 같아."

대강 알아들은 수현은 흠, 하고 못마땅한 듯 눈썹을 살풋 치켜 올리긴 했으나 임신은 금지어가 아니었으므로 아무 말도 하지 않았다. 그저 그녀의 배에 오일을 바르고 저릿한 팔과 다리를 마사지해주면서 덤덤히 지옥을 맛볼 뿐이었다.

그의 남성은 그가 입고 있는 트레이닝복을 뚫어버릴 기세로 우람하게 일어나 있었다. 금욕이 시작된 이후로, 매번, 지수와 손끝만 닿아도 이런 식이었다. 가끔은 눈만 마주쳐도 수현은 한숨을 내쉬었으니 애잔할 정도였다.

"그럼 내가 그냥 해주는 것도 안 돼?"

"뭐라고요?"

약간 위험수위의 이야기라면 눈을 부라리는 수현에게 지수가 방글방글 웃으며 애교를 부렸다.

"넣을 수는 없으니까, 그냥……, 해주면 되잖아."

지수가 쪽 하고 뽀뽀하는 시늉을 했다. 이수현 때문에 표현력이 날로 증대되고 있었다. 언어가 없어도 사람은 할 말을 다 하고 산다.

"절대 안 돼요."

엄한 표정으로 수현이 거절했다. 지수가 생각하기에도 이건 안 될 것 같았다.

"그럼……. 이건?"

지수가 주물주물 빨래하는 시늉을 했다. 수현의 얼굴에 갈등이 떠올랐다. 절실하긴 절실한 것이다.

"하지만 그럼 당신이 내 걸 보게 되는데, 당신이 보는 건 우리 애기도 보고……."

"그럼 눈 감고 할까?"

갈등이 좀 더 짙어졌다.

"난 자기를 사랑하니까. 그리고 자기가 그랬잖아. 자기 부모님도 뭐든 자기가 행복하고, 내가 행복한 걸 좋아하실 거라고. 난 우리 애기도 그럴 것 같아."

"물론 그렇지만, 교육상 안 좋을 거 같아요. 당신이 몰라서 그런데 우리 진짜 야하거든요."

모를 리가 있나. 같이 하는데.

"눈 감고. 오케이?"

지수가 눈빛으로 유혹했다.

"자기가 소리만 안 내면 우리 애기는 아무것도 못 보고 못 들을 거야. 내 생각에는 지금 자는 거 같기도 해."

수현이 갈등 충만한 얼굴로 지수를 쳐다보았다. 지수의 손이 슬금슬금 다가가 수현의 트레이닝복 바지춤을 당겼다. 대화와 기대 때문에 더더욱 단단해진 남성은 속옷 속에서 무척이나 불편해 보였다.

"눈 감아요."

지수의 손을 빼면서 수현이 엄중히 말했다.

"응."

지수가 얼른 눈을 감았다. 그리고 손을 내밀었다. 하지만 수현은 그녀의 손을 잡은 채 여전히 망설였다.

"잠깐만 기다려요."

잠깐 그가 부스럭거리더니 뭔가를 가지고 와서 지수의 눈에 씌웠다. 얼마 전 태교 여행을 갔다 왔을 때 사 온 수면안대였다. 지수의 숙면을 위해 산 거지만, 요즘은 언제 잠드는지도 모르게 잠드는지라 단 한 번도 사용하지 않았었다. 이런 식으로 사용될 줄은 죽어도 몰랐다.

"이제 됐어?"

"됐어요."

부스럭 하는 소리가 났다. 그리고 수현의 손이 지수의 손을 붙잡아 당겨 인도했다.

"미안해요."

진심으로 절망한 목소리로 수현이 속삭였다.

"우리 애기는 서로를 너무 사랑하는 부모님 아래에서 태어나는 거야. 그것만큼 복은 없어."

지수가 키득거렸다. 수현도 피식 웃은 것이 손아래서 느껴졌다. 그리고 오랜만에 만나는(?) 그의 남성이 손에 잡혔다.

"아!"

손이 닿은 것만으로도 못 견디겠다는 듯 수현이 탄성을 내뱉었다.

어쩐지 이 상황이 너무나 야하게 느껴져 지수 역시 숨이 가빠졌다. 더듬더듬, 단단한 그의 허벅지를 쓰다듬고, 그가 가장 예민하게 느끼는 커다랗고 딱딱한 불같은 기둥을 쓰다듬으며 그녀는 생각했다.

보지 않아도, 머릿속에서는 사진보다 더 선명하게 보이는데 이건 아기가 볼 수 있을까, 없을까?

fin.

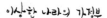

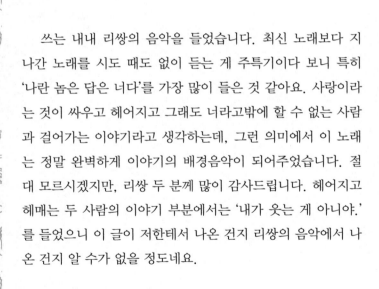

작가 후기

　쓰는 내내 리쌍의 음악을 들었습니다. 최신 노래보다 지나간 노래를 시도 때도 없이 듣는 게 주특기이다 보니 특히 '나란 놈은 답은 너다'를 가장 많이 들은 것 같아요. 사랑이라는 것이 싸우고 헤어지고 그래도 너라고밖에 할 수 없는 사람과 걸어가는 이야기라고 생각하는데, 그런 의미에서 이 노래는 정말 완벽하게 이야기의 배경음악이 되어주었습니다. 절대 모르시겠지만, 리쌍 두 분께 많이 감사드립니다. 헤어지고 헤매는 두 사람의 이야기 부분에서는 '내가 웃는 게 아니야.'를 들었으니 이 글이 저한테서 나온 건지 리쌍의 음악에서 나온 건지 알 수가 없을 정도네요.

　이야기의 출간을 결심해주신 이승진 편집자님, 감사합니다. 단편으로 썼던, 다소 꿈같은 부분이 많은 부족한 글을 이

끌어주고 아이디어 제공해주셔서 여기까지 왔어요. 앞으로
가야 할 길도 부탁드립니다. 그 외 (이름 모를) 편집팀 분들도
감사해요. 보이지 않아도 거기 계시는 거 압니다. 잊지 않을
게요.

  마지막으로 읽어주신 여러분께도 감사드립니다. 항상 행
복하세요.

2013년 봄날,
하정우.

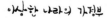